ロバート・クレイス

「置いていかないで！」ロス市警の刑事スコット・ジェイムズは相棒のステファニーとパトロール中，銃撃事件に遭遇する。銃弾はふたりを襲い，ステファニーは死亡，スコットも重傷を負った。事件から九カ月半，犯人はいまだ捕まらず，スコットの耳に相棒の悲痛な叫びだけがこだまする。事件前の決定どおり警備中隊へ配属となったスコットがそこで出会ったのは，新たな相棒マギー。アフガニスタンに従軍し，そこでスコットと同様大切な相棒を失った雌のシェパードだった。心に傷を負ったひとりと一匹の新たな旅立ち。アメリカ探偵作家クラブの生涯功労賞受賞の著者，渾身の大作登場。

登場人物

スコット・ジェイムズ……ロサンゼルス市警、警察犬隊の巡査
マギー……警察犬、スコットのパートナー
ステファニー・アンダース……スコットの元パートナー、故人
バッド・オルソ……
ジョイス・カウリー……ロサンゼルス市警、強盗殺人課刑事
イアン・ミルズ……同、強盗課特別捜査班の主任刑事
ドミニク・リーランド……同、警察犬隊の主任指導官
メロン、ステングラー……同、強盗課刑事
ポーリー・バドレス……警察犬隊の訓練士
チャールズ・グッドマン……スコットの精神科医
エリック・パラシアン……
ジョルジュ・ベロア……銃撃事件の被害者
マーシャル・イシ……窃盗犯
ダリル・イシ……マーシャルの弟
ネルソン・シン……
エルトン・マーリー……銃撃現場近くの商店主

容疑者

ロバート・クレイス
高橋恭美子訳

創元推理文庫

SUSPECT

by

Robert Crais

This book is published in Japan
by TOKYO SOGENSHA Co., Ltd.
Japanese translation rights
arranged with The Biplane Co.
c/o The Aaron M. Priest Literary Agency, Inc., New York
through Tuttle-Mori Agency, Inc., Tokyo

目次

容疑者

友人のドッグ・マンにしてライター、グレッグ・ハーウィッツと、
彼の美しき仲間、デリナー、ロージー、ナタリー、シンバに捧ぐ

プロローグ　グリーン・ボール

マギーは焦がれるような目で一心にピートを見つめた。ピートは浅黒い顔をほころばせ、海兵隊の分厚い緑色の防弾ベストのなかに片手を隠して、マギーの大好きなあの甲高い声で優しく語りかけてくれた。

「よしよし、いい子だ、マギー。おまえは世界一いい子だ。そうだよな、海兵隊のかわいいお嬢さん」

マギーは黒と褐色のまじった被毛のジャーマン・シェパードで、体重は四十キロ近くある。年齢は三歳、フルネームは〝ミリタリー・ワーキング・ドッグ（ＭＷＤ）マギーＴ４１５〟で、左耳の内側に《Ｔ４１５》という刺青《いれずみ》がはいっている。ピート・ギブス伍長はマギーの指導手《ハンドラー》だった。一年半前にペンドルトン基地で出会って以来、ピートはマギーの、マギーはピートのパートナーになった。ふたりはアフガニスタン・イスラム共和国における哨戒《しょうかい》および爆発物探知チームとして、目下、二度めの配備につく行程のなかほどにいる。

ピートの優しい声がした。「じゃあ行こうか、お嬢さん。パパのために悪いものを見つけてくれよ。さあ、用意はいいかい」

マギーの尻尾が地面を力強くたたく。これはふたりがよくやるゲームで、だからマギーはこれからなにが起こるか知っているし、この瞬間を生きがいとしていた。

アルジャバル州、〇八〇四時、アフガニスタン・イスラム共和国。気温は摂氏四三度、やがて五〇度近くまであがるだろう。

砂漠の太陽がマギーの分厚い被毛に容赦なく照りつけるなか、二十メートルほど後方で十二名の海兵隊員が三台の軍用車両から降り立ち、ゆるい隊列を作った。ほかの海兵隊員たちのことも知ってはいるが、マギーにとって彼らはあまり意味のない存在だった。彼らといっしょにいるとピートはくつろいでいる、だからマギーも許容しているが、それもピートがそばにいるときにかぎられる。ほかの兵士たちは、顔見知りというだけで、仲間ではない。ピートは仲間。ピートはマギーのものだ。マギーとピートはいっしょに食べ、いっしょに眠り、四六時中いっしょに遊ぶ。マギーは愛し、崇め、保護し、防御する。ピートがいないと、どうしていいかわからなくなる。ほかの海兵隊員が必要以上に近づいてきたときは、低くうなって警告する。自分の所有物を護衛し、保護するべく作られた犬種なのだ。そしてピートはマギーの所有物だった。ふたりは仲間だった。

いまこの瞬間、マギーはピートに全神経を集中させていた。ほかのいっさいのことはどうでもよく、存在もしない。あるのはただピートと、これからはじまるゲームへの心躍る期待感だけ。そのとき、背後から呼びかける声がした。

「おーい、ピート。こっちはいいぞ、相棒。出発しろ」

ほかの人間たちをちらりと振り返ったピートが、マギーにいちだんと大きな笑みを向けてきた。

「見たいか、マギー。おれが持ってるものを見たいか?」

ピートが防弾ベストの下から蛍光《けいこう》グリーンのボールを取りだした。

マギーの目はボールに釘付けになる。すかさず身を起こしてすっくと立ちあがると、早く投げてほしいとピートに向かって鼻を鳴らした。このグリーン・ボールを追いかけるために生きているのだ。これは大好きなおもちゃ、マギーの大好きなゲームだった。ピートがボールを思いきり遠くへ投げ、マギーは使命感と無上の喜びを覚えながら一目散に追いかける——ボールをつかまえて口でがっちりとくわえ、誇らしげに持ち帰ると、ピートは常に待っていて、愛情と称賛をたっぷりと注いでくれる。グリーン・ボールを追いかけることはマギーがなによりも大好きなゲームだが、このときピートがボールを見せたのは、これからお楽しみが待っているというあかしにすぎない。マギーにはおなじみの手順であり、それはそれでかまわなかった。ピートに教えられたとおりのにおいを嗅ぎあてれば、ボール遊びのご褒美が待っているから。それがふたりのゲームだった。マギーは正しいにおいを嗅ぎあてなければならない。ボールが防弾ベストの下に隠され、ピートの声が甲高いものから力強いものに変わる。ピートはボスで、これはボスの口調だった。

「おまえの力を見せてくれ、マギー海兵隊員。悪いものを見つけだすんだ。さがせ、さがせ、さがせ」

さがせさがせさがせ。

マギーは警備犬として、また爆発物探知犬としても訓練を受けている兼用犬である。命令《コマンド》によって攻撃したり、逃走者を追跡・確保したり、群衆整理に能力を発揮したりもするが、本来の任務は、銃器や兵器の隠し場所、沿道にしかけられた爆弾などを嗅ぎあてることだ。即製爆発装置。通称IED。それはアフガン反政府勢力が好んで使う武器だった。

IEDがなにを意味するのかマギーは知らないが、知る必要はなかった。教わったのは、反乱軍の爆弾にもっともよく使われる十一種類の爆薬成分を嗅ぎ分けることで、硝酸アンモニウム、起爆コード、塩素酸カリウム、ニトロセルロース、C4火薬、シクロトリメチレントリニトロアミンなども含まれる。そうしたものが自分を殺しかねないことをマギーは知らないが、それもまたどうでもよいことだった。においをさがすのはピートのため、ピートを喜ばせることがなにより大事なのだ。ピートが幸せなら、マギーは幸せ。ふたりは仲間で、ピートはマギーのボス。ピートがあのグリーン・ボールを投げてくれる。

ピートのコマンドに従い、マギーは駆け足で引き綱《リード》のもう一方の端へと向かう。リードの端はピートのハーネスのD字型リングに結びつけてある。ピートに訓練されたマギーは、期待されていることを正確に把握しており、この任務はすでに何度となくこなしてきた。ピートとマギーの使命は、IEDを見つけるために海兵隊の二十メートル前方を歩くこと。先頭を行く自分たちの命と、その後方に続く海兵隊員たちの命は、マギーの鼻にかかっている。

頭を左右に振りながら、マギーはまず大気のにおいを調べ、次に頭を低くして地表近くのにおいをたしかめた。背後にいる人間たちも、集中すれば五、六種類のにおいを嗅ぎ分けられるかもしれないが、シェパードの鋭い鼻は、人間にはとうてい理解不能な嗅覚の世界を映像で見せてくれる。足元の粉塵から、数時間前にここを通った山羊飼いの若者ふたりと山羊の群れのにおいがした。なかの一頭が感染症にかかっていること、メスの山羊二頭が発情期にあることがわかった。ピートの新しい汗、乾いて装備に染みこんだ古い汗、呼気、ズボンのポケットにはいっている香りつきの手紙、そして防弾ベストの内側に隠されたグリーン・ボールのにおい。ピートがライフルに使ったクリーナーCLP、細かい遺灰のように銃器にしみついた火薬の残り香もわかる。道路からさほど遠くない場所にある椰子《やし》の林のにおい、そこの木の根元で夜に眠り、排便をしてから立ち去った野犬のにおいも残っている。マギーは野犬が嫌いだった。まだあたりをうろついていないかたしかめるために一瞬だけ大気のにおいを嗅ぎ、もういないと判断すると、犬のにおいは無視して、ピートが期待しているにおいをさがすことに専念した。

両目が光に満たされるように、マギーの鼻孔はにおいで完全に満たされ、すべてのにおいが混然と溶け合う。たとえるなら、図書館の本棚を見たときにさまざまな色がいっぺんに目に飛びこんでくるように。でも、人が本の一冊一冊に焦点をあてて色を見る要領で、マギーは興味のないにおいを無視し、グリーン・ボールにつながるにおいをさがすことに集中する。

この日の任務は、反乱軍が武器を隠していると目される小さな村へ通じる八キロの砂利道から危険を取り除くこと。海兵隊の分隊は、村の安全を確保して、マギーとピートの身を守りつつ捜索を行ない、見つかった武器や爆発物を回収することになっている。

八キロの行程の捜索がゆっくりと進められ、マギーが目当てのにおいを嗅ぎつけることもなく、一行は徐々に村へと近づいた。気温がぐんぐんあがって、被毛に触れると熱いほどになり、マギーの舌がだらりと垂れた。すかさずピートがリードを軽く引いて、近づいてきた。

「暑いだろう、マギー。ほら――」

マギーは腰を落とし、差しだされたペットボトルからむさぼるように水を飲んだ。マギーの動きがとまると、分隊もその場に足をとめ、ひとりが声をかけてきた。

「マギーはだいじょうぶか」

「水を飲めば、ひとまずしのげる。村に着いたら、しばらく日陰で休ませたい」

「了解。あと二・五キロほどだから」

「なんとかだいじょうぶだ」

一・五キロほど先でまた椰子の林を通りかかり、木々の梢の上から石造りの建物三棟の屋根がのぞいた。先ほどの隊員がまた声を張りあげた。

「気をつけろ。前方に村がある。銃撃があるとしたら、あそこからだ」

一行が村へと通じる道の最後のカーブを曲がっているとき、マギーの耳に鈴の音と哀しげな鳴き声が聞こえた。立ちどまって耳をぴんと立てると、ピートが横で足をとめた。分隊も充分に距離をおいたまま、その場に停止した。

「どうした?」

「マギーがなにか聞いたようだ」

「IEDを見つけたのか?」

「いや、耳をすましてる。なにか聞こえるんだ」

マギーが立て続けに短く鼻をひくつかせ、においを嗅ぎとるのと同時に、揺らめく熱気のなかから最初の山羊が姿を現わした。小さな群れの前方右側に十代の少年がふたり、左側にはそれより背の高い年かさの男がいた。背の高い男が片手をあげてあいさつをよこした。

　マギーの背後で海兵隊員がひとこと叫ぶと、こちらに向かっていた三人の足がとまった。山羊の群れはそのまま歩き続け、やがて人間たちの足がとまっているのに気づくと、ひとかたまりになってのんびりとあたりをうろついた。群れとの距離は四十メートルほど。風もなく穏やかに立ちのぼる熱気のなかで、山羊のにおいがその距離を埋めるまでに何秒かかかった。

　見知らぬ相手を好まないマギーは、警戒の目で一行を観察した。もう一度、大気のにおいを嗅ぎ——くん、くん、くん——口からハッハッと息を吐きだす。

　背の高い男がまた片手をあげ、彼らのにおいを運んでくる微粒子がようやくマギーの鼻に到達した。それぞれに異なる複雑な体臭、男たちの呼気にまじるコリアンダーとザクロと玉ねぎのにおい、そして、マギーが見つけるように訓練されているにおいのかすかな兆候。

　クーンと鼻を鳴らし、リードのほうへ身を乗りだした。ピートを一瞥してから男たちに視線をもどすと、マギーがなにかを察知したことがピートにも伝わった。

「下士官《ガニー》、なにかあるぞ」

「道路に？」

「いや。マギーがあの連中を見ている」

「山羊が食べたいのかもな」

「人間だ。山羊には目もくれてない」

「銃を持っているのか?」

「遠すぎてわからない。マギーがなにか嗅ぎつけたが、まだにおいの範囲が広すぎる。あの連中の服についた残り香かもしれないし、銃を隠し持ってるのかもしれない、なんとも言えないな」

「建物から近い場所でこうして立ってるのはまずい。だれかがおれたちを狙うとしたら、あの村から攻撃してくる」

「向こうが近づいてくるのを待つ。全員そこで待機しろ、おれたちがにおいをたしかめる」

「了解。なにかあったら援護する」

分隊が道の両側に広がると、ピートは山羊飼いたちに手振りで前進するよう伝えた。

マギーはいちばん強いにおいの源をさがすべく頭を左右に振り向けながら、期待に胸を躍らせた。男たちが近づいてくるにつれて、においが強くなり、ピートを喜ばせられることがわかる。マギーがにおいを嗅ぎつければ、ピートは喜び、褒美にグリーン・ボールを投げてくれる。ピートの喜びは、マギーの喜び、仲間の喜び。

マギーが待ちきれずに鼻を鳴らすなか、三人は徐々に近づき、においの範囲が狭まった。年長の少年はゆったりした白いシャツ、年下のほうは色あせた青いTシャツ、どちらもだぶだぶの白いズボンにサンダルをはいている。背の高い男はあごひげを生やし、ふくらんだ長い袖のついた黒っぽいシャツに、色あせたズボン。男が両腕をあげると、ゆったりとした袖がだらりと垂れさがる。その身体は数日分の汗のすえたにおいがしたが、同時に目当てのにおいも強くなった。においは背の高い男から発せられている。マギーの確信がリードを通じてピートに伝わった。マギーが知っていることをピートも知っている。ふたりは一心同体、人と犬ではなくもっと上等なものであるように。それが仲間だ。

ピートはライフルを肩にかつぎ、そこでとまれと大声で男に呼びかけた。

男は笑顔で立ちどまり、両手をさしあげた。山羊の群れは少年たちを取り囲んでいる。

男が少年たちになにか言い、ふたりも立ちどまった。マギーにはふたりの不安も嗅ぎとれる。

ピートが言った。「待て、マギー、待て」

ピートが前に出て背の高い男に近づいた。ピートが自分から遠ざかるのがマギーには気に入らなかった。ボスの命令だから従ったけれど、ピートの鼓動が速まるのが聞こえ、皮膚から噴きだす汗のにおいがして、恐れているのがわかる。不安がリードを通して身体に伝わってきて、マギーも不安になった。

マギーは〝待て〟の姿勢を解いてあとを追い、ピートの脚に肩を押しつけた。

「だめだ、マギー。待て」

ピートのコマンドでその場に停止しながら、マギーは低いうなり声を発した。マギーの任務はピートを保護し、防御すること。ふたりは仲間で、ピートはボス。ジャーマン・シェパードという犬種のＤＮＡ鎖のひとつひとつが、ピートと男たちのあいだに立ちはだかって敵に警告を発せよ、さもなくば攻撃しろ、としきりに呼びかけてくるが、ピートを喜ばせることもまたＤＮＡに組みこまれている。ボスが幸せなら、その仲間も幸せ。

ふたたび〝待て〟の姿勢を解いて、あらためてピートと見知らぬ男たちのあいだに立つと、目当てのにおいがかなり強くなったので、ピートに教えられたとおりの行動をとった。地面に腰をおろしたのだ。

ピートが膝でマギーを押しのけてライフルを構え、分隊に大声で警告した。

「爆薬を持ってるぞ！」

激しい振動とともに背の高い男が爆発した。マギーは衝撃で後ろに吹き飛ばされ、背中から地面にたたきつけられた。つかのま意識を失い、気がつくと倒れていた。方向感覚を失い、混乱のなかで砂ぼこりとなにかの残骸が身体に降り注いだ。聞こえるのは甲高いすすり泣きだけで、不自然な炎の強烈な悪臭が鼻をついた。視界がぼやけていたが、もがきながら懸命に起きあがると、徐々に見えてきた。背後で隊員たちが叫んでいるが、彼らの言葉はなんの意味もなさない。左の前脚が身体の重みでへなへなと崩れた。地面に肩をついたが、マギーはすぐにまた立ちあがった。ぐらつく三本の脚で体重を支えると、蟻《あり》に刺されているような痛みが走った。

あごひげの男は煙の出る衣類と引き裂かれた肉のかたまりと化していた。山羊たちは倒れて悲鳴をあげている。小さいほうの少年は泣きながら砂ぼこりのなかにすわりこみ、年長のほうはシャツと顔に赤いしぶきをつけたままよろよろと歩きまわっている。

ピートが横向きに倒れてうめいていた。まだリードでつながっているので、ピートの苦痛と恐怖がマギーに伝わってきた。

ピートは仲間。

ピートがいちばん大事。

マギーはよろめく脚でそばへ行き、必死にピートの顔をなめた。鼻と両耳と首からあふれる血の味がする。ピートの痛みをやわらげて傷を癒やしたい、その一心だった。

ピートがごろりと仰向けになり、マギーを見て困惑した顔になった。

「けがをしたのか、マギー」

ピートの頭のそばの地面が炸裂し、ピシッという大きな音が空《くう》を切り裂いた。

マギーの背後で隊員が口々にどなる。

「狙撃兵！　村に狙撃兵！」

「ピートが負傷！」

「応戦しろ――」

十二挺のオートマティック銃がいっせいにたてるがちゃがちゃという騒々しい音に身をすくめながらも、マギーは必死にピートの顔をなめた。起きあがってほしかった。喜んでほしかった。

ずしんという地響きがすぐそばで起こり、振動でマギーの背後の地面が炸裂して、さらなる土や熱い破片が被毛にはいりこんだ。マギーはまた身をすくめ、走って逃げたかったが、それでも顔をなめ続けた。

ピートを癒やす。

ピートを安心させる。

ピートの面倒をみる。

「迫撃砲！」

「迫撃砲の攻撃だ！」

分隊のすぐ横の道路からまた土煙があがった。ピートが自分の装備からリードのフックをゆっくりとはずす。

「行くんだ、マギー。やつらはおれたちを狙ってる。行け」

ボスの声にいつもの力強さはなく、その弱々しさにマギーは怯えた。ボスは強い。ボスは仲間。仲間がいちばん大事。

またしても地響きが大地を揺るがし、さらにもう一度、そして突然、なにか恐ろしいものがマギーの腰にぶつかり、身体が回転して宙に投げだされた。着地した瞬間にマギーは悲鳴をあげ、痛みにのたうち、うなり声をあげた。

「狙撃兵が犬を撃った！」

「野郎を仕留めるぞ、くそったれ！」

「ルイス、ジョンソン、ついてこい！」

建物のほうへ駆けていく隊員たちにマギーは目もくれなかった。腰の焼けつくような痛みにのたうち、それでも身体を引きずって仲間のそばへ引き返した。

ピートはマギーを追い払おうとしたが、押す力は弱々しかった。

「行くんだ、マギー。おれは立てない。離れろ――」

ピートが防弾ベストの内側に手を入れ、グリーン・ボールを取りだす。

「取ってこい、マギー。行け――」

投げようとしたボールは、一メートルほどころがっただけだった。口から血があふれ、身体ががたがた震えて、数秒のうちにようすが一変した。ピートのにおい、ピートの味。ピートの鼓動がだんだん小さくなり、血管のなかで血の流れが遅くなるのをマギーは聞き取った。ピートの生命力が身体から抜けていくのが感じられ、これまで経験してきたどんな気持ちともちがう悲痛な喪失感を覚えた。

「ピート！　ピート、いま行く、待ってろ！」

「航空部隊が向かってる。がんばれ！」

マギーはピートをぺろぺろなめた。なんとか笑わせようとして。顔をなめると、ピートはいつも笑ってくれた。

またしても甲高いピシッという音がマギーの横を通過し、砂ぼこりが地面から噴きだして宙に舞いあがった。そのときなにか重たいものがピートの防弾ベストにぴしゃりとあたり、衝撃でマギーは胸を殴られたように感じ、銃弾の不快な煙と熱い金属のにおいが鼻をついた。ピートの防弾ベストにうがたれた穴にマギーは咬みついた。

「あいつら、犬を狙ってるぞ！」

迫撃砲のさらなる攻撃が道のすぐはずれでしばらく続き、砂と熱い金属がまた降り注いだ。

マギーは猛然と吠えたて、身体を引きずってピートの上に覆いかぶさろうとした。ピートはボス。ピートは仲間。自分の任務は仲間を護ること。

マギーは降り注ぐ瓦礫に向かって吠え、恐ろしい蜂のように遠くの建物の周囲を飛んでいる金属製の鳥たちに向かって吠えた。またひとしきり破裂音が続いたあと、唐突に、砂漠に静寂が訪れ、それから隊員たちが駆け寄ってくる騒々しい足音がした。

「ピート!」

「いま行く、がんばれ――」

マギーは牙をむいてうなった。

仲間を護ること。ボスを護ること。

背中の毛は怒りに逆立ち、両耳は隊員たちの音を聞き取ろうとぴんと前方を向いた。ごつい緑色のものがそびえるようにしてまわりを取り囲んできたとき、マギーの牙は凶暴にぎらりと光った。

護らなければ。仲間を、ピートを、護らなければ。

「おい、マギー、おれたちだ!　マギー!」

「死んでるのか?」

「撃たれてる、くそ――」

「犬も撃たれてる――」

マギーが吠えて咬みつこうとすると、緑色のものたちは後ろに飛びのいた。

「こいつおかしくなってる――」

「けがをさせるなよ。まずいぞ、マギーも出血してる――」

仲間を護らなければ。保護し、防御しなければ。

マギーは吠え、咬みつこうとした。低くうなり、大声で吠えかかり、飛びはねるようにして回転しながら隊員たちに立ち向かった。

「ドク！　ドク、くそっ、ピートがやられた――」

「ブラックホークが到着！」

「犬がじゃましてて――」

「ライフルを使え！　犬にけがをさせるな！　うまくどかして――」

「犬も撃たれてるんだ！」

なにかが近づいてきたので、マギーはがぶりと咬みついた。上下のあごでがっちりと固定する。咬合圧からして二・五センチ四方あたり三百二十キロ近い力がかかるあごで。しっかりくわえたまま低くうなったが、そのあとまた別の長いものが、一本、また一本と突きだされた。

マギーはくわえていたものを放し、いちばん近くにいた男たちに飛びかかって肉を引き裂いたあと、またピートのそばの所定の位置にもどった。

「おれたちがやつを傷つけると思ってるんだ――」

「犬をどかせ！　いいから――」

「犬にけがをさせるなよ、絶対に！」

マギーはふたたび押しのけられ、頭にジャケットをかぶせられた。身体をひねって逃れようとしたが、今度は隊員たちが体重をかけてねじ伏せようとした。

ピートを護らなければ。ピートは仲間。仲間がいなくては生きていけない。

「おい、けがをしてるんだ。気をつけろ――」

「犬を確保――」

「なんてやつらだ、犬を撃ちやがって――」

マギーはもがき、のたうちまわった。怒りと恐怖で逆上し、ジャケットの下から咬みつこうとしたとき、身体がふわりと浮いた。痛みは感じなかったし、血が出ていることも知らなかった。わかっているのは、ピートのそばを離れてはいけないということだけ。ピートを護らなければ。ピートがいなかったら、どうしていいのかわからない。自分の任務はピートを護ることなのだ。

「犬をブラックホークに乗せろ」

「犬を確保――」

「ピートといっしょに乗せろ」

「この犬はなんだ？」

「ピートはこの犬のハンドラーだ。犬を病院へ運んでくれ――」

「彼はもう死んでる――」

「この犬はこいつを護ろうとしてるんだ――」

「ごちゃごちゃ言ってないでさっさと飛びやがれ。犬を医者に診《み》せろ。こいつも海兵隊の一員なんだ」

マギーは全身に激しい振動を感じ、頭にかぶせられたジャケット越しに航空燃料の排気の悪臭が染みこんできた。怖くてたまらない、でもピートのにおいは近くにある。すぐそばにいることはわかった。と同時に、ピートは遠く離れた場所にいて、しかもどんどん遠ざかっていることもわかった。

這うようにしてピートに少しでも近づこうとしたが、両脚が言うことをきかないし、男たちに押さえこまれている。怒りのうなり声は、やがて悲痛な鳴き声に変わった。

ピートはマギーのものだった。

ふたりは仲間だった。

ふたりでひとつのチームだったのに、ピートがいなくなって、マギーはひとりぼっちになった。

第一部　スコットとステファニー

1

〇二四七時
ロサンゼルス　ダウンタウン

こんな突拍子もない時間に、よりにもよってこのT字路のこの通りに居合わせたのは、スコット・ジェイムズの腹が減っていたせいだった。スコットを喜ばせるために、ステファニーはパトカーをとめた。場所はどこでもよかったのに、この夜スコットが彼女を連れてきたのは、この人けのない交差点だった。やけに静かな晩で、ふたりはそのことを話題にした。異様な静けさだった。

ふたりが車をとめたのはハーバー・フリーウェイから三ブロック離れた通りで、両側には小汚い四階建てのビルが並んでいた。ドジャースがチャベス・ラヴィーンを離れたら、この界隈のビルが取り壊されて新しいスタジアムが建つだろうとだれもが言っている。街のこの一画は、通りも建物も閑散としていた。ホームレスの姿もない。車の往来もない。だれにとっても今夜ここへ来る理由などひとつもなかった。ロサンゼルス市警の無線車といえども。

ステファニーが顔をしかめた。

「行き先はちゃんとわかってるんでしょうね」

「行き先はわかってるよ。ちょっと待ってくれ」

スコットがさがしていたのは、ランパート署の強盗課の刑事が絶賛していた終夜営業のラーメン店だった。何カ月か空き家だった店のあとにいきなり出現してツイッターで大々的に宣伝し、やがては消えていく、そんな店のひとつだ。件の刑事に言わせると、そこのラーメンはロサンゼルス一の絶品で、ラテンアメリカと日本の融合で、よその店では味わえない風味があり、コリアンダーの効いた内臓料理、アワビのチリソース、唐辛子の効いた鴨料理にも匹敵する美味とのこと。

うろ覚えの店の場所をなんとか思いだそうとしていたとき、突然、それが聞こえた。

「耳をすまして」

「なに?」

「しーっ、耳をすまして。エンジンを切るんだ」

「ほんとはここがどこだかわかってないんでしょ」

「これはぜひ聞いたほうがいいよ。耳をすまして」

ロサンゼルス市警の制服警官で勤続十一年の三級巡査、ステファニー・アンダースは、ギアをパーキングに入れてパトカーのエンジンを切り、スコットをじっと見返した。きれいに日焼けした顔の目元にカラスの足跡があり、砂色の髪をショートカットにしている。

スコット・ジェイムズ、三十二歳で勤続七年の二級巡査は、にっこり笑って自分の耳に触れ、耳をすませと伝えた。ステファニーは一瞬きょとんとした顔になり、それから満面の笑みを浮かべた。

「静かね」

「おかしいよな。無線の呼びだしもない。雑談もない。フリーウェイの音さえ聞こえない」

気持ちのよい晩で、空は澄みわたり、気温は約二〇度、スコットなら喜んで半袖を着て窓を全開にするような気候だ。この夜のふたりの通信回数は通常の三分の一以下で、おかげで楽な勤務ではあるが、スコットは少々退屈していた。そんなわけで、見つからないラーメン店をさがしてはいるが、その店はもう存在しないのかもしれないという気もしていた。

ステファニーが手を伸ばしてエンジンをかけようとするのを、スコットは制した。

「しばらくこうしていよう。こんな静寂を耳にする機会なんてそうそうないだろ？」

「まずないわね。すごく新鮮、だけど気味が悪い」

「心配ご無用。おれがついてる」

ステファニーが声をあげて笑い、街灯の明かりがその瞳に反射してきらきら光るさまはなんとも言えず素敵だった。ステファニーの手を握りたかったが、やめておいた。パートナーになって十カ月だが、スコットはまもなく異動になる。その前に言っておきたいことがあった。

「きみはいいパートナーだったよ」

「もしかして口説こうとか思ってる？」

「ああ。ちょっとね」

「いいわよ。そうね、これからさみしくなるわ」

「おれのほうがもっとさみしいよ」

ふたりのあいだのささやかなジョーク。なんにでも対抗意識を燃やす。よりさみしいのはどちらかということにさえ。またステファニーの手を握りたくなったが、彼女のほうが手を伸ばしてきてスコットの手を取り、両手でぎゅっと握りしめた。

「いいえ、そんなことにはならないわ。あなたはこれからがんばって名をあげて、楽しい人生を送るの。それがあなたの望みだし、そうなったらわたしだってどんなにうれしいか。あなたは希望の星よ」

スコットは声をあげて笑った。レッドランズ大学で二年間フットボール選手だったが、途中で膝を痛め、二年後にはロサンゼルス市警にはいった。それから四年かけて夜学に通い、学位を取得した。目標があったからだ。スコット・ジェイムズは若く、意志が強く、負けず嫌いで、大きな犬たちといっしょに仕事をするのが夢だった。市警の警備中隊、通称〝メトロ〟への配属が認められた。〝メトロ〟は市内全域で地区担当の警察官を支援するエリートの制服部門だ。犯罪鎮圧部隊であり、また立てこもり事件や困難が予想される治安作戦の際にも出動する高度な訓練を受けた保安部隊である。えりすぐりの精鋭の集まりで、ここを通過点として、ロサンゼルス市警の制服組のなかでも最高峰のエリート集団であるＳＷＡＴ――特殊部隊――をめざすことになる。精鋭中の精鋭だ。スコットの〝メトロ〟への異動はこの週末に発令される。

スコットの手はまだ握られたままで、これはなにを意味するのだろうと考えていたとき、通りの突きあたりに大型のベントレーのセダンが現われた。この界隈では空飛ぶ絨毯《じゅうたん》なみに場ちがいな車で、ぴたりと閉ざされた窓はスモークガラス、つややかに光る車体には傷ひとつついていない。

ステファニーが言った。「あのバットマン・カー、調べましょ」

ベントレーはせいぜい時速三十キロほどのスピードで、ふたりの鼻先をのろのろと通過した。窓ガラスの色が濃すぎて運転手の顔は見えなかった。

「ライトで照らそうか」

「理由はなに、お金持ちだから？　たぶん道に迷ったんでしょ、わたしたちと同じで」

「おれたちが道に迷うわけない。警官なんだから」

「もしかしたら、あの車もその怪しいラーメン屋をさがしてるのかもね」

「降参。ラーメン屋は忘れて、卵料理でも食べにいこう」

ステファニーがエンジンをかけて車を発信させたとき、のろのろ運転のベントレーは三十メートルほど先にある次のT字路に近づいていた。交差する通りにたどり着いた瞬間、しわがれた低いうめき声のような音が完全なる静寂を切り裂き、黒いケンワースのトラックがその交差する通りから猛然と飛びだしてきた。そのままベントレーの脇腹に激突し、衝撃で重さ二・七トンのセダンが横転して、車体の右側が宙に浮き、左側が地面についた。ケンワースは横滑りして、通りを封鎖する恰好でとまった。

「嘘でしょ！」とステファニー。

スコットは回転灯をたたきつけるように設置し、車から飛びだした。回転灯のめまぐるしく脈打つ光が通りと周囲の建物を青く染めた。

ステファニーが肩のマイクのスイッチを入れながら車から降りて、通りの道路標識をさがした。

「ここはどこ？　通りの名前は？」

スコットは標識を見つけた。

「ハーモニー、ハーバーから南に三ブロック」

「2アダム24、ハーモニー通りで傷害事故発生、場所はハーバー・フリーウェイから南に三ブロック、ウィルシャー大通りから北に四ブロック。救急隊と消防車を要請。巡査二名が救援に向かう」

スコットのほうが三歩前にいたので、ベントレーに近かった。

「おれはバットマン・カーを見る。きみはトラックを」

ステファニーが駆けだし、ふたりは二手に分かれた。通りではだれひとり、なにひとつ動くものはなく、ベントレーのフードの下からシューシュー煙があがっているだけだった。

ふたりが事故現場まで半分ほど近づいたとき、ケンワースの内部で派手な黄色の閃光《せんこう》がまたたき、ハンマーをたたきつけるような騒々しい音がビルの谷間に響きわたった。

ケンワースの車内でなにかが爆発している、そう考えた次の瞬間、銃弾が鋼鉄の雷雨よろしくパトカーとベントレーの車体に穴をうがった。スコットがとっさに横に飛びのいたとき、ステファニーが倒れた。一度大きな悲鳴をあげて、両腕で胸をかかえこんだ。

「撃たれた。ああ、嘘――」

スコットは地面に伏せ、頭をかばった。弾丸が周囲のコンクリートにあたって火花を散らし、道路をえぐる。

〝動け。なにかしろ〟

ころがって横向きになり、拳銃を抜いてすかさず閃光に向けて撃った。立ちあがり、ジグザグに走りながらステファニーのほうへ向かっていたとき、ダークグレーの古いグラントリノがタイヤをきしらせながら通りを疾走してきた。急ブレーキでベントレーの横にとまったが、スコットにはほとんど見えていなかった。ケンワースに向けてやみくもに発砲しながらステファニーのほうへとジグザグに走っていたのだ。

ステファニーは腹筋運動のような恰好で自分の身体を抱きしめていた。スコットは片方の腕をつかんだ。ケンワースからの発砲がやんだことに気づき、ステファニーの悲鳴で目的は達せられたのかもしれないと思った。

黒いマスクに分厚いジャケットの男がふたり、拳銃を手にグラントリノから飛びだして、ベントレーに発砲し、窓ガラスを粉砕して車体を蜂の巣にした。運転手は座席にとどまっていた。その銃撃のさなか、今度はケンワースからマスクの男がふたり、ＡＫ４７ライフルを手にして降りてきた。

スコットはステファニーをパトカーのほうへ引きずろうとして血で足を滑らせ、それでもまた引きずりはじめた。

ケンワースから最初に降りてきたのはひょろ長い男で、ためらうことなくベントレーの割れた窓から車内に発砲した。ふたりめは大柄で、ベルトの上に太鼓腹が突きだしていた。大男のライフルがくるりと回転してスコットのほうを向き、ＡＫ４７の先で黄色い花が咲いた。

腿《もも》に強烈な痛みが走り、ステファニーと拳銃をつかんでいた手から力が抜けた。衝撃で地べたにどさりとすわりこむと、脚から血が噴きだすのが見えた。拳銃を拾いあげ、さらに二発撃ったところで銃が動かなくなった。弾丸がない。膝立ちになって、もう一度ステファニーの腕を取った。

「わたし、もうだめ」

スコットは言った。「いや、そんなことない。絶対そんなことはない」

二発めの銃弾がスコットの肩の上部にめりこみ、身体を倒した。ステファニーと拳銃をつかんでいた手がまた離れ、左腕がしびれてきた。

大男はスコットを仕留めたと思ったのだろう。仲間たちのほうに向き直り、男が背を向けた隙に、スコットは役立たずの脚を引きずって動くほうの脚で地面を押しながら、横向きでパトカーへ向かった。車が唯一の避難場所だ。あそこまでどうにかたどりつけば、車を武器として、あるいは楯として使い、ステファニーのところにもどってこられる。

じわじわと車に引き返しながら、肩のマイクのスイッチを入れ、声を押し殺して精いっぱいどなった。

「巡査が負傷！　銃撃事件、銃撃事件！　２アダム２４、巡査二名が現場で重体！」

グレーのグラントリノから降りてきた男たちがベントレーのドアをあけ、車内に向けて発砲した。複数の人間が乗っているのがわかったが、見えたのは人影だけだった。銃声がやみ、背後でステファニーが叫んだ。血で喉をごぼごぼ鳴らしながら発せられた彼女の声が、ナイフのようにスコットを切り裂いた。

「置いていかないで！　スコッティ、行かないで！」

スコットは脚にいっそう力をこめ、必死にパトカーをめざした。車のなかにショットガンがある。イグニッション・キーはついたままだ。

「置いていかないで！」

「そうじゃない、ステファニー。ちがうんだ」

「もどってきて！」

パトカーまであと五メートルというところで、大男がステファニーの声を聞きつけた。振り返った男は、スコットを見て、ライフルを構え、発砲した。

スコット・ジェイムズが三度めの衝撃を感じたとき、弾丸は右脇腹の低い位置で防弾ベストを貫通していた。激烈な痛みは、あふれた血が腹腔にたまるにつれて、たちまち耐えがたいものとなった。

スコットはゆっくりと動きをとめた。這って進もうにも、力がまったくはいらない。片肘をついて仰向けになり、大男がもう一度撃ってくるのを待ったが、相手はベントレーに向き直った。

サイレンが近づいてくる。

ベントレーの内部に黒い人影が複数見えるが、なにをしているのか、そこまではわからなかった。グレーのグラントリノの運転手が銃撃犯たちのほうに身体をひねりながらマスクをめくりあげた。男の頬に白いものが一瞬見えたあと、ベントレーの車内と周囲にいた男たちは急いでグラントリノに乗りこんだ。

大男が最後だった。男はグラントリノのひらいたドアの前で躊躇《ちゅうちょ》し、いま一度スコットに目を向けて、ライフルを構えた。

スコットは叫んだ。

「やめろー!」

銃弾を逃れるためにあわてて飛びのこうとしたとき、サイレンの音がだんだん小さくなって、心地よい声になった。

「目を覚まして、スコット」

「やめろー!」

「三、二、一――」

銃で撃たれたあの夜から九カ月と十六日、パートナーが目の前で殺されてから九カ月と十六日、スコット・ジェイムズは悲鳴をあげながら目を覚ました。

2

銃弾の通り道から逃れようと勢いよく飛びのいたところでスコットは目を覚まし、かかりつけの精神科医のカウチからころがり落ちていないことに、いつものように驚いた。実際には小さくぴくりと動くだけだということは経験からわかっていた。生々しい過去から目覚めるときは毎回決まって同じで、記憶という夢幻状態のなかであの大男がＡＫ４７を構えた瞬間、飛び起きるのだった。スコットは落ち着いてゆっくりと深呼吸をし、激しい鼓動を鎮めようとした。

グッドマンの声が薄暗い部屋の向こうから聞こえた。ドクター・チャールズ・グッドマン、精神科医。ロサンゼルス市警の依頼でこの仕事をしているが、市警に雇われているわけではない。

「深呼吸をして、スコット。だいじょうぶかな」

「だいじょうぶ」

心臓がどくどく鳴り、両手は震え、胸には冷たい汗をびっしょりかいていたが、夢のなかの派手な動きがグッドマンの目にはぴくりとした小さな動きにしか見えないように、スコットは感情を押し殺すのが得意だった。

グッドマンは四十代の恰幅のいい男だ。先のとがったあごひげ、ポニーテイル、サンダル、足の爪はぼろぼろになっている。グッドマンの小さな診療所は、スタジオシティのロサンゼルス川近くにある化粧漆喰《しっくい》の二階建てビルの二階にある。最初にかかった精神科医は、チャイナタウンにある市警の行動科学部内にここよりはるかに立派な診療室を構えていたが、スコットはその女医が苦手だった。ステファニーを思いださせたから。

「水を持ってこようか？」

「いえ。いい、だいじょうぶです」

カウチから両脚をおろすと、肩と脇腹がこわばっていて、つい顔をしかめた。長時間すわっていると凝りがひどくなり、立って動くと多少は痛みがやわらぐ。催眠状態から覚めたあとは、順応するための時間もしばらく必要だった。燦々《さんさん》と日の照る通りから暗いバーに足を踏み入れたときのように。記憶を鮮明にするためにあの夜のできごとへと退行するのはこれで五度めになるが、きょうは終わったあとなにかがひっかかり、すっきりしなかった。そこでふと思いだしたことがあり、精神科医の顔を見た。

「もみあげ」

グッドマンがノートをひらき、記録しようと構えた。常になにか書いている。

「もみあげ？」

「逃走車を運転していた男。白いもみあげを生やしていた。もじゃもじゃの白いもみあげ」

グッドマンはノートにすばやくメモをとると、ぱらぱらとページをさかのぼった。

「もみあげのことはいまはじめて口にしたのかな」

スコットは懸命に記憶をたどった。口にしたことがあったか？　思いだしても口にしなかっただけか？　自問したが、答えはもうわかっていた。

「いままでは思いださなかった。この瞬間まで。いまはじめて思いだした」

グッドマンは猛然とメモをとったが、そうしていちいちを記録されると、スコットはますます懐疑的になる。

「実際にもみあげを見たんだろうか、それともそんな気がするだけかな」

グッドマンは片手をあげてメモをとり、終わってから口をひらいた。

「それはひとまずおくとしよう。思いだしたことを話してほしい。あれこれ考える必要はないよ。思いだしたことをただ口にすればいいんだ」

目にした記憶ははっきりしていた。

「サイレンが聞こえたとき、その男は仲間のほうを振り向いた。振り向きながらマスクをめくりあげた」

「その男も同じマスクをつけていた？」

スコットがこれまで口にしてきた五人の銃撃者の描写はいつも完全に同じだった。

「ええ、黒いニットのスキーマスク。マスクを途中までめくったら、もみあげが見えた。長くて、耳たぶの下まであった。灰色というか、銀色というか」

自分の耳元をさわって、頭に浮かぶ映像をよりはっきりさせようとした。薄暗い場所で、顔も遠くにあるが、白いものがくっきりと見えた。

「きみが見たものを詳しく話してほしい」

「見たのはあごのあたりだけです。白いもみあげがあった」

「肌の色は?」

「わからない。たぶん白人、あるいはラテン系か、色の薄い黒人か」

「考えなくていい。はっきり覚えていることだけ言えばいいんだ」

「わからない」

「その男の耳は見えた?」

「ちらっと見えた、でもかなり遠かったから」

「髪の毛は?」

「もみあげだけ。マスクを途中までめくっただけなのに、もみあげがちゃんと見えた。おかしいな、いまごろになってはっきり思いだすなんて。自分で記憶をでっちあげているんだろうか」

捏造《ねつぞう》された記憶、催眠状態でよみがえる記憶については、これまで広範囲にわたる資料を読んできた。そうした記憶は問題があると見なされ、ロサンゼルス郡の検察官はまず採用しないともたやすく攻撃され、当然のように疑念を生みだすからだ。

グッドマンはペンをはさんだままノートを閉じた。

「でっちあげというのは、実際は見ていないのに見たと思いこんでいる、ということかな」

「そう」

「わからないね。なぜきみがそんなことをする?」

いかにも精神科医然として、患者にみずから答えを言わせようとするグッドマンの態度は気に入らないが、もう七カ月もここに通っているスコットは、不本意ながらこのやり方を受け入れていた。

あの夜の生々しい記憶とともに意識を取りもどしたのは、銃撃事件の二日後のことだった。それから三週間、事件を担当する殺人課特捜班の刑事たちから徹底的な事情聴取を受け、五人の銃撃犯の人相を可能なかぎり描写したものの、身元がわかるような情報を提供することはできず、男たちはなんの特徴もないただのシルエットでしかなかった。五人ともスキーマスクと手袋をつけ、頭から爪先まで全身をすっぽり覆っていたのだ。足の不自由な者も、手脚が一部欠けた者もいなかった。だれの声も聞かなかったし、目や髪や肌の色、あるいは外から見えるタトゥーや傷痕、身振りといった、身元の特定につながるような情報も、なにひとつ提供できなかった。現場からわずか八ブロックの場所に乗り捨てられていたケンワースのトラックとフォードのグラントリノの車内にあった薬莢《やっきょう》からは、指紋も、鑑定に使えそうなDNAも、いっさい採れなかった。市警の殺人課特捜班の精鋭チームが捜査を担当しているにもかかわらず、容疑者をひとりも特定できないまま、手がかりは底をつき、必然的に捜査は暗礁に乗りあげた。

スコット・ジェイムズが撃たれてから九カ月と十六日、スコットを撃ち、ステファニー・アンダースを殺した五人の男たちは、まだつかまっていない。

いまも野放しになっている。

ステファニーを殺した五人の男。

殺人犯ども。

グッドマンをちらりと見たスコットは、顔が赤らむのを感じた。

「それは、役に立ちたいから。あの悪党どもをつかまえるためになにかしている気になりたいから、だから愚にもつかない特徴をでっちあげてる」

〝おれは生きてて、ステファニーは死んだから〟

ありがたいことに、グッドマンはいまの言葉を書きとめなかった。その代わり笑みを浮かべた。

「わたしはこれを有望と見るね」

「記憶を捏造することが?」

「きみがなにかを捏造したと考える理由はないよ。きみは当初からずっと、あの夜のさまざまな要素について詳しく証言してきた。ステファニーとの会話にはじまって、車両のメーカーと車種、銃撃犯たちが発砲したときに立っていた位置にいたるまで。きみの証言内容で確認可能なことはすべて確認済みだが、あの夜はいろいろなことが瞬時に起こって、そうした想像を絶するようなストレスのもとでは、ほんのささいなことは見落とされがちなものだよ」

記憶について説明するとき、グッドマンは決まってこうした言い方をする。記憶は彼の専門分野だ。グッドマンは身を乗りだして親指と人さし指の先を合わせ、〝ほんのささいなこと〟の意味をスコットに示した。

「忘れてはいけないよ、きみが薬莢のことを思いだしたのは、わたしたちの最初の退行療法のときだった。ケンワースのトラックが見える前にエンジンの音が聞こえたことを思いだしたのは、四回めのときだった」

わたしたちの退行療法。まるで自分も現場にいて、銃弾を受けながらステファニーの死に立ち会ったような言い方。それでも、グッドマンの指摘が的を射ていることは認めざるをえない。大男のライフルから弧を描いて飛びだした使用済みの薬莢が真鍮《しんちゅう》の虹のようにきらめいていたことは、最初の退行療法のときに思いだし、ケンワースのエンジンの回転数があがる音が聞こえたことを思いだしたのは、四回めのときだった。

グッドマンがますます前のめりになったので、椅子から落ちるのではないかとスコットは思った。いまや彼は真剣そのものだった。

「細かいこと――あの瞬間のストレスで忘れられていたささいな記憶――がよみがえりはじめたら、あとはどんどん思いだせるかもしれない。そういう研究報告があるんだ。ひとつ新しいことを思いだすたびに、それが次の記憶へとつながる、小さな亀裂からもれる水の勢いが徐々に加速して、やがてダムが決壊し、洪水が起こるように」

スコットは顔をしかめた。

「つまり、脳が崩壊すると？」

グッドマンはスコットのしかめ面に笑顔で応じ、ふたたびノートをひらいた。

「つまり、希望をもっていいということだ。きみの望みは、あの夜なにがあったのかを確認することだった。わたしたちがいまやっているのが、まさにそれなんだよ」

スコットは返答しなかった。自分の望みはあの夜を検証することだと信じていたのに、いつのまにか忘れたいと思うようになっていた。忘れることなどできそうになかったが。事件を追体験し、再考し、そのことに取りつかれ、あの夜を恨みながらも、どうしてもそこから離れられなかった。

スコットは時計を確認し、残り時間が十分しかないのを見て、立ちあがった。

「きょうはここまでにしていいですか。この件について考えてみたいので」

グッドマンがノートを閉じる気配はなかった。その代わり、咳払いをした。話題を変えるときの癖だった。

「時間はまだあるよ。あといくつか確認しておきたいことがあるんだがね」

確認する。精神科医特有の言いまわしで、あといくつか質問したいという意味だ。

「いいですよ。なんでしょう」

「退行療法が役に立っているかどうかについて」

「きょうはもみあげのことを思いだした。役に立ってると先生が自分で言ったばかりでしょう」

「なにを思いだすかということではなくて、きみが折り合いをつける役に立っているか、という意味だよ。悪夢を見る回数は減ってきているだろうか」

入院して四日めから、週に四、五回の割合で悪夢が眠りを妨げていた。その大半は、あの夜の事件の長いフィルムの一部を切り取った断片的な映像のようなものだ――発砲してくる大男、ライフルを持ちあげる大男、ステファニーの血で足を滑らせる自分、そして身体を貫く銃弾の衝撃。だが、近ごろ頻繁《ひんぱん》に見るのは被害妄想的な悪夢で、スキーマスクをつけた男たちに追われる夢だった。男たちはクローゼットから飛びだしてきたり、ベッドの下に潜んでいたり、車の後部座席から現われたりする。

スコットは答えた。「ずいぶんましになりましたよ。昨夜も悪夢を見たばかりだった。ここ二、三週間は見てない」

グッドマンはノートに記録した。

「それは退行療法のおかげだと思うかい？」

「それしかないでしょう」

グッドマンは満足げにうなずき、またメモをとった。

「社交生活のほうはどんな具合かな」

「社交生活は問題なし、同僚とビールを一杯ひっかけにいくという意味なら。つきあってる人はいない」

「いてほしい？」

「心の健康のためには気楽なおしゃべりが必要ってことですか」

「いやいや。そんなことはない」

「共感してくれる相手がほしいだけです。こういう立場にいるおれの気持ちを理解してくれる相手が」

励ますような笑みが返ってきた。

「いずれ時が来れば、そういう相手に出会うだろう。恋はなによりの癒やしになるからね」

忘れてしまうこと、あるいはこんなことをした悪党どもをつかまえること、それ以上の癒やしはないと思うが、あいにくそのどちらも起こりそうにない。

時計をちらりと見ると、あいにくまだ六分残っていた。

「きょうはこれで終わりにしませんか。もう疲れたし、仕事に行かなきゃならない」

「あとひとつ。その新しい仕事についてちょっとだけ話をしよう」

もう一度時計に目をやり、スコットはいらいらをつのらせた。

「どんなことを？」

「きみの犬はもう決まったのかな。前回の診療のとき、犬たちがもうじき到着すると言っていたね」

「先週こっちに着きましたよ。受け入れる前に、主任指導官が犬たちをチェックすることになってます。それがきのう終わって、準備が整ったらしい。きょうの午後におれの犬が決まるんです」

「そしてきみは現場に復帰するわけだ」

話の流れは読めているので、気が滅入った。この話は前にもしたことがある。

「認定されれば、そうなります。Ｋ９の隊員が働く場所は現場だから」

「悪党どもと直接対峙して」

「まあ、そうなりますね」

「きみは命を落とすところだった。また同じことが起こるかもしれないという不安はない？」

スコットは口ごもったが、不安のかけらもないふりをするほど愚かではなかった。パトカーには二度と乗りたくなかったし、内勤も気が進まなかったが、警備中隊の警察犬隊に三名の欠員があるとわかったとき、その仕事に就きたくて懸命に働きかけた。警察犬のハンドラー養成課程を終了したのが九日前のことだ。

「たしかにそのことは考える、でも警官ならだれだって考える。この仕事を続けたいと思う理由のひとつがそれです」

「警官全員が、一夜のうちに三度撃たれたあげくパートナーを亡くすわけではないよ」

スコットは返事をしなかった。病院で目覚めた日から、この仕事を辞めることについて千回は考えた。警官仲間の大半からは、傷病休職しないなんてどうかしていると言われ、市警の人事部からは、負傷の程度を理由に、復職の許可は永久に出ないだろうと言われたが、それでもスコットはこの仕事を続けたいと訴えた。理学療法を受けたいと訴えた。直属の上司に訴えた。〝メトロ〟の上司に犬といっしょに働かせてほしいと訴えた。夜中に目が覚めて横になったまま、そこまで必死に訴える理由をあれこれ並べてみた。ほかにどうしていいかわからないから、自分の人生には仕事しか残されていないから、銃撃事件のあとも自分は変わらず同じ人間だとみずからを納得させたいから。どれもぽっかりあいた暗闇を埋めるための無意味な言葉だった。同じように、グッドマンやほかのみんなに話したことも、嘘か、半分しか真実ではなかった。

本当のことを話すよりも、本当でないことを話すほうが楽だから。口には出さない心の奥の本音を言うなら、あの路上でステファニーといっしょに自分も死んでしまった、いまは人間のふりをしている亡霊でしかない、そんな気がしている。警察犬隊にはいる道を選んだことさえ虚勢にすぎない――パートナーなしでも警官になれるという。

沈黙が長引いていることを意識し、グッドマンが待っているのに気づいた。

スコットは言った。「ここで逃げたら、ステファニーを殺した悪党どもの勝ちだ」

「いまだにここへ通ってくるのはどうしてかな」

「生きていることと折り合いをつけるため」

「たしかにそれもあるだろう。だが、真実のすべてではないね」

「だったら、教えてほしい」

グッドマンはまた時計をちらりと見て、ようやくノートを閉じた。

「時間を少しオーバーしたようだ。いいセッションだったよ。来週も同じ時間でいいかな」

スコットは立ちあがり、急な動きにともなう脇腹の痛みを押し隠した。

「来週も同じ時間に」

ドアをあけようとしたとき、グッドマンがふたたび口をひらいた。

「退行療法が役に立っているのはなによりだ。思いだすことできみが落ち着いて気持ちの整理をつけられたらと思うよ」

一瞬口ごもったあと、ドアをあけて駐車場に向かいながら、ようやく返事をした。「思いだすことで忘れられたらと思いますよ」

ステファニーは夜ごとにやってくる。スコットを責めさいなむのは、記憶のなかにある彼女の姿――スコットの血まみれの手から滑り落ちていくステファニー、置いていかないでと哀願するステファニー。

〝置いていかないで！〟

〝スコッティ、行かないで！〟

〝もどってきて！〟

悪夢のなかで、ステファニーのまなざしと哀願の声が、スコットを苦悩で満たす。

ステファニー・アンダースは、スコットに見捨てられたと思いながら死んだ。いまも、そしてこの先も、自分がなにをどうしたところで彼女が最後に抱いた考えを変えることはできない。スコットは自分が助かりたい一心でわたしを見捨てた、そう思いこんだままステファニーは死んでいったのだ。

〝おれはここにいるよ、ステフ〟

〝きみを置き去りにしたんじゃない〟

〝きみを救おうとしたんだ〟

そんな言葉を、毎晩ステファニーがやってくるたびに訴えたが、死んでしまった彼女にはもう聞こえない。ステファニーを納得させることはもう永久にかなわないと知りつつ、それでも彼女がやってくるたびにとにかく訴え、スコットはみずからを納得させようとした。

3

グッドマンの診療所のあるビルの裏手の狭い駐車場は夏の熱気で怒り狂っており、大気はサンドペーパーなみに乾いていた。車はやけどしそうに熱く、スコットはハンカチを使ってドアをあけた。

一九八一年型の青いトランザムを買ったのは銃撃事件の二カ月前だった。右後ろのフェンダーはテールライトからドアにかけて派手なへこみがあり、青い塗料は腐食による穴だらけ、ラジオは壊れ、走行距離は二十万キロを超えていた。週末プロジェクトとして千二百ドルで購入し、余暇を利用してこのぽんこつ車を修理しようと考えていたが、銃撃事件のあとは興味が失せてしまった。九カ月たっても、車はぽんこつのままだった。

エアコンの冷たい風が出てくると、スコットはベンチューラ・フリーウェイのほうへと走りだし、グレンデールに向かった。

警察犬隊の本部は、ダウンタウンのセントラル署内にある〝メトロ〟に設けられているが、所属する犬たちの訓練は市内の複数の場所で行なわれる。中心となる訓練場所はグレンデールにあり、その広々とした施設で、スコットとほか二名の新人ハンドラーは、K9隊員として警察犬隊のベテラン主任指導官から二カ月間の訓練を受け、ハンドラー養成課程を修了した。訓練生は、病気や負傷を理由に現役から退いた警察犬とともに訓練を行なう。犬たちは協力的で、なにを期待されているかをちゃんとわきまえている。右も左もわからない新米ハンドラーにとっては、いろいろな意味で犬たちが教師となるが、養成過程を修了したのち、訓練済みの犬たちはそれぞれの暮らしへともどり、新人ハンドラーには訓練前の警察犬がパートナーとしてあてがわれ、三カ月半の認定期間がはじまる。新しいパートナー犬と一から絆を結びはじめるという意味で、新人ハンドラーたちが期待に胸を躍らせる瞬間だ。

わくわくした気分になるはずなのに、仕事に対する意欲はあまりわいてこなかった。スコットとパートナー犬が認定されれば、あとは自分と犬だけで車に乗ることになる、それがスコットの望みだった。ひとりでいることの自由。これまでは長い時間をステファニーといっしょに過ごしていた。

ハリウッドへの分岐点を通過したとき、電話が鳴った。発信者はロサンゼルス市警だったので、警察犬隊の主任指導官ドミニク・リーランドだろうと思い、応答した。

「スコットです」

男の声だったが、リーランドではなかった。

「ジェイムズ巡査、強盗殺人課のバッド・オルソだ。自己紹介しておこうと思って電話させてもらった。きみの事件を担当する捜査班のリーダーになったのでね」

スコットは黙ったまま運転を続けた。あの事件の担当刑事とはもう三カ月以上話をしていなかった。

「巡査、聞こえてるか？　切れてしまったかな」

「聞こえてます」

「きみの事件を担当する捜査班の新しいリーダーだ」

「聞きました。メロン刑事はどうしたんです？」

「メロン刑事は先月退職した。ステングラー刑事は異動。この事件の新しい捜査班が結成されたんだよ」

　メロン刑事は以前のリーダーで、ステングラーはそのパートナーだった。ふたりのどちらからもそんな話は聞いていない。最後に会ったのは、スコットが歩行器を使ってよろめきながら市警の本部庁舎に立ち寄った日だった。そのときは、五カ月におよぶ捜査で結局容疑者ひとりあげられず、新しい手がかりも見つけられなかったことで、殺人課特捜班の刑事部屋にいる全員の前でメロンに猛然と食ってかかった。その場から立ち去ろうとしたメロンにとっさにつかみかかり、歩行器から手を離して倒れた拍子にメロンもいっしょに引き倒してしまったのだ。いま思いだしても悔やまれるみっともない場面で、それが仕事への復帰の障害にもなりかねなかった。その後、スコットの〝メトロ〟の上司、ジェフ・シュミット警部が、強盗殺人課のキャロル・タッピング警部と話をつけ、先方がその一件を不問に付してくれたのだ。勤務中に通りで銃撃された巡査への温情ある処置だった。メロンは苦情を申し立てこそしなかったが、スコットを事件の捜査から締めだし、こちらからの電話にも折り返しの連絡をよこさなくなった。

　スコットは答えた。「そうですか。知らせてくれてどうも」

ほかになんと言っていいかわからなかったが、オルソの口調がやけに親しげなのが気にかかった。

「メロンからなにがあったか聞いてますか」

「ああ、聞いてるよ。きみは恩知らずの生意気な若造だと言っていた」

「たしかに」

知ったことか。メロンになんと思われようとかまわないし、この新任の男にもどう思われようとかまわなかったが、意外にもオルソは笑い声をあげた。

「なあ、きみがメロンとひと悶着起こしたことは知ってるが、こっちは新参者だ。きみと直接会って、ファイルの内容についていくつか確認したいんだが」

スコットは希望の炎が燃えあがるのを感じた。

「メロンが新しい手がかりをつかんだとか？」

「いや、そういうことじゃない。これはおれの独断で、あの夜なにがあったのかを手っ取り早く知りたいと思ってね。きょうこっちに寄れないだろうか」

希望の炎がしぼんで無残な燃えさしになった。オルソは悪い男ではなさそうだが、あの夜起こったことはたったいま追体験してきたばかりだし、事件の話をするのは正直もううんざりだった。

「これから勤務で、そのあとは用事がある」

一瞬、間があった。それで、さりげなく断ったことがオルソに伝わったのがわかった。

オルソが言った。「あしたではどうだろう、もしくはきみの都合のいいときでは？」

「こっちから電話してもいいかな」

オルソは直通の電話番号を教えて、通話を切った。

スコットは座席の脚のあいだに電話を置いた。ついさっきまで感じていた虚しさはいらだちに変わっていた。オルソはいったいなにを尋ねようとしているのか。そして、本当に見たのかどうか確信がなくても、例のもみあげのことを話すべきだろうか。

スコットは車線を横切って進路を変え、街の中心部へと向かった。グリフィス・パークを通過しながら、オルソの番号にかけた。

「オルソ刑事、いま話したスコット・ジェイムズです。まだそこにいるのなら、いまから寄れるけど」

「ああ、いるよ。ここの場所はまだ覚えてるか？」

その言葉にスコットはにやりとした。これはオルソ流のジョークだろうか。

「覚えてる」

「こっちに来ても、だれも殴ったりしないように」

スコットは笑わなかった。オルソも。

次いでドミニク・リーランドに電話をかけ、新入りの犬たちに会いにいけなくなったことを伝えた。リーランドはジャーマン・シェパードばりのうなり声をあげた。

「いったいどういうわけだ」

「これから〈ボート〉に行くので」

「〈ボート〉なんぞどうでもいい。あんなビルにはなにもないし、だれもいない、うちの犬たちより大事なものはな。おまえをうちのK9に入れたのは、あそこの連中とつきあってちんたら時間を過ごさせるためじゃないぞ」

強盗殺人課の特捜部は市警の本部庁舎の五階に設置されている。本部庁舎は十階建てで、通りをはさんだ向かいには市庁舎があった。市庁舎に面している側は、先端のとがった薄い三角形のガラスのくさびのような形になっている。それが船の舳先のように見えることから、この本部庁舎は〈ボート〉というニックネームで呼ばれていた。

「強盗殺人課に呼びだされたんです。事件のことで」

リーランドのうめき声が小さくなった。

「おまえの事件か」

「そうです。いま向かっています」

口調がまたぶっきらぼうになった。

「よし、そういうことなら、とっとと終わらせてこっちへ来い」

グッドマンの診療所へ行くのに制服を着ていったことは一度もない。制服はジム・バッグのなかに、拳銃はトランク内の鍵つきの箱に入れてある。一番通りでフリーウェイを降りて、〈ボート〉の駐車場で制服に着替えた。メロンとの一件のことで非難の目を向けてくる刑事も少なからずいるだろうと予期していた。いずれにしろ、そんなことはどうでもいい。ただ警察官であることを示しておきたかった。

ロビーの受付係にバッジと市警のＩＤカードを呈示し、オルソに会いにきた旨を告げた。受付係は短い電話を一本かけてから、胸にとめる別のＩＤカードを差しだした。

「待っているそうです。場所はわかりますか」

「わかる」

ロビーを横切るあいだ、なるべく脚を引きずらないようにした。片脚に大量の鋼鉄が埋めこまれていてはそれも容易なことではなかった。グッド・サマリタン病院の緊急治療室に搬送された夜、スコットは片方の腿、肩、下胸部の手術を受けた。その週のうちにもう二回、六週間後にさらに二度の手術を受けた。脚の負傷で一・五キロ近い筋肉組織を失い、大腿骨を再建するために鋼鉄の棒一本と六本のねじを入れなければならず、神経障害が残った。肩の再建には三枚のプレートと八本のねじを要し、ここでもまた神経障害が残った。いくつもの手術を受けたあとの理学療法は苦痛をともなったが、スコットは耐え抜いた。痛みに負けない強さを身につけて、多少の鎮痛薬をのめばいいだけだ。

バッド・オルソは四十代前半で、ボーイスカウトの隊長風の丸ぽちゃの顔の上に王冠のような短い黒髪がのっていた。スコットがエレベーターから足を踏みだすと、思いがけずオルソが待ち構えていた。

「バッド・オルソだ。会えてうれしいよ、こんな状況で会うのは残念だが」

オルソは驚くほど力強く手を握ってきたが、すぐさまスコットを解放し、殺人課特捜班の部屋へと案内した。

「この事件がまわってきて以来、ファイルと首っ引きだ。ぞっとするよ、あの夜起こったことを考えると。仕事に復帰してどれぐらいになる？」

「もうじき三カ月」

儀礼的な会話。スコットは早くもいらだち、殺人課特捜班の刑事部屋でなにが待ち構えているのだろうと気になった。

「よく上が許したと思うよ」

「なにを？」

「復帰を。傷病休職の資格は充分にあった」

スコットは返事をしなかった。もう話をするのにうんざりして、来なければよかったと思った。

歩きながら、オルソはスコットの肩についているK９の記章に目をとめた。

「K９か。あそこの仕事は楽しいだろうな」

「そこそこ。あいつらは言われたことをして、口答えはしない、ただの犬です」

オルソはようやく気配を察し、それきり口をつぐんで、殺人課特捜班へと誘導した。ドアをくぐるとき自分が緊張しているのを感じたが、部屋には五人の刑事がまばらにいるだけで、だれひとり顔をあげもしなければ、スコットの存在を認めた気配すら見せなかった。オルソのあとについて、長方形のテーブルと椅子が五脚ある狭い会議室にはいった。テーブルの上座に大きな黒いファイルボックスが置いてある。スコットの証言を書き起こした調書がテーブル一面に広げてあった。ベントレーに乗っていたふたりの男の友人や家族による供述書もある。ひとりは運転席にいたエリック・パラシアンという不動産開発業者で、十六発撃たれ、もうひとりはその従兄弟のフランス人で不動産関係の弁護士ジョルジュ・ベロア、こちらは十一発撃たれていた。

オルソはテーブルの上座へ行き、スコットには好きな場所にすわるようにと言った。

スコットは身構えながら腰をおろし、同時に横を向いたので、顔をしかめたところはオルソに見られずにすんだ。椅子に腰かけると決まって脇腹に鋭い痛みが走る。

「コーヒーか水は?」

「だいじょうぶ。ありがとう」

犯行現場を描いた大きなスケッチが壁に立てかけてあった。ケンワースとベントレー、グラントリノ、それとパトカーの絵だった。ステファニーとスコットも描かれている。そのポスター用ボードのそばの床に茶封筒が置いてある。中身は犯行現場の写真だろうと思い、目をそらした。顔をあげると、オルソがこちらを観察していて、その顔はもうボーイスカウトの隊長風には見えなかった。目の焦点がぴたりと合い、視線が刺さりそうなほど険しくなった。

「事件のことを話すのはさぞつらいだろう、わかるよ」

「そうでもない。知りたいことというのは?」

オルソは一瞬スコットを凝視し、それから質問を口にした。

「大男がきみにとどめを刺さなかったのはどうしてだ？」

そのことはもう何度となく繰り返し自問してみたが、答えは推測の域を出なかった。

「救急車のせいだろう、たぶん。サイレンがどんどん近づいてきてた」

「そいつが立ち去るところは見たのか？」

調書を読んだのなら、答えはわかっているはずだ。

「いや。ライフルを持ちあげるところは見えた。銃が上にあがって、おれは後ろに倒れて、たぶん気を失ったんだろう。よくわからない」

のちに病院で、気を失ったのは失血のせいだと言われた。

「やつらが立ち去る音は聞こえたか？」

「いや」

「車のドアの閉まる音は？」

「いや」

「救急隊が到着したときは意識があったのか？」

「救急隊はなんて？」

「きみに訊いてるんだ」

「ライフルが上にあがって、頭が後ろに引っぱられて、気がついたら病院にいた」

肩の痛みがひどくなってきた。芯からくる激痛、筋肉が石に変わりつつあるような。瘢痕組織が引き裂かれているかのような痛みが背中一面に広がった。

オルソはゆっくりとうなずき、皮肉っぽく肩をすくめた。

「サイレンというのは有望な線だが、実際のところはわからない。後ろにばったり倒れたのを見てきみが死んだと思ったのか。弾丸切れだったのか。銃がうまく発砲しなかったのかもしれない。いずれ本人に訊いてみるとしよう」

オルソは薄い報告書を手に取り、後ろにもたれた。

「問題は、気を失うまできみの耳はじつによく聞こえていたということだ。ここにある証言によれば、きみとアンダース巡査は現場が異様に静かだという話をしていた。静寂に耳を傾けられるように彼女がエンジンを切った、ときみは言っている」

顔がかっとほてるのを感じ、刺すような罪の意識が胸の中心を突き抜けた。

「そのとおり。おれが言いだした。エンジンを切ってくれと彼女に頼んだんだ」

「なにか聞こえたのか？」

「静かだった」

「静かだったことはわかったが、どんなふうに？　背景音はあったか？」

「どうかな。フリーウェイの音がしていたかも」

「推測はいい。隣のブロックの話し声は？　犬の吠える声は？　特に耳についた物音は？」

オルソの狙いはなんだろうとスコットは気になった。メロンにもステングラーにも背景音のことなど訊かれなかった。

「思いだせる音はなにもない」

「ドアを閉める音は？　エンジンをかける音は？」

「静かだった。なにを言わせたいんですか」

オルソは椅子をまわして犯行現場のスケッチのほうを向いた。身を乗りだし、ケンワースが出てきた脇道を指さした。交差点から数えて三軒めの店に青い×印がついている。

「きみたちが撃たれた夜、この店に泥棒がはいった。店主が言うには、店の戸締まりをしたのが夜の八時、それから翌朝七時までのあいだにやられたらしい。きみとアンダースが現場にいるときに窃盗《せっとう》事件が起こったと考える理由はなにもないが、実際のところはわからない。その点がずっと気になっているんだ」

　メロンかステングラーの口から窃盗事件のことを聞いた覚えはなく、これは捜査において重要な要素のはずだった。

「メロンからそんな事件のことは一度も訊かれなかった」

「メロンは知らなかったんだ。店の所有者はネルソン・シン。この名前に覚えは？」

「ない」

「アジアから菓子だの薬草だのガラクタだのを輸入して卸している――なかにはアメリカへの持ちこみが法律で禁じられているものもある。しょっちゅう泥棒にはいられていて、だからわざわざ警察には届けなかった。その代わり武器を買いにいって、六週間前にアルコール《A》・煙《T》草・火器《F》局のおとり捜査にひっかかった。しょっぴかれたときはすっかりびびって、とにかくしょっちゅう被害にあってるからフルオートマティックのＭ４がどうしても必要なんだと言い張った。店が何回襲われたか、そいつは日付をリストにしてATFに提出したんだ。ちなみにこの一年で六回だ。その日付のひとつが、きみの撃たれた日と一致していた」

店の場所を示す青い×印をスコットは凝視した。ステファニーがエンジンを切ったあと、ふたりが静寂に耳をすましたのはせいぜい十秒か十五秒で、そのあとは話をしていた。それからベントレーが現われたが、あまりに静かだったので、まるで車が泳いできたみたいだと思ったのを覚えている。

「ケンワースがエンジンをふかしたのは聞いた。脇道から出てくる前にディーゼルエンジンの大きい音が聞こえた」

「それで全部か？」

どこまで話すべきか、そしてどう説明すべきか、スコットは悩んだ。

「それは最近思いだした記憶なんだ。それを聞いたことを思いだしたのは二週間前だった」

オルソが顔をしかめたので、スコットは続けた。

「あの夜は短時間にいろいろなことが起こった。大きいことは思いだしたけど、細かいことはいろいろ忘れていた。それが少しずつよみがえってきてる。医者に言わせると、そういうものらしい」

「なるほど」

悩んだあげく、もみあげの件を話すことにした。

「じつは逃走車を運転していた男がちらっと見えた。調書を読んでも書かれていない、ついさっき思いだしたことだから」

オルソは身を乗りだしてきた。

「そいつを見たのか？」

「横顔を。スキーマスクを一瞬だけめくりあげた。白いもみあげを生やしていた」

オルソが椅子をそばに引いてきた。

「シックス・パックからそいつを見分けられるか？」

〝シックス・パック〟とは、外見が似ている容疑者の顔写真を六枚ひと組にしたものをさす。

「見えたのはもみあげだけだった」

「似顔絵描きと共同作業をしてくれるか？」

「そこまでちゃんと見えたわけじゃない」

オルソの顔にいらだちが表われていた。

「人種は？」

「覚えているのはもみあげだけなんだ。もっと覚えてるのかもしれないけど、わからない。主治医の話だと、ひとつの記憶が次の記憶の引き金になることもある、そういう仕組みらしい。ケンワースのエンジンの音を思いだして、次はもみあげ、そうやってほかの記憶もだんだんよみがえってくる可能性はある」

オルソは考えこむ顔になり、やがて椅子の背に身体をもどした。雰囲気全体がやわらいだように見えた。

「きみはたいへんな苦しみを味わってきたよ、本当に。こんなことになって気の毒としか言いようがない」

なんと答えていいかわからなかった。結局、肩をすくめた。

オルソが言った。「これからは連絡を取り合うようにしよう。ほかにもなにか思いだしたら電話をくれ。きみが重要だと思うかどうかはいっさい気にしなくていいから。こんなつまらないこととか、ばかげてるんじゃないかとか、そんな心配は無用だ、いいな。きみが知ってることは全部こっちにも教えてほしい」

スコットはうなずいた。テーブル一面に広げられている書類と箱のなかのファイルをちらりと見た。思っていたより箱は大きく、中身も多い。メロンが教えてくれた情報量の少なさを思えば。

ファイルボックスをしばらく眺めたあと、オルソに視線をもどした。

「ファイルをひととおり読ませてもらってもいいかな」

スコットの視線を追って、オルソも箱に目を向けた。

「内容に目を通したいのか？」

「ひとつの記憶が次の記憶の引き金になる。新しいことを思いだす役に立つようなものがないか見てみたい」

一瞬だけ考えて、オルソはうなずいた。

「すぐには無理だが、わかった。きみがそうしたいと言うなら。ここで目を通してもらわなきゃならないが、見せることに異存はないよ。数日中に連絡をくれ、そのとき時間を決めよう」

オルソが腰をあげ、つられてスコットも立ちあがったとき、顔をしかめたのを見られた。

「だいじょうぶか？」

「瘢痕組織が引きつれる。医者の話だと、こわばりがとれるまでに一年近くかかるらしい」

みんなに話しているのと同じたわごとだ。

オルソはそれ以上なにも言わず、黙って廊下に出るとエレベーターに向かった。そこでふたたび険しいまなざしを見せた。

「もうひとつ言っておく。おれはメロンとはちがう。メロンはきみに同情していたのに、きみが頭のいかれた厄介者になったんで、病院に閉じこめておけばよかったと思うようになった。きみはきみで、おそらくメロンのことを無能な刑事だと思ってるんだろう。どっちもまちがってる。きみがどう思ってるか知らないが、あのふたりはそりゃあがむしゃらに働いてた。でも、どれだけがむしゃらにやっても成果が出ないときは出ない。悔しいが、そういうことは往々にしてあるんだ」

スコットはなにか言おうと口をあけたが、オルソが片手をあげて制した。

「途中で投げだすようなやつはここにはいない。おれも途中で投げだすつもりはない。この件にはなんとしても決着をつけるつもりだ。その点は了解済みでいいな？」

スコットはうなずいた。

「こっちのドアはあけておく。遠慮なく電話をくれていい。ただし、そっちが日に十六回かけてきても、おれは十六回かけ直すつもりはない。その点もいいな？」

「十六回も電話をかけたりしないよ」

「ただし、おれが十六回かけたら、きみはその都度、大至急折り返しの電話をかけるんだ。こっちには訊きたいことがあって、答えが必要という意味だからな」

「引越してあんたと同居してもいいよ、それで犯人どもがつかまるなら」

オルソはにやりと笑い、ボーイスカウトの隊長顔がもどってきた。

「同居するにはおよばないが、犯人どもはかならずつかまえる」

ふたりはエレベーターの前で別れのあいさつを交わした。オルソが部屋にもどっていくのを待って、スコットは脚をかばいながら男子用トイレに行った。だれも見ていないときは傍目にもわかるほど脚を引きずっていた。

痛みは激烈で、いまにも吐きそうだった。

冷たい水を顔にかけ、こめかみと目をさすった。顔をふいて、ビニールの小袋からバイコディンを二錠取りだしてのんだあと、もう一度冷たい水で顔を洗った。

軽くたたくようにして顔をふき、鏡に映る自分を見ながら鎮痛薬が効いてくるのを待った。撃たれた夜に比べると体重は七キロ近く落ち、脚のせいで身長は一センチ以上縮んだ。しわができ、老けて見えるようになった。こんな姿を見たら、ステファニーはどう思うだろうか。

ステファニーのことを考えていたとき、制服巡査がドアをあけた。あわてていたのか、若い巡査はバシンと乱暴にドアをあけた。スコットは横に飛びのいて騒音から離れ、それから巡査のほうを振り返った。心臓が飛びださんばかりに激しく鼓動を打ち、血圧が急激にあがって顔がひりつき、呼吸が胸の途中でとまった。両耳の奥で脈拍がどくどく鳴るなか、凍りついたように立ちつくしたまま、ただ凝視していた。

若い巡査が言った。「おっと、ごめん、驚かせて悪かった。急いでたもんで」

そのまま小便器に向かった。

スコットはその背中をにらみ、両目を固く閉じた。ぎゅっと閉じても、そこに見えているものを締めだすことはできなかった。スキーマスクをつけた太鼓腹の男がAK47を手に向かってくるのが見える。夢のなかでも、目覚めているときも、その男が見える。そいつがまずステファニーを撃ち、そのあと銃をスコットに向けるのが見える。

「あの、だいじょうぶ?」

目をあけると、若い巡査がじっと見ていた。

スコットは相手を押しのけるようにしてトイレから出た。ロビーを歩くときも、はじめての犬を受け取りに訓練所に着いたときも、脚は引きずっていなかった。

4

警察犬隊の中心をなす訓練所は多目的施設で、〈ボート〉のすぐ東を流れるロサンゼルス川の東岸に位置している。名もない工業ビル群が零細企業や安いレストランや公園へと変貌しつつある地域だった。

スコットは車でゲートを通過し、だだっ広い緑の運動場の端にあるベージュのシンダーブロックの建物に隣接する狭い駐車場に車を入れた。運動場はソフトボールの試合やコロンブス騎士会のバーベキュー大会や警察犬の訓練にも充分なほど広々としている。犬のための障害物コースが建物に沿って設置されていた。運動場の周囲には背の高い金網のフェンスがぐるりと張られ、分厚い生垣が外部からの視線をさえぎっている。

建物のそばに車をとめて降りると、何人かの巡査がそれぞれの犬と訓練をしているのが見えた。K9のメイス・シュティリク巡査部長が、片側の臀部《でんぶ》に奇妙な印のついたジャーマン・シェパードを運動場で走らせていた。見たことのない犬なので、メイスの飼い犬だろうか、とスコットは考えた。運動場のこちら側では、カム・フランシスと相棒犬のトニーが、右腕と手を綿入りの分厚い腕カバーで覆った人間に近づいていく。ハンドラーのアル・ティモンズで、容疑者役を演じているところだった。トニーは体重二十五キロのベルジアン・マリノア種で、見た目はジャーマン・シェパードを小さく細身にしたような感じだ。ティモンズが急に向きを変えて走りだした。四十メートルほど離れるのを待って、フランシスが犬を放すと、犬はガゼルを追うチーターよろしく猛然とティモンズに突進していった。ティモンズが振り返り、クッションつきの腕を振りまわして犬の攻撃に備えた。トニーは六、七メートル手前からティモンズに飛びかかり、腕カバーをがっちりとくわえた。ふいをつかれた人間ならこの衝撃で倒れてしまうところだが、ティモンズは場数を踏んでいるし、犬の動きが読めている。衝撃に合わせて身をひねり、トニーを空中で何度も揺らしては振りまわした。トニーはくわえた腕を放さない。スコットにはわかっているが、犬は振りまわされるのを楽しんでいた。マリノアという犬種は咬む能力にすぐれ、一度咬んだら放さないので、冗談まじりにワニにたとえて〝マリゲーター〟と呼ばれたりする。ティモンズがまだ犬を振りまわしているとき、スコットはリーランドに気づいた。犬の訓練をしている隊員たちを、建物の壁に寄りかかって観察している。腕組みをして、ベルトには巻いたリードが一本、クリップでとめられている。この男がリードを脇にさげていない姿は一度も見たことがない。

　ドミニク・リーランドは長身痩軀のアフリカ系アメリカ人で、Ｋ９のハンドラーとして三十二年のキャリアを持つ。最初は合衆国陸軍で、その後ロサンゼルス郡保安官事務所で、最後はロサンゼルス市警で。市警の警察犬隊における生きた伝説だった。

　禿げた頭頂部の周囲を短い白髪まじりの毛が縁取り、左手の指が二本欠損している。獰猛《どうもう》なロットワイラー・マスチフの闘犬に食いちぎられたのだ。リーランドがこの職務を通じて受けることになる七つの勇士勲章のうち最初のひとつを受章した日のことだ。リーランドと彼の最初の相棒犬、ジャーマン・シェパードのメイジー・ドブキンは、〈エイト・デュース・クリップ〉所属の殺人容疑者およびハワード・オスカリ・ウォルコットという悪名高いヤクの売人の捜索任務を与えられた。その日の早い時間に、ウォルコットはバス停で待っていた高校生の列に九発の弾丸を撃ちこみ、三名を負傷させ、タシーラ・ジョンソンという十四歳の少女を死なせていた。市警の地上部隊と航空支援部隊がウォルコットを現場付近の狭い一画に追いこんだあと、容疑者の居場所を特定すべくリーランドとメイジー・ドブキンが呼ばれた。容疑者は武装した危険人物で、互いに隣接する四軒の家のどこかに潜伏していると思われた。リーランドとメイジーは一軒めの捜索を難なく終え、隣接している裏庭へと移動した。そこは当時〈クリップ〉の別のメンバー、ユースティス・シンプソンが根城としていた家だった。そのとき警察は知らなかったが、シンプソンは敷地内で超大型のロットワイラーとマスチフの交雑種二頭を飼っており、どちらもシンプソンの違法な闘犬ビジネスに使われたあと引退した傷だらけの獰猛な犬だった。

その日、リーランドとメイジー・ドブキンがシンプソンの裏庭にはいると、二頭の犬は縁《えん》の下から飛びだしてメイジー・ドブキンに襲いかかった。体重六十キロを超える最初の犬がメイジーに体当たりして倒した。首を咬んで地面に押さえつけると、同じくらい体重のある二頭めの犬がメイジーの右の後脚をくわえて、テリア犬がねずみを振りまわすように振りまわした。メイジーは悲鳴をあげた。ドミニク・リーランドは、庭のホースを取りに走るとか胡椒《こしょう》スプレーを手配するとかして時間を無駄にするような愚かな行動に走ることもできたが、そんなことをしていたらメイジーは死んでしまう。そこでリーランドは格闘のなかに飛びこんだ。メイジーに弾丸があたらないよう、脚をくわえている犬を膝で押さえこんで背中にベレッタを押しつけ、引き金を引いた。空いたほうの手でもう一頭の顔をつかみ、メイジーの首から引き離そうとした。育ちすぎた怪物がその手に咬みつき、リーランドは二発撃ったが、小指と薬指はすでに咬みちぎられていた。のちに当人は、なにも感じなかったと語った。指が二本ないことに気づいたのは、メイジーを救急車に乗せて、救急隊員たちに大急ぎで最寄りの獣医のところへ連れていけとどなったあとだった、と。リーランドとメイジー・ドブキンはどちらも回復し、メイジーが引退するまで六年間ともに働いた。ロサンゼルス市警が撮影したリーランドとメイジー・ドブキンの公式写真は、いまもリーランドのオフィスの壁に飾られている。歴代のパートナー犬との写真はすべて飾ってあった。

リーランドがこちらを見て顔をしかめたが、スコットはとりたてて気にしなかった。だれを見てもなにを見ても顔をしかめる男なのだ。ただし自分の配下の犬を見るときだけは別だが。

リーランドが腕組みを解いて建物のなかにはいっていった。

「ほら、さっさと来い、こぢんまりとしたオフィス二部屋、全体会議室、そして犬舎に分かれている。警察犬隊はこの施設を訓練と評価のためにのみ使っており、常勤の職員は配属されていない。

スコットはリーランドのあとについてオフィスの前を通過し、上司が話すのを聞きながら、犬舎にはいった。左側には金網フェンスのゲートと壁からなる犬用の囲いが八つ並んでおり、その前を通過して建物の奥のドアへと続く通路が一本ある。犬の囲いはそれぞれ幅一・二メートル、奥行き二・四メートルで、両側の壁は床から天井まである。床はコンクリートの厚板に排水管が埋めこんであるので、ホースで洗い流すことができる。訓練犬たちがここに滞在していたとき、スコットと同期生ふたり、エイミー・バーバー、セイモア・パーキンズの朝は、犬の糞を拾って床を消毒剤で洗うことからはじまった。おかげで犬舎は病院のようなにおいがする。

リーランドが言った。「パーキンズはジミー・リグズの犬、スパイダーと組ませるつもりだ。いいコンビになるだろう。あのスパイダーはな、ここだけの話、なかなか我が強い。だがパーキンズなら、いずれあいつと折り合いをつけてくれるはずだ」

新人ハンドラー三名のなかでも、リーランドはセイモア・パーキンズをいちばん買っていた。幼いころから猟犬とともに暮らしてきたパーキンズには、犬とたしかな信頼関係を結ぶ才能があり、犬たちもすぐに彼を信頼した。エイミー・バーバーには犬と心を通い合わせる本能的な感覚が備わっていて、華奢《きゃしゃ》な身体や高めの声からは想像もつかないほどの指揮権を披露してみせた。

リーランドが二番めと三番めの囲いのあいだで足をとめた。そこで二頭の新入りの犬が待っていた。どちらもリーランドが近づいていくと立ちあがり、近くにいたほうが二回吠えた。どちらも引き締まった身体つきのオスのベルジアン・マリノアだった。

リーランドはわが子たちを見るように顔をほころばせた。

「すばらしいだろう? こいつらを見てみろ。なんとも凜々しい若者じゃないか」

さっき吠えた犬がまた吠えて、二頭とも尻尾を盛大に振った。

どちらも、K9部隊が提供する書面のガイドラインに沿ってブリーダーがひととおり訓練をすませ、それからここへやってきた犬だということは知っていた。警察犬候補にもっともふさわしい犬を求めて世界中のブリーダーを訪ね歩くリーランドにとっては、そこが重要な点だった。リーランドはこの三日間、個人的にこの犬たちを自分のペースで走らせ、適性を評価し、それぞれの性格と特徴をつかんでいた。K9に送られてくる犬がすべてリーランドの求める基準に達するわけではない。基準に達しない犬は不合格となり、ブリーダーにもどされる。

リーランドは二番めの囲いにいる犬を見やった。

「こいつはガットマン。あのばかたれども、なんだってまたガットマンなんて名前をつけたんだか、さっぱりわからんが、それがこいつの名前だ」

通常、購入された犬たちは二歳前後にここへ来るので、すでに名前がついている。寄贈された犬たちはそれより一歳上のことが多い。

「で、こっちがクォーロだ」

ガットマンがまた吠えて、ゲート越しにリーランドをなめようと後脚で立ちあがった。

リーランドが言った。「ガットマンは少し神経質なところがある。だからエイミーと組ませようと思う。こっちのクォーロはとびきり賢い子だ。思慮分別があって、つきあいやすい相手だから、おまえとこのクォーロくんはいいコンビになるだろう」
〝つきあいやすい相手〟〝とびきり賢い子〟とは、要するに〝ほかの犬ではおまえの手に負えない〟をリーランド流に表現したのだろうとスコットは解釈した。パーキンズとバーバーは優秀なハンドラーだから、むずかしいほうの犬と組ませる。スコットは劣等生というわけだ。

犬舎の奥のドアがひらく音がして、メイスが先ほどのジャーマン・シェパードを連れてはいってきた。犬を囲いに入れて、なかから大型犬用のクレートを引っぱりだし、ゲートを閉めた。

スコットはクォーロを観察した。濃い黄褐色の身体に黒い顔、ぴんと立った黒い耳、美しい犬だった。目には温かみと知性が感じられる。態度は見るからに落ち着いている。ガットマンがそわそわと無駄な動きをするのに比べ、クォーロは冷静そのもの。おそらくリーランドの言うとおりなのだろう。自分にはこれがいちばん楽な犬なのだ。

リーランドをちらりと見たが、向こうはこちらを見ていなかった。うれしそうに犬を見ている。

スコットは言った。「おれはもっとがんばります。精いっぱいがんばります」

リーランドが顔をあげ、一瞬スコットをじっと見た。記憶にあるかぎり、リーランドが顔をしかめていないのは犬を見るときだけだが、それがいまは思案顔に見える。三本指の手がベルトにとめられたリードに触れた。

「こいつはスチールとナイロンじゃない。神経だ。片端を自分にとめて、反対の端をこの犬にとめる。こいつは犬を引っぱって通りを歩くためにあるんじゃないぞ。この神経を通して、おまえは犬を感じ、犬はおまえを感じる、双方向に流れるんだ——心配も、不安も、自制も、容認も——すべてこの神経を通して直接流れる。おまえと犬は互いの顔を見るまでもないし、おまえが言葉を発するまでもない。犬はそれを感じ取れるし、おまえもそれを感じ取れる」

リードをはずして、クォーロに目を向けた。

「おまえはがんばる、よかろう、おまえが働き者なのはわかっている。だががんばっても築けないものもある。この二カ月おまえを見てきた。要求されたことはすべてこなしたが、おまえのリードを通してなにかが流れるところはまだ一度も見ていない。言わんとすることがわかるか?」

「もっとがんばります」

それ以外に言いようはないかと考えていたとき、カム・フランシスが背後でドアをあけ、トニーの脚を見てほしいとリーランドに頼んだ。心配そうな顔をしている。リーランドは、すぐにもどると言いおいて、顔をしかめながら足早に立ち去った。スコットはしばらくクォーロを眺め、それから犬舎の反対側、メイスがホースでクレートを洗っているところへ行った。

スコットは声をかけた。「どうも」

メイスが言った。「水がかからないように気をつけろよ」

先ほどのシェパードが、囲いの奥のやわらかいマットに寝そべって両前脚のあいだにあごを出していた。典型的な黒と褐色まじりのメスのジャーマン・シェパードだ。黒い鼻先が頬と顔面にかけて徐々に薄茶色になり、頭頂部には炎のような黒い毛、そして黒い大きな耳。眉間にしわが寄り、視線がスコットからメイスへ、またスコットへともどった。身体のほかの部分はまったく動かない。硬いゴムのおもちゃが見向きもされず新聞紙の上に放置されており、革のガムも新鮮な水のボウルも同様だった。クレートの側面に名前が書いてある。スコットは首をかしげてそれを読んだ。マギー。

体重は三十五キロから三十八キロといったところか。〝マリゲーター〟よりずっと大きい。シェパードらしく胸から腰にかけてどっしりしているが、片側の臀部に毛の生えていない灰色の線があり、それがスコットの目を惹いた。もっとよく見ようとクレートの横をすり抜けていくと、犬の視線がその動きを追いかけた。

「これがマギー？」

「ああ」

「ここの犬？」

「いや。寄贈犬。オーシャンサイドの家族がうちで使えるんじゃないかと考えた。けどリーランドは送り返すつもりだ」

スコットはよく観察し、その灰色の線は傷痕だと判断した。

「なにがあった？」

メイスはホースを横に置き、ゲートの前に来てスコットと並んだ。

「アフガニスタンで負傷した。あの傷は手術の痕だ」

「ひどいな。軍用犬か？」

「海兵隊にいたんだよ、この子は。傷は完治してるけど、リーランドは不適格だと言ってる」

「どういう任務についてた？」

「兼用犬だ。警備と爆発物探知」

軍用犬についての知識はほとんどないに等しいが、彼らの受ける訓練が特殊かつ高度であることは知っていた。

「爆弾にやられたのか」

「いや。この子のハンドラーが、よくいる命知らずの連中に吹っ飛ばされた。この犬はそばに張りついてた。それでどこかのいかれた野郎が犬を撃ち殺そうとした」

「なんてことを」

「まったくだ。二回も撃たれたとリーランドが言ってたよ。この子は相棒のそばから頑として動かなかった。護ろうとしたんだろうな。ほかの海兵隊員でさえ近づけようとしなかったそうだ」

スコットはジャーマン・シェパードをじっと見ていたが、メイスと犬舎は次第に遠のき、あの夜の銃声が聞こえた——雷鳴のような音を轟《とどろ》かせるオートマティックのライフル、鞭のようにピシッとはねる銃声のコーラス。そこで犬の茶色の瞳とスコットの目が合い、ふたたび犬舎に引きもどされた。

スコットは頬の内側を嚙み、咳払いをして口をひらいた。

「この子はそばを離れなかったのか」

「そう聞いてる」

犬が自分たちを観察しているのに気づいた。鼻が絶え間なく動き、ふたりのにおいを嗅いでいる。伏せの姿勢からまったく動かず、それでいて人間に意識を集中しているのがわかった。

「傷が完治してるなら、リーランドはなにが気に入らないんだろう」

「ひとつは、騒音に弱い。ああして奥に引っこんでる、いかにも臆病な感じだろ？　ストレス障害だとリーランドは考えてる。犬にもトラウマがあるんだな、人間と同じで」

思わずかっとなり、いらだちを隠すためにゲートをあけた。メイスやほかのハンドラーたちから、自分も陰でこんなふうに言われているのだろうか。

スコットは声をかけた。「やあ、マギー、調子はどうだ？」

マギーは伏せたまま耳を後ろに寝かせた。服従の印ではあるが、じっとこちらを見すえているのは、おそらく敵意の表われだろう。ゆっくりと近づいていった。マギーはその動きを目で追っているが、耳は寝かせたままで、警告のうなりは発しなかった。スコットは手の甲をマギーのほうへ差しだした。

「いい子だ、マギー。おれはスコット。警察官だ、だからおれを困らせないでくれよ、いいね」

五十センチほど手前でしゃがみ、犬の鼻の動きを見守った。

「なでてもいいかな、マギー。なでさせてくれないかな」

そうっと手を近づけていくと、顔の十五センチほど手前でマギーが咬みつこうとした。目にもとまらぬ早業で、うなりながらぱくりとやり、あわてて立ちあがったときに手の甲を咬まれた。

メイスが大声で叫び、囲いに飛びこんできた。

「だいじょうぶか！　やられたのか？」

マギーは咬みついたときと同じすばやさで攻撃をやめ、ふたたび伏せの姿勢にもどった。すでに後ろに飛びのいていたスコットは、犬から一メートルほど離れて立っていた。

「おい、血が出てるじゃないか。見せてみろ。本気でやられたのか？」

スコットは傷口にハンカチを押しあてた。

「たいしたことない」

マギーの視線がスコットとメイスのあいだを行き来した。どちらが攻撃してくるかわからないから両方見張る必要があるといわんばかりに。

スコットはなだめるように言った。

「たいへんな目にあったんだもんな、マギー。ああ、わかるよ」

〝撃たれた回数はたぶんおれのほうが多いんだぞ〟

スコットはもう一度しゃがみ、もう一度手を差しだして、血のにおいを嗅がせた。今度は黙ってさわらせてくれた。手をひらいて、両耳のあいだのやわらかい毛をひとなでしてから、ゆっくりと後ろにさがった。犬が伏せたままじっとスコットを観察しているあいだに、ふたりはあとずさりして囲いの外に出た。

メイスが言った。「だからあの子はもどされるんだよ。リーランドが言うには、こんなふうに一度だめになった犬は、もう矯正のしようがないんだ」

「リーランドがそう言ったのか」

「神の声だ」

マギーのクレートを洗っているメイスを残して、スコットは引きあげ、オフィスの前を通過して外に出ると、ちょうどリーランドがもどってくるところだった。

「おまえもクォーロも準備はいいか？」

「あのジャーマン・シェパードと組みたい」

「シェパードはだめだ。スパイダーはパーキンズと組ませる」

「スパイダーじゃなくて。送り返そうとしてる犬です。マギー。あの犬と組ませてほしい。二週間ください」

「あの犬は使えない」

「二週間ください、その気持ちを変えてみせます」

リーランドは定番のしかめ面になり、それがまた徐々に思案顔に変わって、指が腰のリードに触れた。

「よかろう。二週間。あの子をおまえに預ける」

スコットは新しい犬を連れに、リーランドのあとからなかへ引き返した。

5

ドミニク・リーランド

　数分後、ふたたび屋外の定位置にもどったリーランドは、建物が投げかけるわずかな日陰で腕組みをし、スコット・ジェイムズが犬と訓練をするようすを眺めていた。メイスもしばらく隣にいたが、そのうち退屈して、自分の務めを果たすべく屋内にもどっていった。リーランドはほとんど口を出さなかった。人間と犬が互いにどう折り合いをつけていくかじっくり見ていた。

　外に出る前、屋内でリーランドはジェイムズを連れてあのシェパードのところにもどった。

「外に連れだして、自己紹介をしろ。見学させてもらう」

　そう言いおいて立ち去り、外で待っていた。しばらくすると、スコット・ジェイムズ巡査がリードをつけた犬を連れて建物の反対側からやってきた。犬はジェイムズの左側の正しい位置につき、そこから離れるそぶりもなく並んで歩いていたが、これはなんの証明にもならない。この犬は合衆国海兵隊による訓練をすでに受けている。訓練のすばらしい成果に疑いの余地はなく、それはこの犬を評価したときにこの目で確認していた。

ジェイムズ巡査が声を張りあげて訊いた。

「具体的になにかおれにやらせたいことはありますか」

おれに、か。おれたちに、じゃなくて。そこがおまえの問題なんだ、まさにそこが。

リーランドはしかめ面でそう答えた。しばらくすると、ジェイムズはリーランドのしかめ面にだんだん元気をなくし、その状態で訓練を続けた。左右の直角ターンを何度かやり、速歩で右まわり、左まわりと歩いてみせた。停止のときを除けば、停止のときを除けば、犬は常に完璧な姿勢を保っていた。停止すると頭をさげ、尾をたくしこみ、身体を縮めた。身を隠そうとするように。ジェイムズ巡査は気づいていないようだ、たびたび犬に目を向けていながら。

ジェイムズが犬に気をとられていると確信したとき、リーランドはポケットからスタート合図用ピストルを取りだして、発砲した。スタート合図用ピストルは二二口径の空砲で、新米犬が予期せぬ大きな音にどこまで耐えられるかテストするために使われる。発砲音でパニックを起こすような犬は、警察ではほとんど役に立たない。

空《くう》を切り裂くような鋭い銃声が運動場に響きわたり、犬とハンドラー両方の度胆を抜いた。ジェイムズと犬は同時にびくっとした。犬は尾をたくしこんでジェイムズの両脚のあいだに隠れようとした。ジェイムズがこちらを見たので、リーランドはピストルを掲げた。

「ストレス反応だな。銃声にびくついていたら警察犬は務まらんぞ」

ジェイムズはしばらく無言だった。おまえはなにを考えているのかと問いかけようとしたとき、身をかがめて犬の頭に触れた。

「たしかにそうです。これからその問題に取り組みます」

「長くひとなでしろ。首に手をおいて、背中から尻尾へ。犬は長くひとなでされるのが好きだ。母犬はそういうふうにしてなめる」

ジェイムズは長くゆっくりと犬をなでたが、視線はこちらをにらんだままで犬のほうを見ていない。頭にきて、リーランドはつい長々と罵声を浴びせた。

「犬に話しかけろ、このばかたれが。犬は家具じゃないんだぞ。神の創造物のひとつなんだ、おまえの言うことをちゃんと聞いてる。犬を散歩させながら携帯電話でぺらぺらしゃべってるような頭の悪い連中を見ると、アホなケツを蹴飛ばしてやりたくなるよ。いったいなんのために犬を飼ってるんだ、電話でしゃべるためか？　そこにいる犬にはおまえのことがわかるんだぞ、ジェイムズ巡査。おまえが内心なにを考えているかわかるんだ。おれはここで芝生と犬のクソに向かってどなっているのか、それともおれの言いたいことをおまえはちゃんと読んでいるのか？」

「ちゃんと読んでます、主任」

ジェイムズが犬をなでて話しかけるようすを見守り、それからリーランドはまた大声で言った。

「障害物」

障害物コースは、障害物を飛び越えたりよじ登ったりを何度か繰り返すコースだ。リーランドはこの犬に五回このコースを通らせたので、どうなるかわかっていた。よじ登るのは問題なし、低いジャンプも難なくこなす。だが最後のいちばん高い障害、一・五メートルの壁の前に行くと尻込みしてしまうのだ。最初にこのコースを通らせたときは、傷のせいで腰が痛むのか、あるいは体力が落ちているのだろうと思ったが、なでて話しかけてやったあと、もう一度ためすと、死にもの狂いでよじ登って乗り越え、あまりのがんばりにリーランドは胸がつぶれそうになった。ジェイムズ巡査はその高い壁のところへ犬を三回連れていき、三回とも犬はそこで急ブレーキをかけた。三回め、犬は四肢を踏ん張り、ジェイムズのほうを向いてうなった。評価すべきは、ジェイムズがリードを引っぱったり、声を荒らげたり、無理強いしたりしなかったことだ。後ろにさがって話しかけ、犬を落ち着かせた。犬に力を貸して壁を乗り越えさせるために、ジェイムズ巡査にできたかもしれないことは無数にある。それはわかっているが、リーランドはジェイムズの対応におおむね満足した。

そこで次の指示を飛ばした。

「リードをはずせ。ボイス・コマンド」

ジェイムズは犬を連れて障害物コースを離れ、首輪からリードをはずして、基本的な音声命令をひととおりやった。すわれと言うと、犬はすわった。待てと言うと、犬は待った。待て、すわれ、来い、つけ、伏せ。ロサンゼルス市警の状況に応じたコマンドをこれからまだ学ぶ必要があり、それは軍隊のコマンドとはちがうが、いまのところこの犬は充分にこなしている。十五分ほど続けたあと、リーランドはふたたび声を張りあげた。

「その子はよくやった。褒美だ」

この犬で同じことをひととおりやった経験のあるリーランドは、今回はどうなるかじっくりようすを見ることにした。犬のもっとも効果的な訓練法は、この褒美を与えるというシステムに基づく。まちがったことをしたら罰を与えるのではなく、正しいことをしたら褒美を与える。犬がこちらの望むことをしたら、その行ないを確実なものにするために褒美を与える――なでてやり、おまえはいい子だと話しかけ、おもちゃで遊ばせてやる。K9で働く犬によく与えられる褒美は硬いプラスティックの穴あきボールで、リーランドはその穴に少量のピーナツバターを埋めこんでおくのを好んだ。

見ていると、ジェイムズはポケットから硬いプラスティックのボールを取りだし、犬の顔の前で振ってみせた。犬はまったく興味を示さない。ジェイムズは目の前でボールをバウンドさせて犬の興奮を煽《あお》ろうとしたが、犬は離れていき、そわそわと落ち着かないようすを見せた。ジェイムズが犬に話しかける声が聞こえた。犬が人間の上機嫌と結びつけて考える甲高い声だった。

「ほーら、マギー。これがほしいか？　これを取りにいきたいか？」

ジェイムズは犬の横にボールを投げ、ボールが地面をころがっていくのを見送った。犬はジェイムズの脚をぐるりとまわりこんで、後ろにすわり、反対側に顔を向けた。リーランドのときはうかつにもあのいまいましいボールを運動場の真ん中まで思いきり投げてしまい、結局自分で取りにいくはめになってしまった。

リーランドは声を張りあげた。

「きょうはそこまでだ。その子の荷物をまとめろ。うちへ連れて帰れ。二週間やる」

オフィスにもどると、そこでメイス・シュティリクが生ぬるいダイエット・コークを飲んでいた。

メイスが眉をひそめた。リーランドが予期したとおりに。配下の犬たちのことと同様、部下のこともよくわかっているのだ。

「あいつにとってもわれわれにとっても時間の無駄なのに、なんであんなダメ犬を与えるんです？」

「ダメ犬じゃない。任務に適していないだけだ。犬にも勲章を与えていたら、いまごろあの子はどっさり持っているだろう、おまえみたいなへなちょこには重すぎて持てないほどな」

「さっき銃声が聞こえた。あの犬はまたびくついたんじゃないですか」

リーランドは椅子にどさりとすわって後ろにもたれ、両足をあげた。たったいま見てきたことについてあれこれ考えこんでいた。

「びくついたのは犬だけじゃなかった」

「というと？」

リーランドはその点をよく考えることにした。ポケットから煙の出ない煙草の缶を取りだし、下唇の内側にひとつまみ押しこんでくちゃくちゃと嚙んだ。椅子のそばの床から発泡スチロールの汚いカップを持ちあげて、そのなかにペッと唾を吐き、カップを机に置くと、メイスに向かって眉を持ちあげた。

「そのコークをひと口くれるか？」

「口のなかにそんな不快なものを入れてるあいだはだめです」

リーランドはため息をつき、それからメイスの最前の質問に答えた。

「あいつは気持ちがはいってない。仕事はちゃんとこなす、じゃなければ合格させなかった。だが、やはり傷病休職させるべきだったな。ああ、その権利はあったんだから」

メイスは肩をすくめ、黙ってまたコークを飲み、リーランドは話を続けた。

「みんなしてあの若者を支えてきた、ああ、わたしだってあいつには同情してるよ、あんな目にあったことを思えば。だが知ってのとおり、あいつを引き取るよう、うちはプレッシャーをかけられた。あいつよりずっと優秀でうちにふさわしい志願者を落としてまでこの仕事を与えてやったのに」

「そうかもしれませんが、うちへ来たからにはうちで面倒をみてやらなきゃ。ここじゃ昔からそうだし、これからもそうだし、そうあるべきです。あいつは高い代償を払った」

「その点に異論はない」

「でしょうね」

「くそっ、おまえにそんなことを言われるとはな。あいつにできる仕事ならいくらでもあった。だがわれわれはK9だ。ほかの仕事とはわけがちがう。みんなドッグ・マンだ」

メイスも認めざるをえなかった。

「そのとおり。おれたちはドッグ・マンです」

「あいつはちがう」

メイスはまた眉をひそめた。

「ならどうしてあいつにあの犬を与えたんです？」

「やつがあの子と組みたいと言った」

「おれは状況を常に把握しておきたいと言ってるんです、なのになんの相談もなしだ」

リーランドはまた葉をひとつまみ口に入れて嚙み、口のなかの味を洗い流すために自分のコークを取りにいこうかどうしようかと考えながら吐きだした。

「あの哀れな犬はこの仕事に適してないし、同じことはあの男に対しても言えるのではないかと思う。この判断がまちがっていることを切に願うよ、心から。だが実際はあのとおりだ。どっちも心もとない。自分がこの仕事にふさわしくないことをあいつに自覚させるのに、あの犬は役に立ってくれるはずだ。そのあとで、あの子は元の家族のところへ帰し、あいつには、辞職するなり、もっと適した部署へ異動するなりしてもらう。そのほうがだれにとっても幸せというものだ」

リーランドは葉の残りを口のなかからつまみだして、カップのなかに落とし、飲み物を取りにいこうと立ちあがった。

「犬をクレートに入れるのに手が必要になるかどうか見るとしよう。あいつに犬のファイルを渡して、自宅で読むように言ってくれ。あの子がすばらしい犬だったことをあいつにわからせたい。明朝七時にここへ来るように伝えろ」

「あいつがあの犬を再訓練するのに協力するんですか」

心的外傷後ストレス障害をかかえた犬が示すストレス反応は、人間の場合と同じであり、再訓練が可能な場合もあるが、それは時間のかかる仕事で、訓練する側にはそれ相応の根気が、犬の側には人間に絶大な信頼を寄せることが求められる。

「いや、しない。あいつはジャーマン・シェパードと組みたいと言って、あの犬を手に入れた。二週間の猶予を与えて、あの犬を再評価する」

「二週間じゃ、とても足りない」

「ああ、足りない」

コークを取りにいきながら、リーランドは思った。この仕事が楽しくてならない日もあれば、そうでない日もある。そして、きょうは残念な一日だったと。仕事を終えて帰宅し、引退した飼い犬のベルジアン・マリノア、ジンジャーを散歩に連れていくのが楽しみだった。あれこれ話をしながらいっしょに散歩をすると、ジンジャーのおかげでいつも気分がよくなる。どんなに気の滅入る一日でも、あの子のおかげで気分がよくなる。

6

スコットは運転席を前に出して押さえ、犬を降ろすためにドアを大きくあけた。

「ほら、マギー。うちに着いたぞ」

マギーは顔をわずかに突きだし、大気のにおいを嗅いでから、おもむろに地面に飛び降りた。スコットの愛車トランザムは大きな車ではない。マギーが乗ると後部座席は占領されたが、グレンデールからスタジオシティの自宅までのドライブは楽しんでくれたようだ。車の窓を全開にしておいたところ、マギーは舌を出して座席にゆったりと身体を伸ばし、風に被毛をなびかせながら目を細めて、機嫌よくくつろいでいるように見えた。

自分の脇腹や肩が痛むように、マギーの腰も車から降りるときに痛むのだろうか。

スコットは、スタジオシティ・パークにほど近い閑静な住宅街にある寝室がひとつのゲストハウスを、夫を亡くしたある老婦人から借りている。車はその母屋の前庭の楡《にれ》の木の下にとめていた。大家のメアリートゥルー・アールは小柄で華奢《きゃしゃ》な八十代の女性だ。当人は敷地の前方に立つこぢんまりとしたカリフォルニア風ランチスタイルの家に暮らし、裏手にあるゲストハウスを人に貸して収入の足しにしている。その昔、この家にまだプールがあって子供たちが住んでいたころ、そこはプールハウス兼ゲーム室だったが、二十数年前に夫が引退したとき、プールは埋め立てられて花壇に姿を変え、プールハウスはゲストハウスに改装された。夫が亡くなって十年以上たち、目下の間借人がスコットというわけだった。警察官がすぐそばに住んでいることを彼女は喜んでおり、たびたびそれを口にする。ゲストハウスにおまわりさんがいてくれると安心できるという。

スコットは首輪にリードを装着し、車の横に立って、マギーがあたりを観察するのを見守った。用を足したいのかもしれないと思い、短い散歩に連れだした。犬のペースに合わせて、気のすむまで木々や植物のにおいを嗅がせた。歩きながら話しかけ、気になるにおいに足をとめたときは、背中や脇腹をゆっくりとなでてやった。リーランドから教わった、絆を結ぶための手法だった。長くゆっくりとなでることで、安心感を与え、心を落ち着かせる。犬は自分が話しかけられていることを知っている。飼い犬を散歩させる人間の多くは、犬の散歩ではなく自分の散歩のために犬を連れだし、リーランドが好んで使う言いまわしを使うなら、その厄介な生き物が糞《ふん》をするまで引きずりまわして、終わるとそそくさと家に引き返す。犬はにおいを嗅ぎたい。あの子たちの鼻は人間の目にあたる、とリーランドは言っていた。犬に楽しい時間を過ごさせたいなら、においを嗅がせること。それが犬を散歩させるということだ、人間ではなく。

警察犬隊の欠員補充に応募したとき、スコットは犬についてほとんどなにも知らなかった。パーキンズは幼いころから猟犬の訓練をしてきたし、バーバーはハイスクール時代に獣医の元で働きながら、母親といっしょに大型の白いサモエドのショー・ドッグを育ててきた。Ｋ９の熟練したハンドラーには、人生の長い時間を犬と深くかかわって過ごしてきた者が多い。スコットにはなんの経験もなかった。警備中隊の上層部や同情心にあふれた上司からスコットを押しつけられた先輩隊員たちの不興を買っていることは察しがつく。だからこそリーランドの言うことに真摯に耳を傾け、この大先輩の知識を吸収してきたが、それでも自分はどうしようもないまぬけのような気がしてならない。

マギーが二回用を足したところで、スコットは引き返し、自宅に連れて帰った。

「先にうちへ案内しよう、それからおまえの荷物を取りにもどるよ。その前に大家のおばあさんに紹介しなきゃな」

マギーを連れて施錠された勝手口の門を通り抜け、母屋の横を通って裏にまわった。いつもそうして自宅のゲストハウスまで行く。正面の玄関から訪ねることは決してない。アール夫人と話したいときは、いつも勝手口にまわり、木の戸枠をたたく。

「アールさん。スコットです。紹介したい相手がいるんですが」

夫人が私室のリクライニングチェアからもそもそと歩いてくる音がして、ドアがあいた。青白い顔に華奢な身体、薄くなった髪を濃い茶色に染めている。夫人は義歯を盛大に見せてマギーに笑いかけた。

「あらあら、なんてかわいらしいこと。名犬リンチンチンにそっくり」

「こいつはマギーです。マギー、こちらはアールさんだ」

マギーはゆったりとくつろいでいるように見えた。おとなしく立ったまま、耳を倒して尻尾をおろし、舌を出して息をあえがせている。

「この子、咬む？」

「相手が悪党なら」

マギーがどう反応するかわからないので、首輪をしっかりつかんでいたが、なんの問題もなかった。マギーがくんくんとにおいを嗅ぎ、アール夫人の手をなめると、夫人はその手で犬の頭をなで、耳の後ろのやわらかい部分をかいてやった。

「なんてやわらかいのかしらね。こんなに大きくて強い犬がこんなにもやわらかいなんて。うちにも以前コッカースパニエルがいたんだけど、いつだって毛がもじゃもじゃで汚れていて、おまけにひどい癇癪《かんしゃく》持ちでねえ。子供たちは三人ともみんな咬まれたわ。だから安楽死させたのよ」

スコットは気が急《せ》いていた。

「じゃあ、とりあえずこの子を紹介したかったので」

「おしっこさせるときは気をつけてちょうだいね。メス犬は芝生をだめにするから」

「わかりました。気をつけます」

「そのお尻のところはどうしたの？」

「手術の痕です。もうすっかりよくなってますよ」

アール夫人の話がまたはじまる前にスコットはマギーを引っぱった。ゲストハウスは、かつてプールに面していた正面側にフレンチドアがあり、横手に普通のドアがついている。フレンチドアは硬くて、あけるにはいつも格闘しなければならないので、ふだんは普通のドアを使っていた。フレンチドアに面して広々とした居間があり、ゲストハウスの裏側半分は寝室とバスルームとキッチンに分かれている。小ぶりのダイニングテーブルとふぞろいの椅子が二脚、キッチンのそばの壁ぎわにスコットのコンピューターが一台、反対側には四十インチの薄型テレビ、それと向き合うようにカウチと木のロッキングチェアがある。

チャールズ・グッドマン医師が見たら、この住まいに難色を示したかもしれない。居間の壁に、あの事件現場の交差点を描いた大きなスケッチが貼ってあるのだ。オルソ刑事のところで見たスケッチと似ていなくもないが、こちらは小さなメモにびっしりと覆われていた。壁には、銃撃事件とその後の捜査について報じた『LAタイムズ』の八つの記事のプリントアウトや、ほかにもベントレーの被害者たちとステファニー・アンダースに関する補足記事などが貼ってある。ステファニーの記事には市警の公式の顔写真が添えられていた。さまざまな大きさのらせん綴じのノートがテーブルやカウチや周囲の床に散らばっている。ノートには銃撃の夜の記憶の断片や夢の内容が詳細にびっしり書きこまれている。床にはもう三カ月も掃除機をかけていない。食器の洗い物がたまっているので、紙皿を使っていた。食事はもっぱらテイクアウトと缶詰ですませている。

スコットはリードをはずした。

「さあ、着いたぞ、マギー。ここがおれの家、おまえの家だ」

マギーはスコットを見あげ、閉まったドアに目をやり、それからがっかりしたように部屋のなかを見た。鼻をひくつかせてにおいを嗅いでいる。

「楽にしててくれ。おまえの荷物を取ってくるから」

荷物を運ぶのに二往復しなければならなかった。まずは折りたたみ式のクレートと寝床用クッション、それからフード用と水用のステンレスのボウル、九キロ入りのドッグフードの袋。これらはK9から支給されるが、おもちゃや褒美のおやつは自分で用意するつもりだった。最初の荷物を運びこんだとき、マギーはダイニングテーブルの下に寝そべっていた。訓練所で犬舎のなかにいたときと同じ姿勢——腹這いで前脚を伸ばし、脚のあいだの床にあごをのせてスコットをじっと見ていた。

「気分はどうだ？　その下が気に入ったのか？」

尻尾がパタンと動くのを期待していたが、マギーの反応はただ見つめるだけ。

ドアから出ていこうとしたとき、オルソから電話がかかってきた。

「見てもらいたいものがあるんだ、あしたの朝こっちに来られないか？」

リーランドのしかめ面が目に浮かんだ。

「朝から犬の訓練がある。午前中の遅い時間、昼前ごろでいいかな。十一時か十一時半ごろでは？」

「できれば十一時に。出動要請があった場合はメールする」

「わかった。ありがとう」

〈ボート〉に行くときは犬をグレンデールに置いていけばいいだろう。

ドッグフードとボウルを持ってもどってくると、マギーはまだテーブルの下にいた。ふたつのボウルをキッチンに置き、それぞれに水とフードを入れたが、どちらにも興味を示さなかった。

クレートは寝室に置くつもりだったが、テーブルの横に設置した。この場所が落ち着くようだし、寝室とバスルームもすでに探検してきたのではないかと思われた。マギーの鼻が、知る必要のあることはすべて教えてくれたにちがいない。

クレートを設置するとすぐに、マギーはこそこそテーブルの下から出てきてクレートのなかにはいった。

「クッションを入れないと。ほら、出ておいで」

スコットは後ろにさがり、コマンドを与えた。

「来い。来い、マギー。こっちだ」

マギーはじっと見ている。

「来い」

動かない。

スコットはクレートの入口に膝をつき、手のにおいを嗅がせ、ゆっくりと首輪に手を伸ばした。マギーは低くうなった。スコットは手を引っこめて後ろにさがった。

「わかったよ。クッションはなしだ」

クレートの横の床にクッションを置いて、寝室へ着替えにいった。制服を脱いで手早くシャワーを浴び、ジーンズと〈ヘンリーズ・タコス〉のTシャツに着替えた。Tシャツを頭からかぶるだけで激痛が走り、涙がにじんだ。

制服をクローゼットに吊るしたとき、色あせたジム・バッグのなかの古いテニス用具が目につき、あざやかなグリーンのテニスボールの未開封の缶を発見した。ふたをあけて一個取りだすと、ぴかぴかの真新しいボールはまばゆいほどだった。

ドアのところまで行って、ボールを居間のなかへ投げ入れた。ボールは床をバウンドして反対側の壁にぶつかったあと、ころころところがってとまった。マギーがクレートから飛びだしてボールに突進し、鼻先で触れた。両耳が前を向き、尻尾がまっすぐにぴんと立った。これはマギーのおもちゃになるぞ、とスコットは思ったが、次の瞬間、耳が倒れ、尻尾が垂れた。身体が縮んだように見えた。なにかをさがすように、左を見て、右を見て、またクレートにもどった。

スコットはボールのそばへ行き、犬を観察した。腹這いで前脚を投げだし、そのあいだにあごを出していた。じっとこちらを見ている。

スコットは爪先でボールを蹴った。壁にぶつかって跳ね返ってくるほどの強さで。

マギーの視線は一瞬ボールを追いかけたが、さして興味もなさそうにまたスコットにもどってきた。

「腹は減ってないか？　なにか食べて、それから散歩に行くとしよう。それでどうだ？」

冷凍ピザを電子レンジに放りこんだ。三分で完成だ。電子レンジが小さくうなっているあいだに、冷蔵庫をあさって、袋に半分残ったソーセージ、餃子の残りが二個はいった白い容器、焼き飯の残りがはいった容器を見つけた。電子レンジをとめてピザを取りだし、餃子を細かくちぎってのせた。その上に焼き飯を散らし、紙皿をかぶせて、電子レンジにもどした。さらに二分。

夕食を温めているあいだに、スコップ二杯分のドッグフードをマギーのボウルに入れた。ソーセージを細かくちぎってドライフードにのせ、おいしいソースになるようにお湯を少量足した。ボウルの中身を手でかきまぜて、ソーセージをひとかけらクレートまで持っていき、マギーの鼻先に差しだした。

くんくん、くんくん。

食べた。

「頼むからこれで腹をこわしたりしないでくれよ」

マギーはキッチンまでついてきた。スコットは電子レンジからピザを、冷蔵庫からコロナを一本取りだし、いっしょにキッチンの床で食事をした。リーランドに言われたとおり、マギーが食べている最中になでてやった。長いひとなでを繰り返す。スコットに目を向けることはなかったが、いやがるそぶりもなかった。食べ終えると、居間に引き返した。クレートにもどるかと思いきや、部屋の真ん中のテニスボールのそばで足をとめ、頭をさげて鼻をひくつかせながら、長い立派な耳をあちこちに向けた。テニスボールを見ているのだと思うが、確信はなかった。しばらくすると、寝室にはいっていった。あとをつけると、ジム・バッグに顔を突っこんでいる。バッグから顔を出し、こちらを一瞥したあと、しきりににおいを嗅ぎながらベッドのまわりを一周した。いったんバッグにもどったあと、今度はバスルームへ向かった。なにかをさがしているようにも見えるが、おそらく探検しているのだろう。それからぴちゃぴちゃという音がした。しまった、便座のふたをおろしておかなくては。水音がやんで、マギーがクレートにもどると、スコットはコンピューターの前に行った。〈ボート〉からもどって以来ずっと、オルソが話していた窃盗事件のことが気にかかっていた。

グーグル・マップで銃撃事件の現場を見つけ、航空写真を拡大してストリート・ビューにした。こんなふうにして、逃走車が発見された場所はもちろん、問題の交差点ももう何度となく見てきた。だがこのときは、地図を移動させてケンワースが飛びだしてきた路地をたどってみた。交差点から数えて三軒めにネルソン・シンの店はあった。窓を覆う金属のシャッターにペンキで書かれた力強いハングルの文字に見覚えがある。韓国語の下に英語で〈アジア・エキゾティカ〉とあった。文字は色あせ、ギャング団のサインと落書きにほとんど覆われていた。

画像をズームアウトしていくと、シンの店は四階建てビルの一階にあり、両隣にも店があるのがわかった。次の交差点まで移動すると、そこは細い路地だった。ストリート・ビューでは路地にはいれないので、ズームアウトして航空写真にもどり、上空から現場を見おろした。商店街の裏側の路地は分岐して小さいサービスエリアに通じていた。建物の壁ぎわに大型のゴミ収集容器が並んでいて、この角度からでははっきりわからないものの、古ぼけた非常階段らしきものも見えた。屋上のようすはそれぞれちがっている。天窓がついているところもあった。

さらにズームアウトしてわかったのは、もしもあの夜だれかがこのビルの屋上にいたとしたら、眼下で起こった事件の一部始終を俯瞰できたのではないか、ということだった。

画像を印刷して、壁に貼られた事件現場のスケッチの横にピンでとめた。オルソがくれたのは有益な情報だった。こうなったらこの路地を自分の目で見て、オルソがネルソン・シンについてほかにも情報を持っていないか確認したかった。

夕暮れどきになってもまだそのことを考えながら、マギーを散歩に連れだした。途中でマギーが糞《ふん》をした。スコットはビニール袋でそれを拾い、マギーを連れて帰った。このときはマギーに先んじてクレートにはいり、クッションを敷いた。クレートから出るのと入れ替わりにマギーがなかにはいり、二回まわったあと、ゆったりと横になってため息をついた。落ち着く姿勢をさがしているときに、手術痕の灰色の線が数本見えた。灰色はマギーの皮膚の色で、そこには毛が生えてこなかったのだ。腿《もも》のあたりに大きなYの字が刻まれているように見えた。

スコットは言った。「おれにも傷痕があるんだよ」

狙撃手はAK47で犬を撃ったのだろうか。この子は自分が撃たれたことを理解しているのだろうか、それとも、衝撃と痛みは犬の理解のおよばない降ってわいたような驚きだったのだろうか。銃弾を撃ちこんだのは人間だということを知っているのか？　そいつが自分を殺そうとしたことを知っているのか？　自分が死んでいたかもしれないことを知っているのか？　自分もいつか死ぬことを知っているのか？

スコットは言った。「おれたちは、死ぬんだ」

Yの字の上にそっと手をあて、うなり声がしたらすぐに引っこめるつもりでいたが、マギーは静かにじっとしていた。眠っていないのはたしかで、それでも身じろぎひとつしない。そうして触れていると心が安らいだ。家のなかに自分以外の生き物がいるのはひさしくなかったことだった。

「おれの家は、おまえの家だ」

それからスコットはネルソン・シンの店の屋上の写真をもう一度じっくり眺め、らせん綴じのノートを一冊持ってカウチに腰を落ち着けた。グッドマンとの面談で思いだしたことをひとつ残らず書きこんだ。いつものように、あの夜のことを思いだせるかぎり最初から最後まで描写し、ほかのノートを埋めつくしたようにこのノートもゆっくりと埋めていったが、今回は白いもみあげのことを書き加えた。記録するのは、書くことが意識を集中するのに役立つからだ。書いているうちにまぶたが重くなり、ノートが手から離れ、スコットは眠りに落ちた。

7 マギー

呼吸がだんだん浅くなって安定し、心拍数がさがって、脈拍のリズムが限界まで遅くなったとき、マギーにはその男が眠っていることがわかった。姿が見えるよう頭を持ちあげたが、見るまでもなかった。身体の力が抜けて体温がさがるとにおいが変わる、それで眠りが嗅ぎとれるのだ。

マギーは起きあがり、向きを変えてクレートから外をのぞいた。男の息づかいと鼓動に変化はなかったので、部屋のなかへと脚を踏みだした。一瞬立ちどまり、男を観察した。男たちは、やってきては、去っていった。いっしょにいた期間はそれぞれちがっても、最後にはみんないなくなり、それきり二度と会うことはなかった。だれも仲間ではなかった。

ピートはいちばん長くいっしょにいてくれた。ふたりは仲間だった。ピートがいなくなったあと、いろいろな人間が入れ替わり立ち替わりやってきて、やがてマギーはひと組の男女と暮らすことになった。その男と女とマギーは仲間になったけれど、ある日ふたりはクレートの扉を閉め、そしてマギーはいまここにいる。女のとても甘いにおいと、男の体内で進行した病気の不快なにおいをマギーは覚えているし、あのふたりのにおいはこれからもずっと忘れないだろう。ピートのにおいを忘れないように。においの記憶は永久に消えない。

マギーは眠っている男のほうへ静かに近づいた。髪の毛、耳、口、息のにおいを嗅ぐ。そのひとつひとつにはっきりと識別できる風味と味わいがある。頭の先から爪先までくんくんとにおいを嗅ぎながら、Tシャツや腕時計やベルトやズボンや靴下のにおいを確認し、それとは異なる、衣類の下にある人体の各部の生のにおいを記憶した。そうしてにおいを嗅ぎながら、心臓の鼓動や血管を流れる血液、呼吸、生身の身体の音を聞き取った。

その男のことをすっかり学習してしまうと、マギーは静かに部屋の壁に沿って歩きながら床のにおいを嗅ぎ、窓を通り過ぎてドアまで行った。わずかな隙間からひんやりとした夜気が忍びこんできた。いちばん強く感じられるのが外から来るにおいだった。庭の樹木のなかでオレンジを食べているねずみのにおい、枯れた薔薇《ばら》のつんとくる香り、葉っぱや草のさわやかなみずみずしい香り、外壁に沿ってぞろぞろ歩いている蟻《あり》たちの酸っぱいようなにおい。

口吻《マズル》の長いジャーマン・シェパードの鼻には二億二千五百万個以上の嗅細胞がある。これはビーグルに匹敵する数で、嗅上皮の面積は人間の四十五倍以上あり、これよりすぐれた嗅覚を持つのは同じ猟犬仲間のわずかな犬種しかいない。脳の八割は鼻のために使われている。おかげで嗅覚はこの眠っている男の一万倍も鋭く、どんな科学装置よりも敏感ににおいを感知する。特定の人間の尿のにおいを嗅げば、それを標準サイズのプールにわずか一滴たらしただけでも、嗅ぎ分けて特定することができる。

マギーは部屋のなかを歩きまわりながら、散歩から帰った男が室内に運んできた葉っぱや草のかけらのにおいを嗅ぎ、床の上を走るねずみたちが残した軌跡をたどった。生きているゴキブリの通り道はにおいでわかるし、ゴキブリや昆虫やカブトムシの死骸がどこに隠れているかもわかる。

鼻の導くままに、マギーはグリーンのボールのところにもどり、そこでピートのことを思いだした。このボールについた化学物質のにおいにはなじみがあるけれど、ピートのにおいはどこにもない。ピートはこのボールにさわったことがないし、手に持ったり、マギーに見つからないようにポケットに隠したりしたこともない。このボールはピートのボールではない。それでも、これはピートを思いださせてくれるし、ほかにもなじみのあるにおいがここにはいくつかある。

そのにおいをたどって、マギーはもう一度寝室にはいり、男の拳銃を見つけた。銃弾とオイルと火薬のにおいがする。でもピートのにおいはやはりどこにもない。ピートはここにはいないし、ここへ来たこともない。

バスルームの水のにおいがして、また水を飲みに行ったけれど、今度は白い大きなボウルのふたが閉まっていたので、しかたなくキッチンに引き返した。そこで水を飲んでから、眠っている男のそばへ行った。

ここはこの男のクレートなのだとわかった。この家にはこの男のにおいがしみついている。男のにおいはひとつではなく、たくさんある。髪の毛、耳、呼気、脇の下、両手、股、尻、足

——それぞれに異なるにおいがあり、人間が虹の色を見分けるくらいはっきりと、マギーは身体の多くの部分のにおいのちがいを識別していた。全部が合わさってこの男のにおいを作りだしていて、それはほかのどの人間のにおいとも明確にちがう。この男のにおいは、壁にも、床にも、絵にも、敷き物にも、ベッドにも、バスルームのタオルにも、クローゼットの中身にも、拳銃にも、家具にも、服やベルトや腕時計や靴にも、しみついている。ここはこの男の家であって、マギーの家ではない、だとしても、いま自分はここにいる。

マギーにとっては、クレートが自分の家だ。

人間と家はしょっちゅう変わっても、クレートだけはいつも同じだ。この男に連れてこられたこの家は、知らない場所でなんの意味もないけれど、クレートはここにあって、自分もここにいる、だからここが家。

マギーは保護と防御のために改良された犬種だから、それがやるべきことだった。静かな部屋のなかで眠っている男のそばに立ち、目をこらし、耳をすまし、においを嗅いだ。両の耳と鼻を通して世界を吸収し、危険な兆候はないことを確認した。異状なし。安全そのもの。

マギーは自分のクレートにもどったが、なかにははいらなかった。その代わり、テーブルの下にもぐった。三度向きを変えてようやく落ち着く体勢を見つけ、身体を伏せた。

世界は静かで、平和で、安全だ。マギーは目を閉じて、眠りについた。

そして、夢を見はじめた。

8

——ライフルがこちらに振り向けられ、ずっと遠くにあった小さなものが、別物になる。銃身はぎらりと光るクロームで、針のように長く細くとがっている。光る先端が獲物を発見してじっと見つめ、こちらもそれを見返し、次の瞬間、その針がこちらに向かって恐るべき勢いで、ぞっとするような勢いで炸裂し、その鋭い先端が目の前に達し——

はっとして目覚めると、ステファニーの消えゆく声がこだました。

〝スコッティ、もどってきてもどってきてもどってきて〟

心臓がどくどく鳴っていた。首と胸が汗でべとついている。身体がぶるぶる震えた。

午前二時十六分。カウチの上にいた。キッチンと寝室の明かりがつけっぱなしで、カウチの端の頭上の明かりも煌々《こうこう》と灯ったままだった。

何度か深呼吸をして落ち着きを取りもどすと、マギーがクレートのなかにいないことに気づいた。いつのまにか、クレートからテーブルの下へ移動していた。眠っているが、四肢がぴくぴく痙攣《けいれん》し、走るような動きになった。走りながら、訴えるようにクーンと鳴いた。

怖い夢でも見ているのだろう。

脇腹の鋭い痛みと脚のこわばりに身をすくめながら、スコットは身体を起こし、静かに犬のそばへ行った。起こしたほうがいいのかどうか、わからなかった。

ゆっくりと床にすわった。

マギーは眠りながら低くうなり、吠えるようにひと声鳴いたあと、大きく身もだえした。そこではっと目を覚まして頭を起こし、うなりながら咬みつこうとしたが、相手はスコットではなかった。スコットはとりあえず後ろに飛びのいたが、次の瞬間、マギーは自分のいる場所を理解し、どんな夢を見ていたにしろ、それは完全に消え去った。視線がスコットに向けられた。両耳を後ろに寝かせて、さっきのスコットと同じようにマギーも息を吐きだした。それから床に頭をもどした。

スコットはゆっくりとマギーに触れた。頭をひとなでする。目が閉じた。

「おまえはだいじょうぶだ。おれたちはだいじょうぶだ」

マギーは身体が揺れるほど大きな吐息をついた。

スコットは靴をはき、財布と、拳銃と、リードをひとまとめにした。リードを手に取ったとき、マギーが起きあがり、身体をぶるっと震わせた。犬はこれからまた眠れるだろうが、スコットは無理だった。とても眠れそうにない。

首輪にリードをつけ、犬を車まで連れていき、後部座席に飛び乗れるようドアを押さえてやった。時刻は二時半に近く、夜のこの時間ならドライブも楽だろう。ベンチューラ通りに出てハリウッド通りを走り抜け、ダウンタウンまで行くのに二十分とかからなかった。もう幾度となく、この時間にこうしてドライブをしてきた。ステファニーが呼びかけてくる声で目が覚めたとき、ほかにどうしていいかわからずに。

あの夜車をとめた場所に、車をとめてふたりで静寂に耳をすましたあの小さなT字路に、スコットは車をとめた。

スコットは言った。「エンジンを切ってくれ」

ここへ来るたびに、あのときと同じ言葉を口にし、それからエンジンを切った。

マギーが立ちあがり、座席のあいだから顔をのぞかせた。身体が大きいので車内のかなりの空間を占め、いまや頭はスコットを見おろす位置にある。

スコットは目の前のなにもない通りをじっと見つめたが、なにもないわけではなかった。ケンワースが見えた。ベントレーが見えた。黒ずくめの男たちが見えた。

「心配ご無用。おれがついてる」

あの夜口にした言葉を、今度はつぶやくように言った。

マギーの顔を見て、通りに目をもどすと、そこにはもうなにもなかった。マギーの息づかいに耳をすました。マギーの温もりが感じられ、犬特有のにおいがした。

「おれの相棒が殺されたんだ。ちょうどこの場所で」

涙があふれ、むせび泣きがこみあげて、スコットは突っ伏した。抑えようがなかった。抑える気もなかった。苦悩が堰《せき》を切ったように嗚咽《おえつ》となってあふれだし、鼻を詰まらせ、目をうるませた。肩を揺すって泣きじゃくり、両目をぎゅっと閉じて、顔を覆った。涙と鼻水とよだれがあごからしたたり、そのとき自分の声が聞こえた。

〝エンジンを切るんだ〟

〝心配ご無用。おれがついてる〟

その声のあとにステファニーの声がこだまして、耳から離れなくなった。

〝スコッティ。置いていかないで〟

〝置いていかないで〟

〝行かないで〟

やっとのことで、スコットは落ち着きを取りもどした。目をこすってぼやけた視界をはっきりさせると、マギーがじっと見ていた。

「逃げようとしたんじゃないんだ。そうじゃない、だけど彼女は誤解して――」

マギーの耳は後ろに倒れ、深みのある茶色の瞳は優しかった。スコットの不安を感じ取ったのか、鼻を鳴らし、それから顔をなめた。また涙がこみあげて、両目を閉じると、マギーがその涙をなめてくれた。

〝置いていかないで〟

〝行かないで〟

スコットはマギーを抱き寄せ、毛に顔を埋めた。

「おまえのほうがよっぽど立派だよ、マギー。相棒のそばを離れなかったんだから。おまえはしくじらなかった」

マギーは鼻を鳴らして逃れようとしたが、スコットはしがみついて放さなかった。

第二部　マギーとスコット

9

マギーといっしょに訓練所へ行くのは朝七時の予定だったが、スコットは早めに家を出て、銃撃事件の現場にもどった。日の出ている時間にシンの店のある建物を見たかったのだ。

走ったルートは三時間前と同じだったが、このときは、車が交差点に近づくと、マギーが立ちあがって耳を前に向けた。

「よく覚えてるな」

マギーは鼻を鳴らした。

「そのうち慣れるよ。ここへはしょっちゅう来るから」

マギーは前の座席のあいだに身を置いたまま、四方に首を伸ばして周囲の状況をたしかめた。

時刻は朝の五時四十二分で、明るいとはいえ、まだ早朝だった。数人の歩行者が歩道を行き、車道では早朝の配達トラックがひっきりなしに行き交う。スコットはマギーを押しのけて視界を確保し、ケンワースが待機していた通りに曲がって、シンの店の前に車をとめた。

マギーにリードをつけて歩道におろし、〈アジア・エキゾティカ〉を観察した。グーグルの画像で見たとおりだが、落書きが増えている。店の窓はガレージについているような防護用シャッターに覆われていた。シャッターの南京錠は歩道に埋めこまれた鋼鉄の輪に固定してある。

ドアと横の壁には太い鋼鉄の通しボルトの閂が掛かっている。シンのちっぽけな店が金塊貯蔵施設かと思うほどだが、驚くにはあたらない。この通りのほかの店舗も似たような自衛策をとっていた。ちがいは、シンの店の錠前とシャッターとドアには粉を振りかけた汚れが残ったままで、長いあいだ店をあけたようすがないことだった。

スコットはマギーを連れて路地のほうへ向かった。教えられたとおり、マギーはスコットの左側についたが、張りつくようにして歩き、尻尾と両耳を力なく垂らした。向こうから歩いてきたラテン系の女性のふたり連れとすれちがうときはこそこそとスコットの後ろにまわり、放っておいたら右側に来そうな気配だった。車やバスが通過すると、縁石を乗り越えてくるのではないかと怯えるように、ちらりと目を向ける。

路地まで行くと、スコットは足をとめてかがみこみ、マギーの背中と脇腹をなでた。頭のなかでリーランドの説教の声が聞こえる。

〝ここにいる犬たちは機械じゃないんだぞ、ばかたれが。こいつらは生き物なんだ！　生きてて感情もあって温かい血の通った神の創造物だ。こいつらは全身全霊でおまえを愛してくれる。できそこないかみさんや亭主がおまえらを裏切ったって、こいつらはおまえを愛してくれる。できそこないの罰当たりなガキどもがおまえらの墓の上でしょんべんをしたって、こいつらはおまえを愛してくれる。おまえらの恥ずかしい最低な姿を目の当たりにしたって、こいつらは裁いたりしない。ここにいる犬たちは、おまえらにはもったいないほど忠実な相棒になって、おまえらのために命までも捧げるだろう。そんな犬たちが求めるのは、犬たちが望み、必要とするのは、すべての恩恵を受けるためにおまえらが払う犠牲は、優しいひとこと、たったそれだけなんだぞ。そうとも、はっきり言って、わたしの知ってるなかでいちばん出来のいいやつを十人選んだところで、ここにいるいちばん出来の悪い犬の足元にもおよばないし、もちろんおまえらだってそうだ。このドミニク・リーランドさまの言葉に絶対まちがいはない！〟

三時間前、この生きてて感情もあって温かい血の通った神の創造物は、スコットの涙をなめてくれた。それがいまはゴミ収集トラックの通り過ぎる轟音に震えている。スコットはマギーの頭を優しくかいてやり、背中をなで、耳元でささやいた。

「いいんだよ、マギー。怖がっていいんだ。おれだって怖い」

人間以外の生き物にこんな言葉をかけたことは一度もなかった。

言葉が口をついて出たとたんに目がうるんだが、犬の背中をなでながら、重ねて言った。

「おれがついてる」

スコットは立ちあがり、うるんだ目をこすって、ポケットからジップロックの袋を取りだした。薄い角切りにしたソーセージをおやつとして持参してきた。食べ物を褒美にするのは不本意だが、いまは確実に効果のある方法を選ばなければならないと判断したのだ。

袋の口をあけもしないうちに、マギーは顔をあげた。両耳をまっすぐにぴんと立て、鼻をひくひくさせた。

「いい子だ、マギー。おまえは勇敢な犬だ」

腹ぺこだったかのように、ひと切れをぱくりと食べて、もっとほしいと鼻を鳴らしたが、これは健康的な鳴き声だった。もうひと切れやってから袋をしまい、スコットは路地にはいった。マギーはさっきよりも軽い足取りで進み、スコットのポケットにちらちらと目を向けた。

シンの店のあるビルは裏手に搬出入口があり、店主たちが商品の積み下ろしをしたりゴミを出したりする場所になっていた。扉の前にサイドパネルをひらいた水色のヴァンがとまっていた。アジア系のたくましい若者が、箱を積みあげた台車を押して店から出てきて、その箱をヴァンに積みこんだ。箱には《マーリーワールド・アイランド》というラベルが貼ってある。

マギーを連れてヴァンの横をまわり、シンの店の裏まで行った。裏口のドアも正面と同じく防弾扉だったが、四階建てビルの裏側の壁には薄汚れた窓がはめこまれ、錆びついた避難用のはしごが屋上へと伸びていた。いちばん低い窓には防犯用の柵が取りつけてあるが、それより高い窓にはついていない。避難用の格納式はしごは高すぎて地上から手が届かないが、ヴァンの屋根に乗って立てば手が届き、そこから高い窓によじのぼるか、上階のドアをこじあけてはいることもできそうだった。

どうにかして屋上にあがれないかと考えていたとき、ジャマイカ人らしきひょろりとした男がヴァンの陰からいきなり現われた。

「あんた、ここの犯罪とめてくれる人か?」

男はヴァンの横を通過してまっすぐこちらに向かい、指を振り動かしながら大声でどなるように言った。

マギーがだしぬけに男のほうへ突進したので、あやうくリードを放しそうになった。両耳を毛皮のついた黒い釘のように前へ突きだし、尻尾をまっすぐ後方に向け、興奮のあまり背筋の毛を逆立てて、マギーは吠えた。

男はよろめくようにあとずさりして、ヴァンのなかに逃げこみ、急いでドアを閉めた。

スコットは言った。「やめ」

攻撃をやめろというコマンドに、マギーは従わなかった。リードをぐいぐい引っぱり、爪でアスファルトをひっかきながらうなり声をあげて吠えた。

そのときリーランドの罵声が頭のなかで聞こえた。〝ちゃんと本気が伝わるように言わんか、ばかたれ！　この場のボスはおまえだ。犬は自分のボスを愛して護る、おまえがそのボスなんだぞ！〟

スコットは重々しく声を張りあげた。命令口調で。威厳をもって。ボスらしく。

「やめ、マギー。マギー、やめ！」

スイッチが切れたような感じだった。マギーはぴたりと攻撃をやめ、スコットの左側にもどってきてすわったが、ヴァンのなかの男から片時も目を離さなかった。

マギーが突然見せた獰猛《どうもう》さにスコットは動揺した。スコットには目もくれない。一瞬たりとも。ヴァンのなかの男をにらんでいる。ここでリードを放したら、車のドアに突進し、金属を食いちぎってでもあの男に襲いかかろうとするにちがいない。

スコットは耳をかいてやった。

「いい子だ。えらいぞ、マギー」

ふたたびリーランドの罵声。〝褒めるときの声を使え、このばかたれが！　犬は甲高い猫なで声が大好きなんだ。犬になれ。犬の声を聞け。謙虚に犬から教われ！〟

スコットは甲高い猫なで声を出した。人間の喉を食いちぎることもできる体重三十八キロのジャーマン・シェパードではなく、チワワに話しかけるように。

「それでこそおれのかわいい相棒だ、マギー。おまえはおれのかわいい相棒だぞ」

尻尾がパタパタ揺れた。ジップロックの袋を取りだすと、マギーは立ちあがった。ソーセージをもうひと切れやって、すわれと命じた。マギーはすわった。

スコットはヴァンのなかの男に向かって、窓をあけるよう身振りで伝えた。窓が半分だけあいた。

「その犬、狂犬病！　おれは車から降りない」

「悪かった、あやまるよ。きみがこの子を驚かせたんだ。車から降りなくていいから」

「おれは法律守る、善良な市民だ。その犬がだれか咬みたいんなら、うちの店に泥棒にはいるやつら咬ませてやれ」

スコットはヴァンの向こうにあるこの男の店のなかをちらりと見た。台車を手にした若者が外をのぞき、すぐに引っこんだ。

「ここはきみの店かい？」

「ああ。おれはエルトン・ジョシュア・マーリー。うちのバイトがそいつに咬まれたら困る。これから配達だ」

「だれにも咬みつかないよ。さっきはなにを訊こうとしたのかな」

「あいつらつかまえたのか？」

「泥棒にはいられたってことか？」

マーリー氏はまたしても顔をしかめ、不安げに犬を一瞥した。

「あれから二週間だ。警察、いっぺん来た、けどそれっきり来ない。犯人をつかまえたのか、ちがうのか？」

一瞬考えてから、スコットはメモ帳を取りだした。

「それはわからないけど、調べてみよう。名前の綴りを教えてもらえるかな」

男から聞いた情報と盗難にあった日付を記録した。書き終えるころには、マーリーをうまくなだめてヴァンから降りてこさせた。マギーに警戒の目を向けながら、マーリーはスコットを誘導し、箱を車に積んでいる若者の横を通って自分の店にはいった。

マーリーはメキシコの製造業者からカリブ風の安価な衣料品を仕入れ、それに独自のブランド名をつけて、南カリフォルニア一帯にある安売り店で転売していた。店内は半袖シャツやTシャツ、カーゴパンツのはいった箱でいっぱいだった。マーリーの説明によると、店に侵入した犯人もしくは犯人どもは、二階の窓から逃走し、デスクトップ・コンピューター二台、スキャナー、電話機二台、プリンターを持ち去ったという。世紀の犯罪ではないにしろ、マーリーの店はこの一年で四回も盗難にあっていた。

スコットは訊いた。「警報装置は？」

「オーナーが去年つけた、けど壊れて、修理しない、あのしみったれ。だから小さいカメラつけた、でもやつらが持ってった」

マーリーは自分で天井に簡単な防犯カメラを設置していたが、前々回の犯人もしくは犯人どもが、そのカメラとハードディスクも盗んでいった。

店の外に出ながら、スコットはシンのことを考えた。この古いビルは窃盗犯《せっとう》にとって格好の餌食だった。頭上に水銀灯はあるものの、狭い搬出入口は通りから死角になる。証拠となる防犯カメラもなく、犯人には見とがめられる心配などほとんどなかっただろう。

マーリーはまだぶつぶつぼやいていた。

「二週間前、あんたたちに電話した。警察来て、帰って、それきりなんも連絡ない。おれ毎朝ここに来て、また盗まれるのを待ってるだけ。保険は、もう払ってくれない。向こうは保険料もっと払わせたい、こっちは払えない」

スコットはシンの店にあらためて目をやった。

「このビルの店は軒並み泥棒にはいられたことがあるんだろうか」

「全員。くそったれども、いつでも押し入る。このブロックも、向かいの通りも、隣のブロックも」

「いつからそんな状態に?」

「二、三年前。おれここに来てまだ一年、でもそう聞いてる」

「非常階段のほかに、屋上へあがる方法はないかな」

マーリーは先に立って建物のなかにはいり、共有階段のほうへ行って、屋上に出る鍵を差しだした。この古いビルにはエレベーターがなかった。階段をあがるうちに脚と脇腹が痛みだし、どんどんひどくなった。三階まであがったところで一服して、バイコディンを一錠、水なしでのみこんだ。マギーは興味深げに黙々とのぼってきたが、スコットが休憩して痛みのおさまるのを待っていると、クーンと鼻を鳴らした。こちらの痛みを察しているのだとわかり、スコットはマギーの頭をなでた。

「おまえはどうだ？　腰は痛くないか？」

笑いかけると、マギーも微笑み返したように見えた。それからまた階段をあがって屋上まで行き、頑丈な錠が取りつけられた鋼鉄のドアにたどりついた。錠の開閉は内側からしかできないようになっていた。外側には鍵穴がないが、それで侵入をあきらめる犯人どもではなかった。鋼鉄の戸枠は侵入者たちがドアをこじあけようとしたときのバールのこすれた跡やへこみで傷だらけだった。傷の大半はペンキを塗り直されたり錆びついたりしていた。

マーリーとシンの店がはいっているビルは、ケンワースが現われた通りに面している。隣のビルからなら銃撃現場が一望できそうだ。二棟のビルの屋上は低い壁で仕切られている。

このビルの屋上はほかの部分と同様、ろくに手入れされていなかった。干からびた防腐剤やコンクリートのひび割れがいたるところに見られ、煙草の吸い殻や使い捨てライター、つぶれたビール缶、割れたビール瓶、折れた吸引パイプ、深夜のパーティの残骸などが散乱していた。パーティをしていた連中は、ドアをこじあけようとした連中と同じく、非常階段をあがってきたのだろう。マーリーの店の窃盗事件を捜査した警官たちは屋上を調べたのだろうか、これをどう判断したのだろうか。

割れたガラスを注意深くよけながら、マギーを連れて屋上を横切り、隣のビルのほうへ行った。低い壁の手前で、マギーが立ちどまった。スコットは壁の上部を軽くたたいた。

「これなら飛べる。高さは一メートルもない。飛んでごらん」

マギーは舌をだらりと垂らして見返した。

スコットは片脚ずつくるりとまわして壁を乗り越え、脇腹の激痛に顔をしかめた。自分の胸をとんとんとたたいた。

「おれだってできるぞ、こんなひどい状態なのに。ほら、マギー。リーランドのためにおまえはこれよりもっとうまくやらないとだめなんだ」

マギーは唇をなめたが、あとに続く気配はなかった。

スコットはジップロックの袋を引っぱりだし、ソーセージをちらつかせた。

「おいで」

マギーはためらうことなくジャンプし、あっさり壁を乗り越えて、スコットの足元にすわった。袋をじっと見ている。軽々と壁を飛び越える姿を見て、スコットは笑い声をあげた。

「抜け目のないやつだな。おれに懇願させて、まんまと褒美をせしめるとは。いいことを教えてやろう。抜け目のなさじゃこっちも負けないぞ」

スコットは褒美を与えずに袋をポケットにしまった。

「もう一回ジャンプしてもどるまではお預けだ」

こちらのビルのほうが手入れはましだったが、やはりパーティの残骸があり、床全体に敷きつめる大きなカーペットと不要になった庭用の折りたたみ椅子三脚が放置されていた。送風ダクトのそばに、破れて薄汚れた寝袋と使用済みコンドームがいくつか落ちていた。数日前に捨てられたばかりと思しきものもある。都会のロマンス。

銃撃現場が見おろせる場所へ移動した。転落防止のためのさらなる障害として、壁の上部に錬鉄製の低い防護フェンスがボルトでとめられていた。錆があまりにひどく、鉄は腐食して穴だらけだった。

フェンスから身を乗りだすと、銃撃の現場がすっかり見通せることがわかった。情景がありありと浮かぶ、ここからでさえ。眼下の通りをゆっくりと走ってきてパトカーの前を通過するベントレー、そこへ疾走してくるケンワース、横滑りしてとまるケンワースと横転するベントレー、その二台を目がけてやってくるグラントリノ。九カ月前にここでパーティをしていた者がいたなら、一部始終が見えたにちがいない。

身体が震えだし、いつのまにか錆びついたフェンスを握りしめていた。腐った鉄が皮膚に刺さった。

「痛っ!」

後ろに飛びのき、指先に錆と血の筋がついているのを見て、ハンカチを取りだした。

マギーを連れて隣のビルにもどり、今度は壁を飛び越えたあとで褒美をやった。携帯電話で人けのない屋上とパーティの残骸の写真を撮り、四階下まで降りると、マーリー氏がいた。バイトの少年は在庫を車に積み終えたらしく、ヴァンはなくなっていた。マーリーは店のなかでシャツを箱に詰めている。

マギーを見ると、不安げな視線を向けながら、机の向こうにまわった。

「ドアに鍵かけた?」

「ああ、かけたよ」

鍵を返した。

「あとひとつ。シンさんのことは知ってるかな。二軒隣で店をやってる。〈アジア・エキゾテイカ〉という」

「もう店やめたよ。何回もしつこく泥棒にやられて」

「店をやめたのはどれぐらい前?」

「数カ月。だいぶ前」

「このあたりの店に押し入る犯人たちに心あたりは?」

マーリーはどこともとれる方向に手をひと振りした。

「ヤク中とチンピラ」

「そいつらの名前はわかるかな」

マーリーはまた手を振った。

「ここらのチンピラども。名前わかるなら、あんた必要ない」

おそらくそのとおりだろう。マーリーの言うようなけちな盗みを働いているのは十中八九、地元の常習犯で、店が無人になるのはいつか、どの店に警報がついていないか、よく知っているのだ。窃盗事件はすべて、同一の犯人もしくは犯人どもによる犯行なのではないか。スコットはこの考えに気をよくし、我知らずうなずいていた。この仮説が正しいとすれば、マーリーの店とシンの店に押し入った泥棒は同一犯と考えられる。

スコットは言った。「きみの盗難届がどうなっているのか調べて、きょうの午後にまたここへ来よう。それでいいかな」

「いいよ。頼む。この前の警官たち、なんも連絡してこないんだ」

スコットは腕時計に目をやり、遅刻しそうだと気づいた。マーリーの電話番号を控えて、急いで車にもどった。マギーも並んで走り、ひらりと車に飛び乗った。このときは後部座席に寝そべらなかった。前の座席のあいだのコンソールボックスにすわった。

「そこにいられるとじゃまなんだ。後ろに乗ってくれ」

マギーは長い舌を垂らして息をあえがせた。

「後ろに乗るんだ。そこにいたら見えない」

腕で押しのけようとしたが、マギーは動かず、押し返してきた。さらに強く押すと、脚を踏ん張って押し返してきた。

スコットは押すのをやめた。マギーはこれを遊びと思っているのだろうか。どう思っているにしろ、コンソールボックスの上が気に入ってくつろいでいるようだった。

息をあえがせているマギーを見ながら、自分たちが脅威にさらされていると思って猛然とマーリーに飛びかかっていった姿を思いだした。スコットはマギーのがっしりした首の毛を乱暴になでてやった。

「わかったよ。好きなところにいればいいさ」

マギーに耳をなめられて、スコットは車を発進させた。こんなふうに甘やかしているところを見たら、リーランドは雷を落とすだろうが、リーランドが全能とはかぎらない。

10

訓練所の駐車場に車を乗り入れると、マギーが鼻を鳴らした。不安そうな顔を見て、スコットは肩に手をかけた。

「心配するな。もうここで暮らさなくていいんだ。おれといっしょに暮らすんだから」

十分の遅刻だったが、リーランドのトヨタが駐車場になかったので、携帯電話を取りだした。スタート合図用ピストルでリーランドに不意打ちを食らってからというもの、ずっと考えこんでいた。

〝銃声にびくついていたら警察犬は務まらんぞ〟

警察官もだ。

犬と比べて反応が小さかったとはいえ、スコットも同じようにびくついたことに、リーランドは気づいただろうか。リーランドはもう一度マギーをためし、また同じ反応を見せれば、また却下するだろう。それが当然だということはわかっている。任務を遂行できる状態でいなければならないのはマギーもスコットも同じだ。ただし、スコットにはそのふりができて、マギーにはできない。〝ふりをしていれば、そのうち本当になる〟

スコットは片手でマギーの毛をつかんで、そっと押した。マギーは舌をだらりと垂らし、身体を預けてきた。

「マギー」

マギーが一瞬振り返って、建物に目をもどした。呼びかけに反応するのがうれしかった――命令に従うただのロボットとはちがい、スコットという人間を理解しようとしているような気がして。マギーの目のなかにある温かい知性が好きだった。マギーの頭のなかはどんなふうになっているのか、なにを考えているのか。いっしょに過ごしてまだ二十四時間にしかならないが、マギーはくつろいできたように見えるし、スコットもマギーといてくつろげるようになってきた。おかしな話だが、マギーがそばにいてくれるほうが自分も落ち着ける気がした。

「おまえが最初の犬だ」

マギーはちらりとこちらを見て、目をそらした。スコットはもう一度押した。マギーは押し返し、その触れ合いを楽しんでいるようだった。

「この仕事に志願したとき、ここの人たちの面接を受けなきゃならなかった。警部補とリーランドから山ほど質問されたよ。どうしてK9にはいりたいのか、子供のころどんな犬を飼っていたのか、そんなことをあれこれ。おれはとっさに嘘をついた。ほんとは猫を飼ってたんだ」

マギーが大きな頭をめぐらせて、スコットの顔をなめた。しばらくなめさせてから押しのけた。マギーは顔をもどし、また建物をじっと見つめた。

「撃たれるまでは、嘘をついたことなんかなかったんだ、ほんとに。だけどいまはみんなに嘘をつく。いろんなことでしょっちゅう嘘をついてる。ほかにどうしていいかわからないんだ」

マギーは素知らぬ顔をしている。

「まいったな、今度は犬に話しかけてるよ」

過度の驚愕反応は、トラウマをかかえた人間、とりわけ戦闘経験者や警察官、家庭内暴力の被害者にはよくあることだ。だれかに背後からいきなり〝わっ！〟と驚かされたら、だれでもびっくりして飛びあがるが、トラウマをかかえた人間の場合、ときとしてその驚愕反応は異常とも思えるほど激しくなる。予期せぬ大音響や至近距離での突然の動きが、通常では考えられない反応を引きだす。その反応は人によってさまざまだ——大声で叫ぶ、逆上する、物陰に隠れる、殴りかかることさえある。銃撃事件以来、スコットも過度の驚愕反応を示してきたが、グッドマン医師のおかげで改善が見られるようになった。まだ全快にはほど遠いが、審査委員会の目をごまかせる程度に前進してはいる。犬の場合でもグッドマンは力になってくれるだろうか、とスコットは考えた。

グッドマン医師は出勤前の患者を早朝に診ることがよくあるので、とりあえず電話をかけてみた。てっきり留守番電話につながるかと思ったら、本人が応答した。つまり現在患者の予約ははいっていないということだ。

「先生、スコット・ジェイムズです。いまちょっといいですか」

「ちょっとでもたっぷりでも、好きなだけ。七時の予約がキャンセルになったのでね。調子はどうかな」

「上々です。じつはおれの犬のことでちょっと質問したくて」

「きみの犬？」

「きのうパートナー犬をもらったんです。ジャーマン・シェパード」

グッドマンは返答に悩んでいるようだ。

「おめでとう。うれしくてしかたないといったところだろうね」

「ええ。引退した軍用犬です。アフガニスタンで撃たれて、それでトラウマをかかえているんじゃないかと思って」

グッドマンは即答した。

「そういうことがありうるか、という質問なら、答えはイエスだ。動物にも人間と同じ症状が現われることはある。犬の場合は特に。それをテーマにした論文もいろいろあるよ」

「大型のトラックが通過すると、びくびくする。銃声を聞くと、隠れようとする」

「なるほど。驚愕反応か」

この種の問題についてスコットとグッドマンは何時間も話し合ってきた。PTSD——心的外傷後ストレス障害に効果のある薬物や〝治療法〟はなく、話をするしか方法はない。不眠や不安といった症状を薬で軽減することはできても、PTSDという悪魔を退治するには、そのことをただひたすら話すしかないのだ。スコットがあの夜の恐怖心やあのときの気持ちを打ち明けた相手は唯一グッドマンだけだが、そのグッドマンにさえも話さなかったことがある。

「そう、あの子の驚愕反応は度を超してる。なにか手伝える簡単な方法はないですか」

「なにを手伝うんだね？」

「乗り越えるのを。おれにもできることはないでしょうか、銃声を聞いてもあの子がびくつかなくなるように」

しばらく逡巡《しゅんじゅん》したのち、グッドマンは慎重かつ冷静な口調でこう言った。

「スコット、いま話しているのは、犬のことか、それともきみのことかな。なにかわたしに言いたいことがあるのでは？」

「犬のことですよ。訊きたいのは犬のこと。犬が先生のところに行って相談するわけにもいかないので」

「きみが困ったことになっているのなら、抗不安薬を増やしてもいい」

けさは抗不安薬をひとつかみのんでくればよかった。そう思ったとき、リーランドの紺色のピックアップが駐車場にはいってきた。トラックから降りながら、こちらを見て顔をしかめている。スコットがまだ車のなかにいることでむかついたのはまちがいない。

スコットは言った。「訊きたいのは犬のことですよ。三十八キロのジャーマン・シェパードで、名前はマギー。先生に直接話を聞いてほしいところだけど、犬は話せない」

「いらだっているようだね、スコット。きのうの退行療法が副作用をもたらしたのかな」

電話をいったん下におろして、何度か深呼吸をした。リーランドは動いていない。トラックの横に立って、しかめ面でこっちを見ている。

「犬の話をしてるんです。犬の精神科医が必要かもしれない。犬用の抗不安薬もあるんですか」

グッドマンはまたひとしきりためらい、考えこんだが、今度はため息をついたあと答えた。

「あるとは思うが、よくわからない。わかっているのは、トラウマをかかえた犬でも訓練し直すのは可能だということだ。人間の場合と同じで、結果には個体差があるだろう。きみとわたしには、薬で脳内の化学成分を増やす、もしくは一時的に変えることができるという利点がある。きみとわたしには、起こったことを何度も繰り返し話し合うことで、そのできごとが感情におよぼす影響力を大幅に軽減して、より扱いやすいものにすることができる」

話が講義モードにはいってしまったので――こうして言葉にしながらあれこれ考えるのがグッドマンのやり方だ――スコットは口をはさんだ。

「ええ、その話はもうさんざん聞いた。それの短縮版はないですか、先生。上司がこっちを見て渋い顔をしているので」

「その犬は撃たれた。きみと同じで、潜在意識が、銃声や予期せぬ大きな音を、撃たれた瞬間の痛みや恐怖心と結びつけてしまうんだ」

リーランドが腕時計をとんとんたたいて、腕組みをした。スコットは了解のしるしにうなずき、指を一本立てた。あと少し。

「この子はおれとちがって話ができない、じゃあどうやって対処したらいいんです?」

「犬用の抗不安薬があるかどうか調べてみるが、治療のやり方としては同じような形になるだろうね。その犬からつらい経験を消し去ることはできない。とすれば、その影響力を弱めるしかないわけだ。騒音をなにか楽しいことと結びつけるよう教えるという手もあるだろう。そうしてどんどん大きい音に慣らしていくうちに、大きい音がしてもなんの害もないことがわかってくる」

しびれを切らしたリーランドがまっすぐこちらに向かってきた。

近づいてくる上司を見ながらも、頭のなかではグッドマンのアドバイスのことを考えていた。

「いまのは使えそうだ、先生。ありがとう。もう切らないと」

電話をしまってマギーにリードをつけ、車から降りたところへ、リーランドが到着した。

「おまえもこの犬も準備万端のようだな、ガールフレンドとくっちゃべる暇があるところを見ると」

「強盗殺人課のオルソ刑事です。本部まで来るように言われたんですが、昼まで待ってもらいました。マギーと訓練したいので」

思ったとおり、しかめ面がやわらいだ。

「なんだってまた急におまえを頻繁《ひんぱん》に呼ぶようになったんだ？」

「捜査班のリーダーが変わって、オルソ刑事が新しいリーダーになったんです。捜査を加速させようとしてる」

リーランドは低くうなり、マギーに目を向けた。

「おまえとこのマギー嬢は、ゆうべはどんな具合だった？　床でおしっこされたか？」

「いっしょに散歩しました。じっくり話もしました」

軽口をたたいていると思ったのか、リーランドはにらみつけるように顔をあげたが、スコットがまじめに答えていると判断して、また表情をやわらげた。

「よし。それはなによりだ。ではさっそくおまえとこの動物の訓練に取りかかって、なにをじっくり話したのか見せてもらうとしよう」

リーランドは背を向けた。

「スタート合図用のピストルを借りてもいいですか」

振り返った。

スコットは言った。「銃声にびくついていたら警察犬は務まらない」

リーランドは唇をとがらせ、しばらくスコットを凝視した。

「治せると思うのか？」

「相棒を見捨てる気はありません」

リーランドはこちらの居心地が悪くなるほど長いあいだ見返し、マギーの頭に手を触れた。

「いっしょに訓練しながらおまえが銃を撃つのはまずい。この子の耳によくないな、至近距離だと。メイスに手伝わせよう」

「ありがとうございます、主任」

「礼にはおよばない。その調子でこの犬に話しかけてやれ。おまえも少しは学んだようだな」

それだけ言うとリーランドは背を向けた。スコットはマギーを見おろした。

「もっとソーセージがいりそうだ」

スコットとマギーは運動場に向かった。

11

外に出てきたメイスは、スタート合図用ピストルを持っていなかった。持ってきたのはリーランドで、もうひとりポーリー・バドレスという背の低い屈強な訓練士を連れてきた。ハンドラー養成課程で最初の週に二度会っているが、話をしたことはなかった。歳は三十代なかばで、日焼けした皮がむけかけているのは、ここ二週間、同僚の警官三人とモンタナで釣りを楽しんできた結果だった。

リーランドが言った。オビという名のオスのジャーマン・シェパードと組んでいる。

「スタート合図用ピストルの件はひとまず忘れろ。ポーリー・バドレスは知っているか」

バドレスは満面の笑みで力強い握手を交わしたが、その笑顔はもっぱらマギーに向けられていた。

リーランドが言った。「このポーリーは空軍のK9にいた。だからおまえの相談相手になってもらおうと思う。軍用犬はうちの犬たちとはちがう種類の訓練を受けているからな」

バドレスはまだうれしそうにマギーを見ている。片手を差しだしてにおいを嗅がせ、それからかがんでマギーの両耳の後ろをなでた。

「アフガニスタンにいたって？」

スコットは答えた。「兼用犬なんだ。警備と爆発物探知」

バドレスは屈強な男だが、雰囲気はいたって温厚で、マギーもそれを感じ取ったのがわかった。耳を後ろに寝かせて、舌をだらりと垂らし、なでられて心地よさそうにしている。リーランドが話を続けようとすると、バドレスはマギーの左耳をひらいて刺青《いれずみ》を確認した。スコットのこともリーランドのこともまったく眼中にないらしい。犬にしか関心がないのだ。

リーランドがスコットに向かって話を続けた。

「知ってのとおり、ここロサンゼルスの街では、この美しい動物たちは、吠えることで容疑者を確保するよう訓練される。相手がおまえを殺そうとしているのでないかぎり、犬がどこかのばかたれに咬みついたらえらいことになる。なんでかというと、腰抜けのぼんくら市議会が、責任をとれという脅しに屈して、ばかたれどものケツの穴からわいてくるごろつき弁護士の言いなりになってほいほい金を払っちまうからだ。ちがうか、バドレス巡査」

「おっしゃるとおりです、主任」

バドレスは聞き流していたが、スコットにはリーランドの言わんとすることがわかった。責任訴訟という潮流を食いとめるために、〝見つけて吠える〟方式を採用する警察機関は増加の一途をたどっている。容疑者がその場に静止していて攻撃の気配が見られないときは、犬は脇に立って吠えるよう訓練されている。咬みついていいのは、容疑者が攻撃的な動きをするか逃走したときにかぎられる。リーランドに言わせると、この方式は犬とハンドラーの双方にとって危険であり、講義のなかで口を酸っぱくして繰り返す話題でもあった。

「それにひきかえ、きみらの軍の警備犬は、爆走トラックさながらの勢いで標的に突進して、ステロイドでもやってるみたいに非アメリカ人をずたぼろにするよう訓練されている。軍用犬をどこぞのばかたれにけしかけたら、そいつを引き裂いて新しいケツの穴をあけ、肝臓をずるずる引っぱりだして食っちまうだろう。ここにいるわれらがマギーのような犬は、真剣勝負の訓練を受けているんだ。ちがうか、バドレス巡査」

「おっしゃるとおりです、主任」

リーランドはバドレスに向かってうなずいた。バドレスは両手でマギーの両脚をなでおろし、腰の傷痕をなぞっていた。

「経験者の意見というやつだ、ジェイムズ巡査。そこでおまえがまずやるべきは、この勇猛な動物に教えることだ。これからこの子をだれかに会わせるとき、その遺伝的に劣った救いがたいばかたれどもを咬まないように。そうだな？」

スコットはバドレスにならった。

「おっしゃるとおりです、主任」

「当然だ。では、あとはおまえとバドレス巡査とでやってもらう。彼は軍用のコマンドを知っている。この子がわれわれの軟弱な一般社会になじめるよう訓練し直すのに協力してくれるだろう」

そう言いおいて、リーランドは立ち去った。バドレスが立ちあがり、にんまり笑ってみせた。

「心配しなくていい。この子は攻撃性を弱めて人間と仲よくするための再訓練をラックランドで受けてる。犬を一般家庭に譲渡するためのお決まりの手順だ。主任の考えでは、この子の問題はむしろその逆なんだよ――つまり攻撃性が足りないこと」

マギーがマーリーに突進したときのことを思いだしたが、それは伏せておくことにした。

スコットは言った。「この子は賢い。〝見つけて吠える〟は二日で覚えるだろう」

バドレスの笑みがいっそう大きくなった。

「預かってどれくらいだ？　一日か？」

「海兵隊が犬に求める知識をすべて吸収できるほど賢かったんだ。頭を撃たれたわけじゃない」

「海兵隊が犬に求める知識を、きみはどの程度知ってる？」

顔がほてるのを感じた。

「そのためにあんたが来てくれたんじゃないのか」

「そのために来たんだよ。じゃあ、はじめようか」

バドレスは犬舎のほうへあごをしゃくった。

「腕カバー、六メートルと一・八メートルのリード、それからきみが褒美に使うものを持ってくるんだ。ここで待ってる」

スコットが犬舎のほうへ歩きだすと、マギーが左側についた。ソーセージを二百グラムほど刻んで袋に入れてきたが、それで足りるだろうかと心配になった。そして、食べ物を褒美として使うことにバドレスが異を唱えるのではないかと。それから腕時計を確認して、オルソ刑事に会いにいくまでにはたしてどの程度の成果をあげられるだろうかと考えた。マーリーから聞いたあの一帯の窃盗《せっとう》事件のことを話したかった。オルソは有望な手がかりだと思ってくれるはずだ。この九カ月なんの進展もなかっただけに、新しい手がかりは突破口になるかもしれない。オルソのことを考えながら足を速めたとき、背後で銃声が空《くう》を切り裂いた。とっさに身をかがめると、マギーがスコットを突き飛ばしそうな勢いで身体の下に隠れようとした。脚のあいだにもぐりこみ、震えが伝わるほど身体を押しつけてくる。

動悸が速まり、呼吸が乱れて浅くなったが、なにが起こったのか、振り返るまでもなくわかっていた。

バドレスはスタート合図用ピストルを持った手を脇に垂らしていた。皮のむけかけた顔から笑みが消え去り、哀しげな表情になっている。

口をひらいた。「ごめん、悪かった。残念だよ。かわいそうだが、その犬には問題があるな」

スコットの動悸は徐々におさまった。マギーの震える背中に手をあてて、優しく声をかけた。

「よしよし、マギー。ちょっと物音がしただけだよ。好きなだけそこにもぐってていいから」

背中と脇腹をゆっくりなで、両の耳をもみながら、落ち着いた声で話し続けた。身体をなでながら、ソーセージの袋を取りだす。

「ほら、こっちだ、マギー。なにを持ってるか見てごらん」

ひと切れ差しだすと、顔をあげ、指先のそれをぺろりとなめた。

甲高い猫なで声で、おまえは本当にいい子だと話しかけ、もうひと切れ差しだした。マギーは身体を起こしてそれを食べた。

バドレスが言った。「こういうのは前にも見たことがあるよ、そう、軍用犬で。ずいぶん前だ」

スコットは立ちあがり、次のひと切れをわざとマギーの頭上高くに掲げた。

「立つんだ、マギー。立ってこれを取ってみろ」

マギーは後脚で立ち、肉を取ろうとして伸びあがった。そのまま食べさせてから、スコットは思いきりなでて褒めたたえた。

バドレスのほうを向いたとき、その声はもう猫なで声ではなかった。

「あと二十分ぐらいしたら、もう一回撃ってくれないか」

バドレスはうなずいた。

「いつ音が鳴るかわからなくていいんだな」

「いつ鳴るかわからないほうがいい。マギーもだ」

バドレスはゆっくりと笑みを浮かべた。

「腕カバーとリードを取ってこい。この軍用犬を仕事に復帰させてやろう」

二時間四十五分後、スコットはマギーを犬舎に入れ、オルソに会いにダウンタウンへ向かった。別れぎわにマギーは鼻を鳴らし、ゲートに前脚をかけた。

12

　二十分後、〈ボート〉でエレベーターの扉がひらいたとき、オルソと、黒のパンツスーツを着た小柄で魅力的な、濃い茶色の髪をした女性が待っていた。オルソが手を差しだして、女性を紹介した。

「スコット、こっちはジョイス・カウリー。カウリー刑事はファイルに何度も目を通してるから、たぶんおれより詳しいはずだ」

　スコットはうなずいたものの、なんと言ってよいかわからなかった。

「そうか。ありがとう。どうぞよろしく」

　カウリーの握手は固くて力強く、それでいて男性的な感じはしなかった。歳は三十代後半、落ち着いた物腰、十代のころは潑剌とした体操選手だったのではないかと思わせる引き締まった身体つきをしている。にこやかにスコットと握手を交わし、名刺を差しだしたところで、オルソが先に立って強盗殺人課のオフィスへ向かった。ここへ訪ねてくるたびにオルソはこうしてエレベーターまで出迎えにくるつもりだろうか、とスコットは思った。

　カウリーが言った。「〝メトロ〟の前はランパートですってね。わたし、ここの前はランパートの殺人課にいたの」

あらためてカウリーの顔を見たが、見覚えはなかった。

「ごめん、覚えてない」

「でしょうね。ここへ来たのはもう三年も前だから」

オルソが言った。「三年半だ。ジョイスはここへ来てからもっぱらおれといっしょに連続事件の捜査にあたってきた。きのうきみと話したことを伝えたら、いくつか訊きたいことがあるそうだ」

ふたりのあとについて前回と同じ会議室へ行くと、例の段ボールのファイルボックスがテーブルの上にあり、箱のなかにファイルと資料が吊るしてあった。箱の横に三穴リングの青い大きなバインダーがある。これが事件ファイルであることをスコットは知っていた。殺人課の刑事たちが殺人事件の捜査資料を整理してまとめておくのに使うファイルだ。

オルソとカウリーは椅子にかけたが、スコットはテーブルをまわり、オルソが作成したポスター大の事件現場の略図の前へ行った。

「話をはじめる前に、じつはけさネルソン・シンの店に行ったんだ。二軒隣で店をやってるという男に会った——ここだ」

略図上でシンの店を見つけ、エルトン・マーリーの店の位置を指示した。

「マーリーも二週間前に泥棒にはいられた。この一年で四、五回やられていて、同じ地区で被害にあってる店はほかにもたくさんあると言ってた。この地図には建物の裏手にある荷物の積み下ろし場所が描かれてないけど、この路地から行けるようになっていて——」

建物の裏側の、マーリーがヴァンに商品を積みこんでいた場所を示すために、指で架空の四角い箱を描いた。オルソとカウリーはじっと見ている。

「非常階段から屋上にあがれる。いちばん低い窓についている鉄格子以外に防犯対策はなにもなくて、建物の裏側の一帯は完全に死角になってるんだ。犯人どもは非常階段を使って上階の窓まで行ったんじゃないかと思う。今回はマーリーのコンピューターとスキャナーが狙われた。前回はラジカセと別のコンピューターとラムのボトルを何本か盗られた」

オルソがカウリーにちらりと目を向けた。

「チンピラが押し入って、簡単に運べるものを盗ったんだ」

カウリーがうなずく。

「地元の連中ね」

スコットは自説を押し進めた。

「だれにしろ、一連の盗難事件に同じやつがからんでいるとしたら、おれが撃たれた夜にシンの店に押し入ったのもそいつかもしれない。ついでに屋上にもあがってみたよ。あきらかにここはたまり場になってる――」

携帯電話を取りだし、ビールの空き缶やゴミがはっきり写っている写真を選んで、オルソに手渡した。

「シンの店に押し入ったやつはとっくに逃げたかもしれないけど、ケンワースがベントレーを襲ったときにだれかが屋上にいたとしたら、一部始終を目撃していた可能性はある」

カウリーが身を乗りだした。

「マーリーは警察に通報した？」

「二週間前に。だれかが現場に出向いて、でもそれきりなんの音沙汰もないと言ってた。だから、状況を確認してマーリーに報告することになってる」

オルソがまたカウリーを見た。

「たぶんセントラル署の強盗課だな。過去二年間にこの地区で報告された盗難事件と逮捕について問い合わせよう。そのマーリー氏の件がどうなっているのかも。ＤＩＣと話をしたい」

ＤＩＣというのは担当刑事のことだ。

カウリーがマーリーの氏名と店の住所をスコットに尋ね、情報をメモ帳に控えた。彼女がメモをとっているあいだに、オルソがスコットに向き直った。

「いい発見だ。推理もいい。気に入ったよ」

スコットの気分は高揚し、この九カ月間胸にあったわだかまりが解けはじめた。

オルソが言った。「よし、じゃあ次はジョイスから話がある。すわってくれ。ジョイス――」

スコットが着席すると、カウリーが大型の茶封筒に手を伸ばし、中身を取りだした。光沢のある分厚い紙を四枚、トランプを並べるようにスコットの前に置いた。一枚につき六組の顔写真が印刷されている。正面と横顔の二枚でひと組だ。男たちは年齢も人種もばらばらで、全員が形と長さの異なる白髪もしくは白髪まじりのもみあげを生やしていた。写真を広げながらカウリーが説明する。

「データベースには、髪の色や形や長さといった識別要素も含まれるの。見覚えのある顔はない?」

高揚した気分がたちまち不快感に変わり、その瞬間、スコットはまたしても路上に倒れて銃声を聞いていた。両目を閉じて、ゆっくりと息を吐き、白い砂浜にいる自分を想像する。ひとりきりで、裸で、日差しがぽかぽかと肌に温かい。赤いビーチタオルにすわっているところを思い描く。打ち寄せる波の音を想像する。グッドマンから教わった、フラッシュバックへのユニークな対処法だった。自分をどこか別の場所に置き、具体的な状況を創りだす。具体的な状況を想像するには集中力が必要で、それが心を落ち着かせるのに役立つ。

オルソの声がした。「スコット?」

ふいに気まずくなり、目をあけた。写真に目をこらしたが、どの顔にも見覚えはなかった。

「はっきり見えたわけじゃないんだ。申しわけない」

カウリーが黒いマーカーのキャップをはずし、気楽にくつろいだ笑みを浮かべたまま、スコットに差しだした。マニキュアはつけていない。

「気にしないで。これで犯人の顔を見つけられるとは思ってない。白髪か白髪まじりの男だけでも三千二百六十一人いた。ここにあるのを選んだのは、髪型ともみあげの形がそれぞれちがうから。それがこの練習の目的。よく考えて――もしできれば、できなくても気にしないで――あなたが見たものにいちばん近いのを○で囲むか、あきらかに除外できるものを×で消してみて」

ひとりは鋭い刃先のような細くて長いもみあげを生やしていた。別のひとりは盛大なマトンチョップひげで、頬がほとんど毛に覆われている。そのふたりと、ほかにもあきらかにちがうとわかるひげをいくつか×で消し、ふさふさした長方形のもみあげの五人を○で囲んだ。短いもので耳のなかほど、長いものは耳たぶの下二・五センチほどもある。写真のシートをカウリーのほうに押し返しながら、また考えこんだ。本当にもみあげを見たんだろうか、それともただの妄想だろうかと。

「よくわからない。はっきり見たっていう確信さえないんだ」

カウリーはオルソと一瞬目を見交わし、シートを封筒にもどした。オルソがテーブルにあった薄いファイルを手元に引き寄せた。

「これがグラントリノに関する捜査報告書だ。きみと話したあと、読み返してみた。同一人物の白髪が五本、運転席から見つかっている」

スコットはオルソを、次にカウリーを見た。オルソがにやりと笑った。カウリーは笑わなかった。真剣そのものの顔で、オルソが中断したところから話を続けた。

「その毛髪があなたの見た男のものだと断言はできないにしろ、どこかの時点で、あの車に白髪の男が乗っていた。毛根から採取したＤＮＡは、統合ＤＮＡインデックス・システムにも司法省のデータバンクにも一致するものがなかったから、名前はわからない。でも白人男性ということはわかってる。八十パーセントの確率で、白髪になる前の毛髪は茶色、目の色はほぼまちがいなく青」

オルソが両の眉を持ちあげて満面に笑みを浮かべ、上機嫌なボーイスカウトの隊長顔になった。

「だんだんわかってきたか？　きみの頭がいかれてるわけじゃないことを知らせておきたかったんだ」

そこで上機嫌なボーイスカウトの隊長顔が引っこんで、オルソの手がファイルボックスに置かれた。

「さてと。ここにあるファイルはテーマごとに並べてある。事件ファイルの中身はメロンとステングラーがもっとも重要だと考えた証拠だが、ファイルと呼ぶには不完全だ。あれこれ訊きたいことがあるのはきみのほうだろう。なにを知りたい？」

スコットとしては、もっと多くの記憶をよみがえらせる引き金になるものがほしかったが、そもそもなにが引き金になるのか、なりそうなのかもわからなかった。

オルソの顔を見た。

「容疑者がひとりもいないのはどうして？」

「容疑者がひとりも特定できなかったんだ」

「メロンとステングラーから聞いて、そこまでは知ってる」

オルソがファイルボックスを軽くたたいた。

「長いバージョンはこのなかにあるし、自由に読んでかまわないが、短縮バージョンを話してやろう」

オルソは捜査の概略をプロらしく簡潔に述べた。メロンやステングラーから聞いてすでに知っていることばかりだったが、口ははさまなかった。

殺人事件が起こったとき、まず疑うべきは配偶者だ。常に。これが殺人課ハンドブックのルールその一。ルールその二は、〝金の動きを追え〟。メロンとステングラーもこの方向から捜査に着手した。パラシアンかベロアに借金はなかったか。どちらかが仕事のパートナーをだましていたのではないか。どちらかが相手の妻と浮気をしていたのではないか。パラシアンの妻に捨てられた愛人が復讐のために彼女の夫を殺したのではないか。パラシアンの妻が別の男といっしょになりたくて夫を殺させたのではないか。

メロンとステングラーが捜査の過程で特定できた興味深い人物は二名しかいない。ひとりはヴァレーに住むロシア人のポルノ製作者で、パラシアンと共同でいくつかのプロジェクトに投資していた。そのポルノ事業がロシアの組織犯罪グループから資金提供を受けていることが捜査線上に浮かんできたが、そのロシア人はパラシアンとともに少なくとも二十パーセントの利益を手にしたということで、メロンとステングラーは最終的にこの男を除外した。興味深い男のふたりめは、ベロアとつながっていた。強盗殺人課の強盗特捜班からメロンに伝えられた情報によれば、インターポールがフランスのダイヤモンド故買屋の仲間としてベロアの名を挙げていた。そこからベロアがダイヤモンドを密輸していたという仮説が導きだされたが、特捜班はベロアは犯罪に関与していないと判断し、最後にはその線も除外した。

最終的に、二十七名の友人や家族、百十八名の投資家や取引相手、そのほか目撃した可能性のある者たちが事情聴取されて調べられ、その全員が無関係であることが確認された。容疑者たりうる者はひとりも特定できず、捜査はじわじわと暗礁に乗りあげた。

話し終えたオルソが腕時計に目をやった。

「いまの話でなにか思いだしたことは？」

「いや、ない。もう知ってることばかりだった」

「つまりメロンとステングラーはきみに隠しごとはしていなかったということだな」

スコットの顔が紅潮した。

「ふたりが見落としていたこともあった」

「そうかもしれない。だがここにあるのは彼らが調べあげたことで——」

オルソがファイルボックスのほうへ頭を傾けると、カウリーが口をはさんだ。

「——つまり、ここがバッドとわたしの出発点ということ。メロンとステングラーは成果を出せなかった、だからわたしたちもそうなるとはかぎらない。この報告書に書かれている、だからわたしたちがそれを事実として認めているとはかぎらない」

オルソがつかのまカウリーの顔を凝視し、それからスコットを見た。

「おれにはシンと彼の窃盗犯《せっとう》がいる、きみがいる、そして殉職した警官がいる。おれはこの事件をかならず解決するつもりだ」

ジョイス・カウリーもうなずいたが、言葉にはしなかった。

オルソが腰をあげた。

「ジョイスとおれは仕事にかかる。この資料と報告書に目を通したければ、遠慮なくそうしてくれ。事件ファイルも読みたければ読んでくれていい。どこからはじめる？」

どこからはじめるかは考えていなかった。自分の供述を読み返して忘れている点はないか確認しようかとも思ったが、はじめるべき場所はひとつしかないとわかった。

「犯行現場の写真から」

カウリーが困惑顔になった。

「ほんとに？」

「ああ」

犯行現場の写真はまだ一度も見ていない。存在することは知っていたが、考えたことはなかった。自分で想像した写真なら毎晩夢のなかで見ていた。

オルソが言った。「わかった、じゃあ、そこからはじめるとしよう」

13

　オルソが箱のなかからハンギング・ファイルを一冊抜き取って、テーブルに置いた。

「これが写真のフォルダーだ。特に重要な写真はコピーして捜査ファイルにも入れてあるが、このマスターファイルには全部の写真がはいってる」

「わかった」

「写真の裏にラベルがついてて、関連する報告書の番号とページがわかるようになっている。鑑識官、検死官、刑事部、関連先はいろいろだ。特定の写真について鑑識の見解が知りたいと思えば、該当する番号の報告書を調べて、そのページに行く」

「わかった。ありがとう」

　相手が立ち去るのを待ったが、オルソは動かなかった。顔をしかめている。スコットがこれから見るもののことを思うと心穏やかではいられないというように。

　スコットは言った。「おれはだいじょうぶです」

　オルソは無言でうなずいて退出し、入れちがいにカウリーがはいってきた。少し前に部屋を出ていき、もどってきたときには水のボトルとレポート用紙とペンを二本手にしていた。

「これ。質問事項とかメモ用に使って。水もほしいかと思って」

ついさっきオルソの表情に見たのと同じ懸念のこもる険しい目で、カウリーがスコットを見ていると、彼女の携帯電話からメールの受信を告げる音がした。メッセージにちらりと目をやる。

「セントラル署の強盗課から。なにかあったら、わたしは自分の席にいるから」

カウリーがいなくなるのを待って、スコットはファイルをひらいた。なかの個別のフォルダーには《現場》《ベントレー》《ケンワース》《トリノ》《2A24》《パラシアン》《ベロア》《アンダース》《ジェイムズ》《雑》といったラベルがついている。〝2A24〟はスコットとステファニーのパトカーのことだ。自分の名前を見るのは妙な気分で、いったいなにを見ることになるのだろうと気になった。それからステファニーの名前をじっと見て、考えるのはやめろと自分に言いきかせた。

まず《現場》フォルダーをひらいた。写真の大きさはばらばらで、遺体が収容されたあと夜明けの早い時間に撮られたものだった。ケンワースのフロントバンパーが傾いて力なくさがっている。ベントレーの助手席側が押しつぶされ、車体の側面と窓には銃弾が貫通した穴が点在している。背景には消防士や制服警官、鑑識官、報道関係者の姿も見える。ステファニーの遺体の位置を示す白い輪郭《りんかく》がスコットの目を惹いた。未完成のパズルが、行方不明のピースを見つけて埋めてほしいと訴えてくるようだった。

次にベントレーの写真を見ていった。車内にガラスの破片が散らばっている。シートもコンソールボックスも血まみれで、深紅のペンキをぶちまけたようなありさまだ。運転席の床に乾きかけた大きな血だまりができている。

それに比べると、ケンワースの内部にはなんの損傷もなかった。ＡＫ４７の真鍮《しんちゅう》の薬莢《やっきょう》が、座席や床、ダッシュボードの上に散らばっている。紙切れや〈バーガーキング〉のつぶれた紙コップ、水の空きペットボトルも何本か落ちている。メロンから聞いた話では、これらのゴミを回収して調べた結果、車の所有者であるフェリックス・ヘルナンデスという男のものとわかった。ブエナ・パークで愛車のケンワースを盗まれたとき、当人は妻を殴った罪で服役中だった。

グラントリノの写真は見るまでもなかった。車は八ブロック先のフリーウェイの高架下で発見され、ケンワースと同様、殺害に使う目的で当日の早い時間に盗まれたものだった。

すみやかにパラシアンとベロアに移り、それぞれの写真をじっくり検分した。一方もしくは双方から、ふたりの殺害の動機となったものが見つかるかもしれないとばかりに。

いずれも夜に撮影されたもので、いつか見た、三〇年代にマシンガンで撃たれたギャングのおぞましい白黒写真を連想させた。パラシアンはコンソールボックスの上にばったり倒れている。ベロアの膝のほうへ這っていこうとしているように見える。ズボンと上着は元の色がわからないほどべったりと血に染まっていた。昼間に撮られた写真にも写っていたガラスの破片が、このときはカメラのフラッシュできらきら光っている。

ベロアのほうは助手席にぐにゃりとすわっている。融けてしまったみたいに。側頭部が吹き飛んで、カメラに近いほうの腕は赤いロープ状の組織でかろうじてぶらさがっている。パラシアンと同じく、ベロアも大量の弾丸を浴びせられ、衣類が血に染まっている。

　スコットはひとりつぶやいた。

「なるほど、あんたたちの死を心底望んでいたやつがいたんだな」

　次のフォルダーがステファニーの写真だった。ためらいつつ、避けて通れないことはわかっているので、フォルダーをひらいた。

　ステファニーは両脚をそろえて膝を曲げ、左に傾けている。右腕を直角に伸ばし、てのひらを下向きにして指を折り曲げている。路面にしがみつこうとするように。左手は腹の上にある。通常の手順に従って、遺体の輪郭が描かれていたが、身体の下の大きな血だまりのせいで線が途切れていた。手早く写真をめくっていくと、不規則な形をした大きな血痕の写真があり、《B1》というラベルがついていた。《B2》にはなにかを引きずったように長く伸びた血痕が写っている。自分の血だとわかり、そこではじめてステファニーから自分自身のフォルダーに移っていたことに気づいた。血の量は半端ではなかった。あまりの出血量に、どっと汗が噴きだした。あの夜、死にかけたことは自覚していたが、路上に流れた大量の血は、どれほど死に瀕していたかを可視化してくれた。あとどれくらい出血していたら、白線で輪郭を描かれた遺体となって写真に撮られていたのだろうか。五〇〇cc？　二五〇cc？　ステファニーの最初の写真にもどってみた。血だまりはもっと大きい。視界がぼやけてきたので、スコットは目をぬぐい、ステファニーの写真を一枚抜き取った。

　写真のファイルを閉じ、気を落ち着かせるためにテーブルの向こうにまわって、脇腹と肩のストレッチをした。水のボトルをあけてごくごく飲み、オルソが作成したポスター大の事件現場の略図を眺めた。略図を写真に撮って鮮明に写っていることを確認し、ファイルボックスのところへもどりながら、自分がばかみたいに思えて確信がなくなった。なにかを思いだせば、ステファニーを殺した連中をつかまえて、夜ごと聞こえる彼女の非難の声を静められるかもしれない、そう思いこんで自分をごまかしているだけではないか、と。

スコットは適当にファイルをいくつか手に取り、テーブルに並べた。ケンワースとグラントリノの盗難の報告書。銃声を聞いて警察に緊急通報した人々の供述書。検死報告書。《科学捜査課《SID》——収集証拠》と書かれたファイルが目につき、ぱらぱらとめくった。中身は現場で収集された物的証拠の分析報告書で、収集品のリストからはじまり、それが何ページにもわたって続いた。ＳＩＤがこれほど大量に詳細な分析を積みあげた労力には頭がさがるが、延延と続く法医学関連の報告に興味はなかった。あの夜の事件の原因がパラシアンとベロアにあることはわかっている。ふたりの死を望んでいた者がいて、ステファニー・アンダースはその巻き添えになったのだ。

エリック・パラシアンに関する資料と聞きこみの報告書の束を見つけた。家族、従業員、投資家、その他、聞きこみをした相手は膨大な数になり、報告書の厚さは十センチ近くあった。スコットは腕時計を確認し、マギーを犬舎に閉じこめてからかなり時間がたっていることに気づいた。罪の意識がちくりと胸を刺した。訓練所にもどらなければ。

ドアのところまで行くと、カウリーは奥の壁ぎわのブースで電話中だった。すぐに終わるという合図に指を一本立て、通話が終わると受話器をおろした。

「どんな具合？」

「順調。きみとオルソ刑事には感謝してるよ、ここの資料を見せてくれたこと」

「気にしないで。さっきのマーリーの件でセントラル署の強盗課と話してたところ。盗品をフリーマーケットで売りさばいてるグループがあって、いまその線を追ってるって。商品のなかにあの界隈で盗まれたものがまじってる」

「よかった。マーリーに伝えておくよ。じゃ、おれはそろそろ犬のところにもどらないと――」

「フリーマーケットのことは言わないで」

「え？」

「マーリーに電話するのなら。電話するのはかまわないけど、警察の捜査対象がフリーマーケットだってことは言わないで。この言葉は禁句。フリーマーケット」

「わかったよ」

「よろしく。マーリーの店の盗難についてはセントラル署のだれかから直接連絡がいくはず。フリーマーケットの件はマーリーとは関係ない」

「了解。口を閉じておく」

「写真は持ってる？」

スコットはまたきょとんとした。

「なんの？」

「あなたの犬の。わたし、犬が大好きなの」

「きのう引き取ったばかりなんだ」

「そう。じゃ、写真を撮ったらぜひ見せて」

「ちょっと訊きたいんだけど、ファイルをいくつか持ち帰ったらまずいだろうか。必要なら書類にサインするよ」

オルソをさがそうとしたのか、カウリーはあたりを見まわしたが、姿は見えなかった。

スコットは言った。「借りたいのはパラシアンのファイルなんだ。読みたいけど電話帳なみに厚くて」

「事件ファイルの持ちだしは無理だけど、コピーのほうならかまわない。こっちにはディスクがあるから」

「そうか。助かるよ。借りたいのはコピーのファイルだ」

スコットはカウリーのあとについて会議室にもどった。テーブル一面に広げられたファイルやフォルダーを見て、カウリーの眉間にしわが寄った。「なにこれ。こんなに散らかしたまま帰るつもりじゃないでしょうね」

「まさか。ちゃんと元どおりにして帰るよ」

スコットはパラシアン関係の山のようなファイルを指さした。

「借りたいのはこれなんだ。オルソ刑事が箱から出したファイル」

カウリーの思案顔を見て、前言を取り消すつもりではないかと案じたが、彼女はうなずいた。

「わかった。オルソもかまわないと思う、紛失さえしなければ。手書きのメモは、ディスクには書きこまれてないから」

「いつまでに返せばいい？」

「なにか必要になったら、こっちから電話する。とにかくここにあるものはきちんともどしてから帰ること、いいわね」

「了解」

フォルダーをそれぞれしかるべきファイルにもどしながら、ハンガー・ファイルを指でなぞっていると、箱の底に小型の茶封筒が落ちているのに気づいた。金具できちんと封をしてあり、表に手書きのメモがついている――《ジョン・チェンに返却》

開封して封筒を逆さにした。証拠品用のビニールの密閉袋が滑り落ちて、なかに茶色の革製の短いストラップのようなものがはいっていた。そのストラップの写真とメモ用カード、科学捜査課の書類もあった。ストラップには赤い粉のようなものが付着している。カードにメロンが一筆したためていた――《ジョン、感謝。同感だ。処分してくれ》

科学捜査課の書類によれば、このストラップは製造元不明の安物の時計バンドの一部と判明し、収集品リストの〝＃３０７〟に該当とのこと。書類の下部にはタイプでこう書き添えてあった。

《本品は銃撃現場北側の歩道から一般回収品として収集（収集品#307参照）。女性用または男性用の革製の時計バンドの一部と思われ、蝶番の部分が破損。乾いた血のように見える赤い汚れは、よくある鉄の赤錆。血痕は検出されず。位置、性質、状態から見て、事件とは無関係と推察されるが、廃棄する前に確認を求む》

この時計バンドが通りの北側で収集されたとわかり、スコットは緊張した。ケンワースは北から現われた。けさ屋上にあがったビルは通りの北側にある。

写真には、歩道に落ちている革バンドと、横に置かれた白い番号札（307）が写っている。科学捜査課のファイルのなかにある証拠品リストの原本にもどり、該当する番号を調べると、時計バンドが落ちていた場所の略図があった。それを見たとき、鼓動が徐々に遅くなってゆっくりと停止したような感じがした。収集品〝#307〟が落ちていたのは銃撃現場を見おろせる屋上の真下で、けさ錬鉄製のフェンスに触れて手に赤錆の筋がついたのは、まさにその屋上だった。

携帯電話を取りだして略図の写真を撮った。念のため鮮明な画像をもう一枚撮ってから、残りのフォルダーを正しいファイルにもどした。

時計バンドの錆の汚れをよく観察し、自分の手についた錆と同じものだと思った。メロンはなぜこの封筒をチェンに返却しなかったのか。たぶんハンガー・ファイルの隙間に落ちてしまったからだろう。そしてそれきり封筒のことは失念してしまった。このちぎれたバンドはどうせゴミになるのだと思えば、わざわざ気にかけるまでもない。

すべてのものをきちんと元どおりにファイルボックスにもどした。時計バンドを除いて。バンドを封筒にもどし、封筒をポケットに入れて、パラシアン関係のファイルを手に持った。途中でカウリーに礼を言ってから、スコットは外に出た。

14

訓練所にもどったときには午後の遅い時間になっていた。十数台の自家用車やK９の車が駐車場にぎっしりとまっていた。建物の裏手から犬の咆哮《ほうこう》と大声のコマンドが聞こえてくる。犬とハンドラーたちが訓練をしているのだろう。

建物のオフィスのあるほうとは反対側に車をとめて、犬舎へ行った。ドアをあけたとき、マギーは囲いのなかですでに立ちあがってじっとこちらを見ていた。姿が見えないうちからスコットだとわかっていたかのように。二回吠えてから、前脚をゲートにかけた。尻尾が揺れているのを見て、スコットの顔はほころんだ。

「やあ、マギーお嬢さん。会いたかったか？　おれもすごく会いたかったよ」

近づいていくと、前脚を床におろした。スコットは囲いのなかにはいって耳をかいてやり、両頰のふさふさした毛をつかんだ。マギーはうれしそうに舌をだらりと垂らし、スコットの腕を甘嚙みしようとした。

「遅くなってごめん。置いていかれたと思ったか？」

両脇と背中をゆっくりなでて、手を両脚におろしていった。

「そんなわけないだろ、マギー。おれはちゃんとここにいる」

バドレスがオフィスから犬舎のほうへやってきた。

「きみがいなくなって、えらくご機嫌斜めだった」

「そうか」

バドレスが右腕をぐるぐるまわした。

「ああ、まいったよ、しばらく痛みそうだな。あの犬の攻撃はラインバッカーなみだ」

「あの子は楽しんでたよ」

午前中にふたりで咬ませるコマンドと容疑者襲撃の訓練をしていた。バドレスが容疑者を演じて。リーランドも見学しにやってきた。最初のうちは躊躇《ちゅうちょ》していたマギーも、軍で使われるコマンドを思いだすと、海兵隊で受けた訓練がたちまちよみがえった。スコットの命令でバドレスに意識を集中させ、スコットが襲撃を命じるか、もしくはバドレスがスコットか自分に向かってくるまでは、静止したまま凝視する。それから、赤外線誘導ミサイルよろしくバドレスの分厚い腕カバーに突進する。訓練のなかで唯一マギーが楽しんでいるように見える瞬間だった。

バドレスが声をひそめて話を続けた。

「リーランドが感心してたよ。マリノアも足が速くて歯が頑丈で咬むのが大好きだが、この大型のシェパードときたら、それより十キロ以上重いし、人間なんか簡単に吹っ飛ばされるだろうってさ」

スコットは最後にマギーをひとなでして、リードをつけた。

「もう少し訓練するよ」

「訓練はもう充分だ」

そう言ってバドレスはゲートを閉めた。そこでさらに声を落とした。

「この子は脚を引きずっていた。きみがいなくなったあと、この囲いのなかを歩いていたときだ。リーランドが気づいたかどうかはわからないが」

スコットは一瞬相手を見返して、それからマギーを囲いの外に連れだしながら観察した。

「普通に歩いてる」

「ほんの少しだ。後脚。右側を軽く引きずるような感じだった」

小さな円を描くようにマギーを歩かせ、それから囲いの列の前を往復させて、歩行を観察した。

「問題はなさそうだけど」

バドレスはうなずいたが、納得したようには見えなかった。

「そうだな、まあ、さんざん走りまわったから、どこかひねったのかもしれない」

両手でマギーの両腿《もも》から脚の先までをなでおろし、腰に触れてみた。いやがるそぶりはまったくない。

「だいじょうぶだ」

「いちおうきみには知らせておこうと思ってね。リーランドの耳には入れてない」

バドレスはマギーの頭のてっぺんをなでて、スコットに目を向けた。

「脚の状態をよく見てやってくれ。でも、ここでじゃなくて。きょうはもう充分だ。軽く走るといい。ボール投げとか。驚愕反応についてはあしたもう少しやってみよう」

「リーランドに言わずにおいてくれて助かった」

バドレスはもう一度マギーの頭をなでた。

「こいつはいい犬だよ」

バドレスを見送ってから、マギーが脚を引きずっていないか歩行を観察しながら車まで連れていった。ドアをあけると飛び乗り、後部座席に身体を伸ばした。二日めにして早くもそれが自然な動作になっていた。車に飛び乗るのに、ためらいも不安もいっさい見せなかった。

「バドレスの言うとおりだ。ちょっと筋をひねったんだろう」

運転席にすわってドアを閉めると、すかさずコンソールボックスに身を乗りだしてきて視界をさえぎり、助手席側の窓の外が見えなくなった。

「おれたちの命を危険にさらす気か。それじゃ見えないよ」

マギーは舌をだらりと垂らして息をあえがせている。肘で肩を突いて押しもどそうとしたが、逆に身体を押しつけてきて、動こうとしない。

「頼むよ。見えないだろう。後ろに行ってくれ」

ますます息をハアハアさせて、顔をぺろりとなめてきた。

スコットはトランザムのエンジンをかけ、通りに出た。軍用車に乗っていたときも、前方から来るものを見るためにこうして前の座席のあいだに立っていたのだろうか。装甲車のハンヴィーに乗った兵士なら犬の頭越しに見ることもできるだろうが、自分の場合はこの頭を視界からどかさなければ外が見えない。

スコットはフリーウェイに乗り、自宅のあるスタジオシティへと向かった。錆のついた茶色の時計バンドのことを考えていたとき、エルトン・マーリーとの約束を思いだした。電話をかけてわかったことを伝え、セントラル署の強盗課の刑事から連絡がいくだろうと告げた。

マーリーは言った。「ああ、連絡もうきた。二週間なんもなくて、いきなり電話あった。ありがたい、あんたのおかげだ」

「いやいや、どういたしまして。けさはこっちが協力してもらったから」

「警察、また来るって。どうだか。シャツを一枚持ってってくれ。〈マーリーワールド〉シャツでいい男になるよ。女の子にもてもて」

捜査の結果をちゃんと報告するよう強盗課の刑事に念を押しておくと伝え、携帯電話を脚のあいだに置いた。ふだんはコンソールボックスの上に置くが、いまそこは犬に占領されている。

マギーがソーセージのはいっていたポケットをくんくん嗅ぎ、舌なめずりした。それでソーセージと密閉袋が必要だと気づき、トルーカ・レイクでフリーウェイを降りて店をさがすことにした。マギーがポケットに鼻を押しつけてくる。

「わかったよ。ちょっと待て。いまさがしてる」

フリーウェイを降りて三ブロック行ったところで、道が渋滞して進めなくなった。戸建て住宅向けの区画にまたしても集合住宅の骨組みが造られていた。木材を積んだトラックが道をふさぎながら建設現場からゆっくりと出ていき、空いた場所へ移動販売車が巧みにはいりこもうとしていた。身動きがとれなくなったスコットは、木の骨組みに蜘蛛のように張りついて電動釘打ち機《ネイルガン》やハンマーを盛大に鳴らしている作業員たちを眺めた。地面に降りて移動販売車に向かう者も何人かいたが、ほとんどは作業を続けていた。大きな騒音は潮の干満のように波があり、ハンマーの音が、一本だけのときもあれば、同時に十本以上のときもあり、複数のネイルガンがいっせいに機関銃のように連打されて現場がポリス・アカデミーの射撃練習場さながらになることもあった。

スコットはマギーの耳の後ろの毛をつかんで乱暴になでた。夕食にはまだ間があるが、いい考えが浮かんだ。

「腹は減ってないか、大きいお嬢さん。おれは腹ぺこだ」

建設現場の一ブロック半先で車をとめて、マギーにリードをつけ、移動販売車まで引き返した。近づくにつれてマギーの不安が増したので、数メートルごとに立ちどまってなでてやった。販売車の前で作業員が三人待っていたので、列の後ろに並んだ。マギーはスコットの脚にからみつくようにしてそわそわと落ち着きなく動いた。ネイルガンとハンマーの音は壮絶で、数分おきに電動のこぎりが絶叫する。スコットはマギーの横にしゃがんで、最後のソーセージを差しだした。マギーは食べなかった。

「だいじょうぶだ、マギー。怖いのはわかるよ」

前にいる作業員が人のよさそうな笑みを向けてきた。

「あんたは警察官、てことは、彼は警察犬だな」

「彼女だよ。そう、この子は警察犬だ」

スコットはマギーをなで続けた。

作業員は言った。「きれいな子だなあ。子供のころ、うちでもシェパードを飼ってたんだけど、かみさんが犬嫌いでね。アレルギーなんだと。こっちはかみさんアレルギーになりそうだよ」

移動販売車にはソーセージがなかったので、ターキー・サンドイッチとハム・サンドイッチとホットドッグをふたつずつ注文し、どれも味つけなしにした。マギーを連れて、現場の事務所代わりに使われている小型トレーラーのところへ行き、ここですわって食べてもいいかと現場監督に尋ねた。

監督は言った。「だれかを逮捕しにきたとか?」

「いやいや。犬といっしょにちょっと休憩したいだけです」

「なら遠慮なくやってくれ」

スコットは建物の土台のはずれに腰をおろし、マギーがそばを離れないようにリードを短く持った。電動のこぎりが悲鳴をあげ、ネイルガンが打たれるたびに、マギーは音から逃げようとして身をよじった。かわいそうになって内心葛藤しながらも、スコットはマギーをなでて話しかけ、食べ物をやった。手は身体から片時も離さず、常にどこかが触れているようにした。リーランドに指示されたわけではないが、こうして触れ合うことが大事な気がした。

作業員たちが折々に足をとめてはあれこれ話しかけ、ほぼ全員が犬をなでてもいいかと訊いてきた。スコットは首輪をつかみ、ゆっくり動くように頼んで、なでてもらった。一度相手のにおいを嗅げば、マギーは特に気にしないようだった。みんな口々にすばらしい犬だと褒めてくれた。

マギーが徐々に落ち着いてきたのがわかった。そわそわするのをやめ、身体の力を抜いて、三十五分後、ついに地面にすわった。数分後にはホットドッグをひと口食べた。頭上でのこぎりのすさまじい音がしているというのに。スコットはマギーをなでて、おまえは本当にいい子だと声をかけ、またひと口ちぎってやった。まだときおり騒音に驚いて立ちあがりかけるものの、落ち着くまでの時間はだんだん短くなってきたようだ。ホットドッグとターキーは食べたが、ハムは食べなかった。そのハムはスコットが食べた。

そこにすわって一時間以上たったが、スコットは帰りを急がなかった。マギーと並んですわり、作業員たちとマギーを話題に雑談するのが楽しくて、こんなに穏やかな気分になったのはずいぶんひさしぶりだと思った。銃撃事件以来これほどの安らぎを覚えたことはない。スコットはマギーの毛を思いきりなでまわした。

「これが双方向に流れるってやつだな」

スコットとマギーは家路についた。

15

私服に着替えると、スコットはマギーを短い散歩に連れていき、少しのあいだひとりで留守番をしてもらわなければならないことを伝えた。近くのスーパーまで車を飛ばし、スライスしたソーセージ一・三キロ、ビニール袋五箱、ローストチキンを買った。コード3――〝逃走車を追跡中〟なみの勢いで帰宅した。マギーが大声で吠えているのではないか、家のなかをめちゃくちゃに荒らしているのではないかと危惧したが、部屋に飛びこんでいくと、マギーはクレートのなかで前脚のあいだにあごをつけ、じっとこちらを見ていた。

「ただいま、マギー」

尻尾がパタパタ動いた。呼びかけに応えてクレートから出てくるのを見て、安堵感がこみあげた。

買ってきたものをしまい、マギーの水を取り換えてから、オルソのオフィスで撮ってきた写真を印刷した。ステファニーの遺体は印刷しなかった。壁に貼った現場の略図の横に写真をピンでとめて、図のなかにマーリーの店とシンの店、路地、搬出入口、ビルの裏手の非常階段を描きこんだ。科学捜査課が歩道から回収した革の時計バンドが落ちていた場所には小さく×印をつけた。

あらためて自分の略図を眺めたとき、ステファニーを除外するのは卑怯だという気がしてきた。彼女の写真を印刷し、地図の上部にとめた。

「おれはまだここにいるよ」

報告書とファイルの束を持ってカウチに行った。読むべき書類は大量にある。

パラシアンの妻のエイドリアンは事情聴取を七回受けていた。報告書が一回につき三、四十ページもあるので、長いものは飛ばして短めのものをいくつかざっと読んだ。ネイサン・アイヴァーズというホームレスの男が、銃撃を目撃したとメロン刑事に語り、通りの上空に浮かんでいた青く光る球形のものから銃が発砲されたと証言していた。ミルドレッド・ビターズという女性がメロン刑事に語ったところによれば、黒いスーツに黒いサングラスの痩せた長身の男数名が銃撃事件の犯人だという。

そういった証言は読み流して、エイドリアン・パラシアンの初回の事情聴取にもどった。この事情聴取が要となり、最終的にその後の捜査の道筋がつけられたことがわかった。

メロンはステングラーとともにビバリーヒルズにあるパラシアンの自宅へ赴き、夫が殺されたことを妻に知らせた。メロンの記録によれば、夫人は心底から衝撃を受けたように見え、話を続けるのにしばらく間をとらねばならなかった。この初回の事情聴取のあいだ、夫人は弁護士の同席なしに話をすることに同意し、その旨を記した書類にサインもした。ベロアは夫の従兄弟で〝立派な人物〟であり、こちらへ来たときは自分たちの家に滞在していると説明した。夫のエリックから聞かされていた予定では、ロサンゼルス空港でベロアを出迎え、ダウンタウンに新しくできた〈テイラーズ〉というレストランで夕食をとったのち、ベロアを車で案内して、自分が購入を検討しているダウンタウンの二軒の不動産を見せにいくつもりだったという。そこでメロンは、彼女が夫の事務所に電話をかける許可を与え、マイケル・ネイサンなる男からその二棟のビルの所在地を訊きだした。夫が殺されたことをネイサンに伝えるとき夫人がひどく取り乱したので、メロンが代わって電話に出た。パラシアンがなぜそんな奇妙な時間にベロアに二棟のビルを見せようとしたのか、その理由をネイサンは説明することができなかった。事情聴取はその直後、子供たちが学校から帰ってきたのを潮に終了した。パラシアン夫人は誠実で、証言には信憑性があり、心から悲嘆に暮れていることを自分もステングラー刑事も納得した、と記して、メロンは報告書を締めくくっていた。

ダウンタウンのその二棟のビルとレストランの住所を書き写して、スコットは天井をにらんだ。精根尽き果てた気分だった。みずからの悲嘆にエイドリアン・パラシアンのそれが加わったかのように。

マギーがあくびをした。顔を振り向けると、マギーはじっとこちらを見ていた。スコットはカウチから勢いよく両足をおろし、しかめ面を抑えこんだ。

「散歩にいこう。もどってきたらメシだ」

マギーは〝散歩〟という単語を知っている。すっくと立ちあがってリードに向かった。

ソーセージ二切れを袋に入れてリードにつけたところで、脚の状態を観察しろというバドレスの助言を思いだした。汚物用の袋といっしょに、グリーンのテニスボールもポケットに入れた。

公園には外周をジョギングする男女がいるだけで、ありがたいことにほかに人影はなかった。リードをはずして、すわれと命じた。マギーは次のコマンドを待ち構えるようにこちらを見ている。コマンドを出す代わりに、両頬をつかんで自分の頭を犬の顔にこすりつけ、それから解放した。マギーは遊ぶ気満々だった。地面に胸をつけて尻を突きだし、わざとうなってみせる。走らせるのにちょうどよいタイミングだとスコットは判断した。グリーンのボールを取りだして、鼻先で振ってみせ、運動場の反対側に向かって投げた。

「取ってこい、マギー。取ってこい！」

マギーはボールに突進したが、途中で急に足をとめた。飛んでいくボールを見送り、頭と尻尾を力なく垂らしてスコットのところへもどってくる。

状況を判断して、スコットはリードをつけた。

「わかったよ。ボールを追っかけないなら、ジョギングだ」

走りだしたとたん、脇腹が激しい痛みに引きつり、瘢痕組織の急な動きで脚に刺すような痛みが走った。

「この次は薬を持ってくるとしよう」

マギーも砕けた腰の骨をかかえて走っていることを思いだした。やはり傷痕が同じように痛むのだろうか。脚を引きずってはいないし、痛がっているようにも見えないが、マギーのほうがタフなだけかもしれない。この子は最後まで相棒のそばを離れなかった。ふいに自分が恥ずかしくなり、スコットは歯を食いしばった。

「わかった。おまえが鎮痛薬を使わないなら、おれも使わない」

ジョギングのあと、八回ほどボールを追いかけたところで、マギーが右の後脚を引きずりはじめた。ほんのわずかだが、スコットはただちに運動をやめた。腰のあたりを調べ、悪いほうの脚を動かしてみた。痛がるようすはなかったが、スコットは帰途についた。アール夫人の家に着くころには、脚は元どおりに動いていたが、やはり心配だった。

先にドッグフードをやって、それからシャワーを浴び、ローストチキンを半分食べた。チキンの残りを片づけると、マギーに一連のコマンドを与え、仰向けにころがしたり、もがいて無理やり逃げだすまで身体を押さえこんだりした。そんなふうに乱暴な遊びをしても普通に歩いているので、あれから脚を引きずる症状は見られなかったとバドレスには報告することにした。

スコットはビールの栓を抜き、ふたたび資料を読みはじめた。

エイドリアン・パラシアンは、続く二回の事情聴取のなかで夫の一族と事業に関する質問に答え、友人や家族、仕事仲間の氏名を提供していた。これらの報告書は退屈だったので、飛ばして先へ進んだ。

〈テイラーズ〉の支配人はエミール・テネジャーといった。テネジャーは料理の注文と支払いが済んだ時刻に基づいて、ふたりが来店した時間と店を出た時間を正確に証言していた。男たちはいっしょに店に来て、十二時四十一分に飲み物を注文した。パラシアンがアメリカン・エキスプレスのカードでまとめて支払いを済ませたのが一時三十九分。テネジャーの事情聴取の報告書に書きこまれたメロンの手書きのメモによれば、支配人は防犯カメラの映像をＤＶＤにして提出しており、それは〝証拠物件＃Ｈ６２１８Ａ〟として記録されていた。

メロンのメモを読んで、スコットは椅子に深くもたれた。防犯カメラという発想は頭に浮かばなかった。それぞれの時刻を書き写し、コンピューターに記録した。

ダウンタウン地区の地図を印刷し、〈テイラーズ〉と二棟の商業ビルの場所を確認した。その三カ所に赤い点で印をつけ、ステファニーと自分が撃たれた場所に四つめの点を書き加えた。

その地図を略図の横にピンでとめてから、床にすわって自分のメモを読み返した。マギーがそばに来てにおいを嗅ぎ、隣で横になった。〈テイラーズ〉からどちらのビルへ行っても、車でせいぜい五、六分だ。そこから次のビルまではおそらく七、八分。パラシアンが一カ所につき十分間のセールストークをしたと考えて、合計に二十分を加えた。その所要時間を見てスコットは首をひねった。どちらのビルが先だったにしろ、パラシアンとベロアが殺害現場に到着するまで、三十分近い空白の時間がある。

立ちあがって地図を見た。マギーもつられて立ちあがり、身震いして盛大に毛をまき散らした。

スコットはマギーの頭に触れた。

「どう思う、マギー。ベントレーに乗った金持ち男ふたりが、どういうわけでこんなさびれた地区をぶらついていたのかな、こんな夜の夜中に」

四つの赤い点が、蜘蛛の巣にひっかかった虫のように見えた。

身体にガタのきた老人のように、スコットはゆっくりと床にもどり、切れた時計バンドのはいったビニール袋を手に取った。チェンのメモを読み返す。

《血痕は検出されず》
《よくある鉄の赤錆》

マギーがビニール袋のにおいを嗅いだが、スコットは押しのけた。

「いま忙しいんだよ、マギー」

袋から茶色のバンドを取りだし、間近で錆の状態を観察した。マギーがまた顔を近づけてきて、バンドのにおいを嗅いだ。今度はスコットも押しのけなかった。

よくある赤錆。時計バンドの赤錆があの屋上の錬鉄製のフェンスからついたものかどうか、科学捜査課では判断できるのだろうか。

マギーは時計バンドのにおいを執拗に嗅ぎ、このときはスコットも犬のあまりの好奇心につい顔をほころばせた。

「どう思う？　だれかが屋上にいたのか、それともおれの頭がおかしくなりかけてるのかな」

マギーが遠慮がちにスコットの顔をなめた。両耳が後ろに倒れ、温かみのある茶色の瞳は哀しげだった。

「わかってるよ。おれはどうかしてる」

時計バンドを袋にもどして封をし、床で身体を伸ばした。肩がつらい。脇腹がつらい。脚がつらい。頭がつらい。身体じゅうが、自分の過去が、未来が、なにもかもがつらかった。

壁にピンでとめられた略図と写真に目を向けると、すべてが逆さに見えた。ステファニーの写真を見つめた。遺体の輪郭《りんかく》を示す白線は、身体の下にできた血まみれの四つ葉のクローバーとの対比でやけにまぶしく見えた。スコットはステファニーに指を向けた。

「おれもすぐに行くよ」

手をおろしてマギーの背中に置いた。身体の温もりと、呼吸に合わせた上下の動きに慰められた。

いつしか意識がさまよいはじめ、気がつくとスコットはふたたびステファニーといっしょにいた。

隣ではマギーの鼻がスコットのにおいを嗅ぎ、変化を感じ取っていた。しばらくすると鼻を鳴らしたが、はるか遠くにいるスコットにその声は届かなかった。

16　マギー

　この男は自分のグリーン・ボールを追いかけるのが大好きだ。ピートがグリーン・ボールを追いかけたことは一度もなく、それはマギーの特別な楽しみだった。ところがこの新しい男は、ボールを投げておいて自分で追いかけるので、マギーは横に並んで走った。ボールに追いつくと、彼はまたそれを投げて、走りだす。静かな草地を並んで軽やかに駆けるのは楽しかった。

　いきなりやかましい音が響いて木の焼けるにおいがする建設現場は楽しくなかったけれど、彼は常にそばにいて身体に触れてくれた。まるで仲間みたいに。この男の発するにおいは落ち着きがあって安心できる。ほかの人間が近づいてくると、マギーは怒りや不安をさがして鼻をひくつかせ、攻撃の兆候はないか警戒する。でもこの男はどんなときも穏やかで、その穏やかさがマギーにも伝わってくるし、いいにおいのする食べ物をいつも分けてくれる。

　マギーはこの男のそばでだんだんくつろげるようになってきた。食べ物や水をくれるし、遊んでくれるし、同じクレートを共有している。マギーは絶えず男を見つめ、その態度や表情、声の調子を観察し、そういったことがにおいの微妙な変化にどう反映されるかを学んだ。相手が犬でも人間でも、ボディランゲージとにおいから気分や意図がわかる。マギーはいまこの男について学んでいるところだった。においと足取りの変化で痛みをかかえているのがわかった。でもボールを追いかけていると、痛みは消えて、男はすぐ遊びに夢中になった。グリーン・ボールが彼を喜ばせたことがマギーにはうれしかった。

しばらくして男が疲れてくると、ふたりはクレートに引き返すことにした。家に向かう途中でマギーは新しいにおいを嗅ぎあて、三頭の犬とその飼い主が同じ道を何度も通っていることを知った。オス猫がおばあさんの家の前庭を横切っていったことや、そのおばあさんが家のなかにいること。メス猫が裏庭の茂みでしばらく眠っていて、でもいまはもういないこと。そのメス猫が妊娠していて、出産が近いこともわかった。男のクレートに近づくと、マギーは嗅覚の精度をあげて、脅威がないかさがした。男がドアをあける前に、なかにはだれもいないことや、自分たちがこの日の朝出かけたあと家のなかにはいった者はいないことが、マギーにはわかっていた。

「さてと。メシにしような。おまえ喉が渇いてるんじゃないか、そうだよ、あんなに走りまわったんだから。やれやれ、こっちもくたくただ」

マギーはキッチンへ向かう男のあとについていった。じっと見ていると、男は水用のボウルとフード用のボウルを満たし、寝室へと姿を消した。マギーはフードに鼻先を近づけ、水をたっぷり飲んだ。そのころには、寝室から水の流れる音が聞こえ、石けんのにおいがして、男がシャワーを浴びているのがわかった。ピートは砂漠にいるときマギーをシャワーで洗った。でもマギーは天井から降ってくる雨が苦手だった。雨は目や耳のなかにはいり、鼻を混乱させる。

マギーはフードから離れ、男のクレートのなかを歩きまわった。ベッドとクローゼットを調べ、あらためて居間のなかをひとめぐりした。クレートに異状がないとわかって満足すると、キッチンにもどってフードを食べ、自分のクレートにはいって丸くなった。物音に耳をすましながら、マギーはまどろみはじめた。水の流れる音がやんだ。服を着る音がして、しばらくすると男が居間にもどってきた。でもマギーは動かなかった。目はほとんど閉じていたから、たぶん眠っていると思われただろう。男はキッチンへ行き、立ったまま食べた。チキンだ。また水が流れて、それから男はカウチへ行った。マギーがうとうとしていると、男がはじかれたように立ちあがって両手を打ち鳴らした。

「マギー！　ほらほら、いい子だ！　おいで！」

男は両脚をぴしゃりとたたいてカウチにすわりこみ、それから飛びあがって、うれしそうにまた両手を打ち鳴らした。

「おいで、マギー！　遊ぼう！」

〝遊び〟という単語は知っているけれど、言葉は必要なかった。彼の情熱、ボディランゲージ、そして笑顔がマギーを誘っていた。

マギーはクレートからころげるように走りだして、男のほうへ飛んでいった。

男はマギーの毛をなでまわして頭を左右に揺らし、コマンドをいくつか口にした。

マギーは嬉々として従い、甲高い声で〝おまえはいい子だな〟と言われたときは、純然たる喜びがこみあげた。

〝すわれ〟と命じられるとすわり、〝伏せ〟と言われると腹這いになる。マギーの目は男の顔を一心に見つめていた。

男が自分の胸を軽くたたいた。

「ここまでおいで、マギー。立って。キスしてくれ」

後脚で立って前脚を男の胸にあて、顔をなめると、チキンの味がした。

男はマギーを床に組み伏せ、仰向けにころがした。マギーはもがき、身をよじって逃れようとしたが、また仰向けにころがされたので、今度は喜んで服従し、四肢を宙に浮かせて腹と喉をさらした。自分がこの男のものであることがうれしかった。

男は笑いながらマギーを解放し、その顔が喜びに輝くのを見て、マギー自身の喜びも花ひらいた。胸を床につけて尻を高くあげ、もっと遊ぼうと誘ったけれど、男はマギーをなでて、いつもの落ち着いた声で話しかけてきたので、遊び時間が終わったのだとわかった。

身体をなでられながらマギーは鼻をこすりつけ、しばらくすると男はカウチで横になった。マギーは鼻をひくつかせて近くの手ごろな場所をさがし、壁ぎわで丸くなった。いっしょに遊べたのが楽しくて幸せな気分だったし、長い一日を終えて眠かったけれど、熟睡することはなく、男の変化を感じ取っていた。においのわずかな変化で、男の楽しい気分が消えつつあることが伝わってくる。わかりやすい怒りの強烈なにおいに不安のにおいがまじるにつれ、男の鼓動が次第に速まった。

男が起きあがったのでマギーも顔をあげたが、彼がテーブルにつくと、頭をおろしてようすを見守った。すばやく浅い呼吸でにおいを嗅ぐと、怒りの気配が消えて、代わりに苦い哀しみのにおいがした。マギーはクーンと鼻を鳴らし、そばに行きたくなったけれど、いまはまだ相手の流儀を学んでいるところだった。この男の感情は空を流れゆく雲のように移ろいやすいことがにおいでわかる。

　しばらくすると、男は部屋を横切り、床にすわりこんで、白い紙の束を手に取った。不安と怒りと喪失感の入りまじったにおいがして、男の緊張が高まった。マギーはそばへ行った。男の身体と紙のにおいを嗅ぐ。自分がそばにいることで相手が落ち着いたのがわかった。これはよいことだとマギーは知っていた。仲間が寄り添う。そばにいることが安らぎをもたらす。

　男がまた立ちあがったので、マギーもつられて立ちあがった。片手が頭に置かれると、ふいにあふれんばかりの愛情を覚え、身体が震えるほど深く息を吐きだした。

「どう思う、マギー。ベントレーに乗った金持ち男ふたりが、どういうわけでこんなさびれた地区をぶらついていたのかな、こんな夜の夜中に」

　男の手をなめると、笑顔が返ってきた。もっとかまってほしくて尻尾を振りまわしたのに、男は床にすわってビニール袋を手に取った。ビニール袋には化学物質のにおいとほかの人間たちのにおいがついていて、男がその袋をじっと見ているのがわかった。

　袋から茶色の革の切れ端を取りだして、それに目をこらしている。マギーは男の目と表情の微妙な動きを観察し、その茶色の革に重要な意味があることを感じ取った。身を乗りだし、鼻孔をしきりに動かしてにおいを嗅ぎ、吸いこんだ空気を中鼻甲介からにおいの微粒子が集められる特別な空洞へと送りこむ。吸いこむたびに微粒子の数が増え、やがていちばん微弱なにおいまでも嗅ぎ分けられるほどに集まった。

何十種類ものにおいが同時に検知され、そのなかにほかのものより強いにおいがいくつかある――生物ではあるが命のない動物の皮、人間の男の強烈な汗、それとは別の男たちのもう少し弱いにおい。ビニール、ガソリン、石けん、人間の唾液、チリソース、ビネガー、タール、ペンキ、ビール、二匹の猫、ウィスキー、ウオッカ、水、オレンジソーダ、チョコレート、人間の女の汗、人間の精液、人間の尿――そしてマギーには特定できないけれど、テーブル上に色のついたブロックが並んでいるように、はっきりと判別できる無数のにおい。

「どう思う？　だれかが屋上にいたのか、それともおれの頭がおかしくなりかけてるのかな」

男と目を合わせると、そこには愛情と称賛が見えた。革のにおいを嗅いだことで男が喜んでくれた、だからマギーはもう一度くんくんにおいを嗅いだ。

「わかってるよ。おれはどうかしてる」

マギーはいろいろなにおいをめいっぱい鼻に詰めこんだ。相手が喜んでくれたことに安心して満ち足りた気持ちになったマギーは、男に寄り添って身体を丸め、眠りについた。

しばらくして男が隣で身体を伸ばすと、マギーは忘れかけていた心の安らぎを覚えた。

男が最後になにか言って、それから呼吸が単調になり、心拍が徐々に遅くなって、やがて眠りが訪れた。

マギーは男の鼓動の安定したリズムに耳を傾け、身体の温もりを感じ、こうして寄り添うことの心地よさを味わった。男のにおいに満たされて、ため息をついた。いっしょに暮らし、食べ、遊び、眠る。慰めと強さと喜びをふたりは分かち合った。

マギーはゆっくりと起きあがり、そろそろと部屋の端へ行って、この男のグリーン・ボールをくわえた。それを男のそばに持ってきて口から落とし、もう一度眠りについた。

グリーン・ボールはこの男に喜びをもたらした。マギーは彼を喜ばせたかった。

ふたりは仲間だった。

第三部　保護し、奉仕する

17

二日後、スコットが出勤に備えて着替えをしていると、リーランドから電話がかかってきた。電話をもらうのははじめてで、発信元に表示された上司の名前に不安がよぎった。

リーランドの声はその目つきに劣らず険しかった。

「出勤するにはおよばない。おまえが最近おつきあいしている強盗殺人課のお嬢さんが、〇八〇〇に〈ボート〉までお越し願いたいとの仰せだ」

スコットは時間を確認した。六時四十五分。

「どんな用件で？」

「用件まで知っているとだれが言った。警部補が〝メトロ〟の隊長からの電話を受けた。ボスが用件を知っているとしても、伝える必要はないと判断したんだ。おまえはあちらの天才集団にいらっしゃるカウリー刑事とやらを訪ねていけばそれでよい、〇八〇〇きっかりに。ほかに質問は？」

用件はファイルを返せということだろう。そう判断し、ファイルを借りたことでカウリーに迷惑がかかったのでないことを祈った。

「ありません。長くはかからないはずです。おれたちもなるべく早くそっちへ行きます」

「おれたち」

「マギーとおれです」

リーランドの口調がやわらいだ。

「そんなことはわかっている。おまえもいろいろ学びつつあるようだな」

リーランドが電話を切ると、スコットはマギーを見やった。この子をどうしたものか。家に置いていきたくはないし、かといって訓練所に預けるのも気が進まなかった。リーランドがみずからマギーの訓練をしようと考えるかもしれない。脚を引きずるところを見られでもしたら、容赦なくお払い箱にされる。

キッチンへ行ってコーヒーを一杯注ぎ、コンピューターに向かった。数時間マギーを預かってくれそうな友人はいないか考えたが、銃撃事件以来、友だちづきあいはめっきり減っていた。マギーがそばに来て、脚にあごをのせてきた。スコットは顔をほころばせて両耳をなでてやった。

「おまえはだいじょうぶだ。おれを見てみろ、こんなにぼろぼろだけど、なんとか復活した」

マギーは耳をマッサージされながら気持ちよさそうに目を閉じた。

獣医ならこの子の脚をなんとかできるだろうか、とスコットは考えた。市警には契約を結んでいる獣医が何人かいて、警察犬の面倒をみてくれるが、そこだとリーランドに報告が行く。マギーを診察してもらうなら、見つからないようにうまくやらなければ。抗炎症薬や副腎皮質ホルモンかなにかで、だれにも知られずに問題を解決できるのなら、自腹を切ってもいい。自分のときもそうした。鎮痛薬と抗不安薬を大量に服用していることを署に知られないために。

グーグルでノース・ハリウッドとスタジオシティの獣医を検索し、〈イェルプ〉と〈ヤフー！〉と〈シティサーチ〉でレビューにざっと目を通した。読んでいる途中で、ドッグシッターをさがしている時間の余裕はとてもないことに気づいた。

急いでパラシアンのファイルをかき集め、ドライブの空白時間に関するメモをズボンのポケットに入れて、マギーにリードをつけた。

「カウリー刑事がおまえの写真を見たがってた。写真よりもっといい手があるぞ」

超ラッシュアワーのカウエンガ・パスを通過するのに延々四十五分もかかったが、スコットとマギーは三分の余裕をもって警察本部のロビーを通過した。受付を通り、エレベーターで五階へあがった。今回扉がひらいたときに待っていたのはカウリーひとりだった。スコットはにっこり笑ってマギーを廊下へ連れだした。

「写真より実物のほうがいいかと思って。これがマギー。マギー、この人はカウリー刑事だ」

カウリーが顔を輝かせた。

「なんてきれいな子。なでてもいい？」

スコットはマギーの頭を無造作になでた。

「まず手の甲のにおいを嗅がせて。かわいいね、と声をかけてもらえるかな」

リクエストに応じたあと、カウリーはすぐに指先でマギーの両耳のあいだをゆっくりなでた。

スコットはファイルの分厚い束を差しだした。

「まだ読み終わってないんだ。きみに迷惑をかけたのでなければいいけど」

カウリーはファイルを受け取らず、ちらりと目を向けただけで、スコットとマギーをオフィスのほうへ誘導した。

「読み終わってないなら、返さなくていい。わざわざ持ってこなくてよかったのに」

「この件で呼ばれたのかと思った」

「そんなことで呼ばないわ。あなたと話したいという人たちがいるの」

「人たち？」

「事態は急展開してる。来て。オルソが待ってる。その犬を連れていったら大喜びよ」

カウリーのあとについて会議室へ行くと、オルソが略図のそばで壁に寄りかかっていた。男性ふたりと女性がひとり、テーブルについている。スコットとマギーがはいっていくと、三人は顔を振り向け、オルソが壁から身を起こした。

「スコット・ジェイムズ、こっちはセントラル署強盗課のグレイス・パーカー刑事と、ランパート署強盗課のロニー・パーカー刑事」

ふたりのパーカーはテーブルの向こう側にすわったまま立ちあがらなかった。女性は堅苦しい笑みを浮かべ、男性のほうはうなずいた。グレイス・パーカーは長身で横幅があり、肌はミルク色。グレーのきちんとしたスーツを着ている。ロニー・パーカーは背が低く痩せ型で、肌は濃いチョコレート色。ピシッとした紺の上着。歳はどちらも四十代前半だった。

ロニー・パーカーが言った。「名字は同じだけど、親戚でも夫婦でもないんだ。よく勘ちがいされる」

　グレイス・パーカーがしかめ面を返した。

「だれも勘ちがいなんかしてない。あなたがひとりで言ってるだけでしょ。毎回ばかのひとつ覚えみたいに」

「よく勘ちがいされるんだって」

　オルソが会話に割りこんで、もうひとりの男性を紹介した。大柄で赤ら顔、毛深い腕、日に焼けた頭皮を覆う細い髪は荷物にかけたネットを思わせる。白い半袖のシャツに赤と青のストライプのネクタイを締めているが、上着はなし。歳は五十代前半あたりだろうか。

「イアン・ミルズ刑事。イアンは廊下の先にある強盗特捜班から来た。今回の窃盗事件を扱う特別捜査本部が設置されて、イアンはその責任者なんだ」

　ミルズはテーブルのこちら側、スコットにもっとも近い場所にすわっていた。立ちあがって握手をしようと足を踏みだし、手を伸ばしかけたとき、マギーが低くうなった。ミルズはあわてて手を引っこめた。

「おっと」

「マギー、伏せ。伏せ」

　マギーは即座に腹這いになったが、視線はミルズから片時も離れなかった。

「すみません。急に近づく相手は警戒するんです。この子は心配ない」

「もう一度やり直せるかな。握手を」

「もちろん。今度は動かないはずです。マギー、待て」

ミルズがゆっくりと手を差しだした。今度は立ちあがらずに。

「相棒のことは気の毒だったな。きみは元気でやってるか？」

ミルズがその話題を持ちだしたことにスコットはいらだち、いつもの返事で応じた。

「元気です。ありがとう」

オルソがミルズの隣の空席を指さし、自分はカウリーの隣の席にもどった。

「かけてくれ。イアンは当初からかかわってきた。ベロアのフランスでの人脈を教えてくれたのはイアンとその部下たちで、インターポールとも協力している。イアンの件で、きょうはきみに来てもらった」

イアン・ミルズがこちらを見た。

「わたしじゃない。きみの件だ。バッドの話だと、いろいろと思いだしているそうだね」

そう言われると気恥ずかしくなり、スコットはなるべく軽い調子で言った。

「ほんの少し。たいしたことはない」

「きみは運転手が白髪だったことを思いだした。それはたいしたことだよ」

スコットは黙ってうなずくにとどめた。ミルズに観察されているような気がした。

「ほかにもなにか思いだしたことはないか？」

「いえ」

「ほんとに？」

「ほかに思いだせることがあるのかどうか、よくわからない」

「精神科医にはかかっているのか？」

ふいに居心地の悪さを覚えて、嘘をつくことにした。

「銃撃事件に巻きこまれた者は医者にかかるよう指示されますが、得るものはなにもなかった」

ミルズは一瞬スコットを凝視したあと、茶封筒を前に押しだし、片手をその上に置いた。なにがはいっているのだろう。

「強盗特捜班とはなにをするところか、知ってるか？」

「大手銀行や現金輸送車を狙った強盗。連続強盗。そんなところですか」

ミルズは満足げに肩をすくめた。

「いい線だ。きみときみの相棒を撃ったのは、金持ち男ふたりと警察官をおもしろ半分に吹き飛ばすようなごろつきどもとはちがう。きみがさがしている連中は、熟練していた。共同作業で今回の仕事をきっちりやり遂げたところを見てもわかる。わたしが思うに、これはいわゆるプロ集団——派手な強奪をまんまと成功させるような連中の仕業だ」

スコットは顔をしかめた。

「強盗の線は除外されたと思ってました」

「動機としては除外、ということだ。何週間もまちがった手がかりを追ったあげく、その動機は除外したが、犯人どもが強奪のプロ集団という線は除外していない。銀行の出納係や民間の警備員を吹き飛ばすような輩なら、雇われて人を殺すことも辞さない」

ミルズが封筒をひらいて写真を何枚か取りだした。

「プロ集団のメンバーにはそれぞれの専門分野がある。見張り役は見張りをし、金庫担当は金庫をあけ、運転手は運転する」

ミルズはスコットに見えるように写真の向きを変えた。白髪もしくは明るい灰色の髪で目の青い白人の男が八人、スコットを見返してきた。

「この連中は運転専門だ。全員、きみが撃たれた晩かその前後にロサンゼルスにいたと思われる。どうだ？」

スコットは写真を凝視した。顔をあげると、ミルズ、オルソ、カウリー、ふたりのパーカーがじっと見守っていた。

「振り向いた拍子にもみあげが見えた。顔は見なかった」

「ほかの四人については？　なにか新たに思いだしたことはないか？」

「ないです」

「四人、それとも五人か？」

ミルズの無情な目つきがいやな感じだった。

「運転手と、ほかに四人です」

「運転手は車から降りたか？」

「いえ」

「ということは、四人と運転手、合わせて五人か。ケンワースから何人降りてきた？」

「ふたり。グラントリノから降りてきたのもふたり。二プラス二で四人」

グレイス・パーカーがくるりと目をまわしたが、ミルズは気を悪くしたのだとしても顔には出さなかった。

「走りまわって銃を撃つには、四人は多すぎる。だれかがマスクをはずしたり、名前を呼んだりしたんじゃないか？　そんなような記憶はないか？」

「いや、残念ながら」

ミルズはまたひとしきりスコットを見つめ、それから写真を手に取って封筒に滑りこませた。

「街にいる運転手はこれで全部じゃない。きみがまたなにか思いだすかもしれない。ほかの人間のことを思いだす可能性もある。ロニー」

ロニー・パーカーが身を乗りだし、さらなる顔写真をテーブルに置いた。写っていたのは痩せた若い男で、目と頰は落ちくぼみ、顔色は悪く、張りのない縮れた黒いアフロヘアが頭を取り囲んでいる。

ロニー・パーカーが写真を指でとんとんたたいた。

「この男を見たことは？」

また全員がスコットに注目した。

「ない」

「痩せ型。百八十センチ。急がなくていい。じっくり顔を見てくれ」

テストされているような感じで、いい気はしなかった。椅子の横でマギーがそわそわした。スコットは手をおろして犬に触れた。

「いや、ない。だれですか」

だれも答えないうちに、ミルズが封筒を手に立ちあがった。

「わたしの用はすんだ。ご苦労さん、スコット。またなにか思いだしたら——なんでもいい——すぐに知らせてくれ。わたしとバッドに」

オルソにちらりと目を向けた。

「あとは任せるぞ」

「了解」

ふたりのパーカーに、終わったら自分のところへ来るようにと言いおいて、ミルズは写真を持って立ち去った。

グレイス・パーカーがくるりと目をまわす。

「みんなイアンのことは〝Ｉマン〟と呼んでるの。イアン・ザ・Ｉマン・ミルズ。おしゃれでしょ？」

オルソが咳払いをして黙らせ、スコットに顔を向けた。

「きのうの午後、うちの要請で、ランパート署とノースイースト署の刑事たちが十四人を個別に逮捕して尋問した。盗品の転売で知られる連中だ」

グレイス・パーカーが言った。「売買よ」

オルソはかまわず続けた。

「そのうちふたりが、中国製のＤＶＤとか煙草とかハーブとか、シンの店に置いてるような商品を専門に狙う泥棒を知っていると証言した」

スコットは写真からオルソに目を転じた。

「それがこの男？」

「マーシャル・ラモン・イシ。ゆうべ、この写真をシンに見せた。シンはイシのことを覚えていた。よくなにも買わずに店のなかをうろついてたらしい。それと二件の盗品売買を考え合わせると、ああ、まずまちがいないだろう、きみが撃たれた晩にシンの店に侵入したのは、このイシという男だ」

スコットは写真をまじまじと見て、胸が冷たくざわつくのを感じた。マギーが身体を起こして両脚に寄りかかってきたので、オルソの話がまだ終わっていないことに気づいた。

「イシはガールフレンドと弟、それにほかの男ふたりと同居していて、その家はいま監視下にある。イシと彼女は目下留守だ。ふたりが出かけたのは——」

時計を確認した。

「——四十二分前。特殊捜査チームが尾行中で、報告によると、どうやらイシとガールフレンドは朝の通勤客にアイスを売りまくっているらしい」

グレイス・パーカーが口をはさんだ。「覚醒剤よ。ふたりともメタンフェタミンの常用者」

オルソはうれしそうにうなずき、また話を再開した。

「あと二時間もすればうちへ帰るだろう。腰を落ち着けるまで待って、そこで逮捕する。ジョイスが指揮をとることになっている。きみにも同行してもらいたいんだ、スコット。行ってくれるか？」

全員の視線がふたたびスコットに注がれた。

オルソになにを求められているのかわからず、しばらくして、捜査班に加わるチケットが差しだされているのだと気づいた。ステファニーを殺した犯人をあげるのに協力したいと思い続けて九カ月、いざそうなってみると息がとまりそうな気分だった。

マギーがスコットの脚にあごをのせて、こちらを見あげた。耳を後ろに倒し、哀しげな目をしている。

グレイス・パーカーが言った。「それにしても、なんて大きい犬なの。ウンチはきっとソフトボールなみね」

ロニー・パーカーが笑い声をあげ、その声でスコットはようやく我に返った。

「はい。ぜひ。ぜひとも同行させてほしい。でもその前に上司の了解を得ないと」

「了解なら取ってある。きょうは一日、おれがきみを預かる」

オルソの目がちらりとマギーをとらえた。

「もうひとりのほうは予定になかったんだが」

カウリーが答えた。「犬も連れていけばいい。彼が作戦に参加するわけじゃないし」

スコットに笑みを向けた。

「うちの部署は指揮をとるの。ほかの人たちが仕事をするのを見てるだけ」

オルソが立ちあがって会議が終わり、ほかの刑事たちも椅子を押して腰をあげた。マギーがあわてて立ちあがると、ふたりのパーカーがそろって犬に目を向け、眉をひそめた。

ロニーが訊いた。「それ、どうしたんだ?」

テーブルの反対側にすわっていたふたりにはマギーの後脚が見えていなかった。いまはじめて傷痕に気づいたのだ。

「狙撃手に撃たれた。アフガニスタンで」

「冗談だろ?」

「二発」

オルソとカウリーもマギーをじっと見た。カウリーが泣きそうな顔になる。

「ひどいめにあったのね」

ロニーの顔が黒い板を折りたたむようにくしゃくしゃになった。テーブルを軽く押して迂回し、ドアに向かった。

「かわいそうな犬の話なんか聞かせるんでねーよ。ほれほれ。Iマンのところへ行こう。仕事が待ってるぞ」

グレイスがスコットに眉を吊りあげてみせた。

「この人、サウスカロライナ大で政治学の修士号を取って、三カ国語を話すのよ。なのに感情的になるとゲットーなまりが出るの」

ロニーが傷ついたような顔になった。

「それは人種差別発言だし、失礼だぞ。でたらめもいいとこだ」

ふたりは口論しながら出ていった。スコットはオルソとカウリーのほうを向いた。

「おれはなにをしたらいいのかな」

カウリーが答えた。

「近くで待機してて。向かいに公園もあるし、マギーにはそのほうがいいかも。メールする。時間はたっぷりあるから、ファイルを持っていったら」

ファイルと言われて、スコットはポケットに入れてきたメモのことを思いだした。自作の地図を取りだして、四つの点をふたりに見せ、パラシアンの車での移動時間に関して気づいた矛盾点を指摘した。

「二カ所のビルに立ち寄って、そこで話をしたとしても、レストランから銃撃の現場まで行くのに一時間十分もかかるはずがない。空白の時間が二十分から三十分あると思うんだ」

地図から顔をあげて、ふたりの反応をうかがったが、オルソがうなずいただけだった。

「一カ所見落としてるぞ。〈クラブ・レッド〉。ファイルに記録が残ってる」

オルソがなんの話をしているのかさっぱりわからなかった。

「パラシアンの奥さんと事務所のスタッフの事情聴取を読んだ。ふたりともほかの立ち寄り先のことはなにも言ってなかった」

カウリーが横から答えた。

「ふたりともそのことは知らなかった。〈クラブ・レッド〉はいわゆるストリップクラブ。メロンが知ったのも、ベロアのクレジットカードの請求書が発行されてから。そこの勘定はベロアが払った」

スコットは自分の愚かさに落ちこみ、さらに落ちこんだのは、カウリーがファイルの分厚い束を手で示したときだった。

「そこに書いてある。メロンが店の支配人とバーテンダー二名から話を聞いた。わたしの机を使うか、公園に行くかして。出発するときはメールする」

スコットはファイルを脇にかかえて、カウリーからオルソへと視線を移した。防犯カメラの映像を見たかったが、いまとなっては頼むのも気が引けた。

「同行させてくれて感謝してます。おれには大事なことだから」

オルソがボーイスカウトの隊長顔で微笑んだ。

「わかるよ」

スコットはマギーを連れてドアに向かった。自分が能なしに思えた。事件のことを知りつくしているオルソやカウリーのような一流の刑事たちをさしおいて、あきらかな矛盾を発見したと思いこむとは。

実際には能なしではなかったが、それを自覚したのは三日後のことだった。

18

スコットはファイルを持ってカウリーの机のあるブースへ行き、その狭苦しい窮屈なスペースを見て、マギーには公園のほうが楽しかろうと判断した。カウリーのコンピューターの横に写真が何枚か飾られているのが目にとまり、つい椅子にすわりこんだ。マギーは机の下にもぐった。

最初の一枚は警察学校の卒業写真で、制服姿の若いカウリーが、両親と思われる年配の男女と並んでいた。その隣の写真はカウリーと三人の若い女性で、これから夜の街へ繰りだすのか、全員がサテンとスパンコールでおしゃれをしていた。四人をじっくり観察した結果、カウリーだけが警官らしく見えた。思わず笑みがこぼれた。ステファニーもいかにも警官らしく見えたものだ。次の写真は、カウリーがハンサムな若い男性とビーチにいるところ。カウリーは赤いワンピースの水着、連れのほうはゆったりした膝丈の水泳パンツだ。結婚指輪をしていたかどうか思いだそうとしたが、記憶になかった。最後の一枚では三人の幼い子供たちとカウチにすわっていた。後ろのテーブルにクリスマスの飾りが置かれ、いちばん大きい子はサンタの帽子をかぶっている。カウリーが男性とビーチにいる写真をちらりと見た。子供たちはこのふたりの子だろうか。

「おいで、マギー。公園に行ってみよう」

狭いスペースで方向転換するには身体が大きすぎるので、マギーは馬房から出てくる馬のようにあとずさりして机の下から出てきた。

マギーを連れて階下に降り、一番通りを渡ってシティホール・パークへ行った。小さい公園だが、カリフォルニアオークの木立ちが気持ちのよい日陰を作っている。

木陰に空いたベンチを見つけ、そこでファイルをめくって〈クラブ・レッド〉の事情聴取の報告書をさがした。報告書は短く、まちがってジョルジュ・ベロアに関する書類のなかに綴じてあった。

三人の事情聴取が行なわれたのは銃撃事件の二十二日後だった。メロンの描写によれば、〝〈クラブ・レッド〉は仕事を終えて一服するための高級ラウンジで、店側が言うところの、エロティック・パフォーマンスが売りであり、そこではセミヌードのモデルたちがカウンターの上部にある狭いステージでポーズをとっている〟とのこと。メロンとステングラーは事件当夜の支配人だったリチャード・レヴィンと、バーテンダー二名から話を聞いていた。パラシアンとベロアのことはだれも覚えておらず、写真を見てもわからなかったが、レヴィンは電子取引の記録から、会計がはじまった時間と終わった時間を提出していた。エミール・テネジャーの事情聴取のときと同様、メロンはレヴィンの報告書にも手書きのこんなメモを添えていた。

《R・レヴィン——防犯ビデオ提出——ディスク二枚——EV#6218B》

レヴィンは〈クラブ・レッド〉の防犯カメラの映像からDVDを二枚作って提出し、それは事件ファイルに記録されている。

事情聴取の報告書を読み終えると、〈クラブ・レッド〉の住所を携帯電話のアプリに打ちこんで場所を確認し、自作の地図に五つめの点を加えた。その五つめの点をしばし眺めたあと、打ちこんだ住所がまちがっていないか確認した。住所は正しかったが、こうなると所要時間とルートがますます不可解に思えた。

〈クラブ・レッド〉から行くと、二棟の商業ビルは銃撃現場を越えて数ブロック先にある。パラシアンが車でどちらかのビルに向かったとすれば、銃撃現場を通過していて、引き返す理由はないはずだ。フリーウェイは反対方向にある。

どうにも釈然としないので、直接たしかめることにした。銃撃現場までは二十ブロックもないし、〈テイラーズ〉と〈クラブ・レッド〉はそれより近い。

「おいで、ちょっとドライブしよう」

車をとめてある本部庁舎に急いでもどった。

〈テイラーズ〉はパラシアンが最初に行った場所なので、先にそちらへ向かった。

そのレストランは、バンカー・ヒルにほど近い交差点にあり、凝った装飾のほどこされた古めかしい建物の一画を占めていた。店の正面は黒いガラス張りで、そのガラスに店名が真鍮《しんちゅう》の文字で取りつけられている。店は閉まっていたが、車をとめて周囲のようすを調べた。付近に駐車場が見あたらないので、営業時間中は駐車係が通りの角で待機しているのだろうと推測した。パラシアンが店に到着したとき、グラントリノは駐車係の持ち場を見張っていたのか、それとも空港から尾行してきたのだろうか。〈クラブ・レッド〉まではわずか九ブロックだ。日中の所要時間は車で十二分、その大半は歩行者を待つのに費やされた。夜中の一時半なら四分もあれば着くだろう。

〈クラブ・レッド〉も古びた建物の一階にあった。隣は駐車場で、通りから見える側の壁に特注の機械部品の色あせた広告が貼ってある。建物の横の壁から駐車場に向かって《レッド》の文字が縦書きされた小さなネオンサインが突きだしていた。そのサインの下の壁をくり抜いて赤いドアがつけられている。常連客はそこから巨漢の用心棒の横をすり抜けていくのだろう。秘密の世界に足を踏み入れるように。

自作の地図をもう一度確認した。〈テイラーズ〉を無視すれば、残る四つの点は大文字の〝Y〟の形になる。〈クラブ・レッド〉がいちばん下、銃撃現場がそのすぐ上の分岐点、パラシアンがベロアに見せようとした二棟のビルは、枝分かれした道のそれぞれの先端。

マギーに顔を向けた。

「どう考えてもおかしい」

マギーがスコットの耳のにおいを嗅ぎ、顔の前で犬くさい息を吐きだした。コンソールボックスから押しのけようとしたが、頑として動こうとしない。

駐車場では係員がふたり勤務についていた。店の入口の前に車をとめて外に出た。歳のいったほうの係員はラテン系の五十代男性で、短い黒髪に赤いベストを着ていた。スコットの車がドライブウェイをふさいだのを見て飛んできたが、制服に気づいてぴたりと足をとめた。これが警官効果。

係員が言った。「駐車ですか」

スコットはマギーを車から降ろした。相手はマギーを見て一歩退いた。これがジャーマン・シェパード効果。

スコットは建物を指さした。

「このクラブ、〈クラブ・レッド〉だっけ？　閉店は何時かな」

「かなり遅いよ。なにせ開店が夜の九時だ。閉店は四時」

「朝の四時か」

「そう、朝の四時」

礼を言って、マギーを車に乗せ、自分も運転席にもどった。これでわかった気がした。

「謎が解けたよ。ふたりはもどろうとしてたんだ。ビルをふたつ見たあと、もう一杯やろうってことになった。要するにそれだけの話だ」

マギーが息をあえがせたが、このときは息がかからない距離にいた。それからもう一度地図を見て、最新の仮説もやはりまちがっていることに気づいた。

「くそっ」

ベントレーの向きだ。

パトカーの前を通過したときベントレーが向かっていたのは、〈クラブ・レッド〉のある方向ではなかった。パラシアンは反対方向へ走っていた。フリーウェイのほうへ。

地図をにらんでいると、カウリーからメールがはいった。

《出発する。電話して》

すぐに電話をかけた。

「いま数ブロック離れたところにいるんだ。五分待ってほしい」

「十分あげる、でも〈ボート〉には来なくていい。舞台はマッカーサー・パーク。十分で来られる？」

「もちろん」

「七番通りとウィルシャーのあいだの東側。来ればわかるから」

電話をおろしながらも、パラシアンは銃撃現場にさしかかったときなぜフリーウェイに向かっていたのか、それがひっかかっていた。依然として空白の時間があり、いくつか建物を見てもその空白は埋まらなかった。

19

マッカーサー・パークは縦横がそれぞれ四ブロック分あり、中央をウィルシャー大通りが貫通している。ウィルシャー大通りの北側はサッカー場と運動場とコンサートホールに占められている。南側にはマッカーサー・パーク湖がある。かつては足漕ぎボートで知られる湖だったが、ギャングの抗争やドラッグの取引や殺人事件などが、ボートを借りる人々の足を遠ざけてしまった。そこでロサンゼルス市警と地元の商工会議所が乗りこんで湖と公園を再建し、本格的な監視システムを導入して、やりたい放題だったドラッグの売人たちを追い払った。足漕ぎボートの復活を試みたものの、悪党と暴力で知られる湖の評判はその水までも完全に汚染してしまった。彼らの取引の道具も汚染の原因となった。補修工事のために湖の水を抜いたところ、湖底には百挺以上の拳銃が沈んでいた。

ウィルシャー大通りを通って公園にはいると、集結場所が見えた。市警のパトカーが六台、特殊部隊のヴァンが一台、覆面ながらあきらかに警察車とわかる車が三台、かつての足漕ぎボート乗り場のそばにとまっていた。トランザムで大通りから曲がっていくと、制服の巡査が立ちふさがったが、スコットの制服に気づいて脇へのいた。スコットは窓をあけた。

「カウリー刑事をさがしてるんだ」

巡査が身を乗りだし、マギーを見てにんまり笑った。

「SWATのところ。いいね、こういう犬たちといっしょだとほんとに心強いよ。ハンサムな犬だなあ」

巡査が身体を近づけすぎたか、声が大きすぎたのだろう。マギーの両耳が前向きにぴんと立ち、うなり声が聞こえる前からスコットには先が読めた。

巡査は一歩さがって笑った。

「おっと、いいねえ、こういう犬は。駐車場所が見つかるといいけど。あそこの草地にとめたらどうかな」

スコットは窓を閉め、マギーの毛をくしゃくしゃになでながら、じゃまにならないよう押しのけた。

「ハンサムだってさ。こんなかわいい女の子をつかまえて、よく言えるな」

マギーはスコットの耳をなめ、車をとめるまでさっきの巡査をじっと見ていた。

リードをつけてマギーを車から降ろし、給水ボトルから水を飲ませた。飲み終えると用足しを済ませ、特殊部隊のヴァンのそばにいるカウリーを見つけた。特殊部隊の指揮官と制服の警部補、それに三人の刑事と打ち合わせ中で、いずれもスコットの知らない顔だった。特殊部隊の隊員たちはボートハウスのそばをぶらついており、釣りでもしにきたようにくつろいでいる。

スコットはつかのま夢を見ているような気分になった。マギーを見おろすと、舌を垂らし、耳を寝かせて、うれしそうにこちらを見あげている。スコットは頭をなでてやった。

「脚を引きずらないようにしような。お互いに」

マギーは尻尾を振り、隣にすわりこんだ。

スコットが近づいていくと、気づいたカウリーが指を一本立て、待つようにと合図した。一同の話し合いがさらに数分続いたあと、解散してそれぞれにちらばり、カウリーがこちらへやってきた。

「わたしの車で行きましょ。イシの家までたった五分だから」

スコットは躊躇《ちゅうちょ》した。

「いいのかな。犬の毛がついても」

「心配なのはこの子が吐かないかってことだけ。車に酔ったら、あなたが掃除すること」

「酔わないよ」

「わたしの車に乗るのははじめてでしょ」

カウリーが向かったのは覆面パトカーのインパラで、車の状態はスコットのぽんこつトランザムといい勝負だった。マギーを後部座席に積んでから助手席に乗りこむと、カウリーがエンジンをかけた。ギアを入れてバックで発進した。

「長くはかからない。うちの戦力を見た？　Ｉマンは爆弾処理班まで投入しようとしたの、もう勘弁して。だからオルソがこう言った。この悪党どもはヤクを使ってるんであって、作ってるんじゃない」

どう答えていいかわからず、スコットはうなずいた。

「同行させてくれたこと、あらためて礼を言うよ。感謝してる」

「あなたにも自分の仕事をしてもらう」

「きみに同行すること？」

意味の読めない視線が返ってきた。

「イシをよく観察すること。顔を見れば思いだすかもしれない」

スコットはにわかに緊張した。マギーが鼻を鳴らして後部座席をうろうろした。スコットは手を伸ばしてマギーに触れた。

「そいつのことは見てない」

「見たけど覚えてないのかも」

またしてもテストされているような感じで、気分がよくなかった。胃がねじれ、銃撃の場面がよみがえる――ライフルから飛びだす黄色い閃光《せんこう》、迫ってくる大男、銃弾が肩を貫通する衝撃。両目を閉じて、自分がビーチにいるところを思い浮かべた。すると、砂の上にカウリーとボーイフレンドが現われ、スコットは目をあけた。

「こんなのばかげてる。おれは実験用のサルじゃない」

「あなたは大事な手がかり。行きたくないなら降りていい」

「そいつがあの晩の窃盗犯かどうかもわからないのに」

「シンが店をたたむまでに、イシは中国製品を三回も別々のルートで転売した。銃撃現場から十四ブロックのところに住んでる。間近で顔を見たら、なにか思いだすかもしれない」

スコットは口をつぐみ、窓の外に目を向けた。イシが銃撃事件の目撃者であればいいと切に願う一方で、自分が見た男を忘れてしまったとは思いたくなかった。そんなことはありえない。ある男を見たのに、見たことを忘れてしまう、それは白髪のもみあげを忘れていたことよりはるかに大きな失態だ。カウリーとオルソはその可能性があると考えているらしい。スコットは自分の正気が疑われているような気がした。

カウリーが住宅街の細い通りに車を入れ、道の真ん中に停車した。エンジンをかけたままのパトカー二台を追い越して最初の交差点を曲がり、道の真ん中に停車した。カウリーの車とよく似た淡い緑色の覆面パトカーが次の交差点でこちら向きにとまっている。それ以外に警官の存在はどこにもなかった。

カウリーが言った。「左側の、角から四軒め。落書きだらけのヴァンが見える？　家の前にとまってる」

スプレー缶の落書きがびっしり描かれたぼろぼろのエコノラインのヴァンが、薄緑色の家の前にとまっていた。ひび割れた歩道の先に荒れ果てた庭があり、シンダーブロックの狭いポーチへと続いている。

スコットは訊いた。「なかにはだれがいる？」

イシのほかに、同じくヤク中の男友だちふたりと、パートタイムの売春でそのヤクをまかなっているガールフレンドのエステル・〝マリファナ〟・ローリー、それに軽犯罪の逮捕歴が数回ある落ちこぼれの十九歳の弟ダリルがそこに住んでいた。

カウリーが答えた。「イシと彼女、男友だちの片方。もうひとりはさっき出かけたから、もう確保した。弟はきのうから家にいない。うちの人間が見える？」

通りにも周囲の家にも人けはない。

「いや、だれも」

カウリーはうなずいた。

「逃亡犯専門チームが突入する。家の両側に一名ずつ、裏にも二名配置してある。そしてランパート署の強盗課が証拠を押さえる。よく見てて。精鋭チームだから」

カウリーが電話を持ちあげて静かに告げた。

「みんな、ショータイムよ」

ヴァンの運転席のドアが勢いよくひらいた。ほっそりしたアフリカ系アメリカ人女性が降り立ち、車をまわりこんで歩道まで行くと、問題の家に向かった。ほつれたジーンズのショートパンツに白いホルターネックのトップ、安っぽいビーチサンダルというでたちだ。髪は三つ編みで、ところどころにビーズの飾りがついている。

カウリーが言った。「アンジェラ・シムズ。逃亡犯専門の刑事」

シムズが玄関ドアまで行ってノックした。せっかちなヤク中みたいに落ち着きなくそわそわしながら待つ。だれも出てこないので、もう一度ノック。今度はドアがひらいたが、あけた人間は見えなかった。ドアを閉められないようアンジェラ・シムズが戸口に足をはさむ。逃亡犯専門の男の刑事ふたりが家の両側から玄関ドアに突進するのと同時に、アンジェラ・シムズが家に突入した。あとを追うように男の刑事四人が飛びこむ。逃亡犯専門の刑事たちが突入に成功すると、男女ふたりの刑事がヴァンから飛びだして歩道を走りだした。

カウリーが言った。「ウォレスとイズベッキ。ランパート署強盗課」

ウォレスとイズベッキがまだ歩道にいるうちに、二台の無線車が急ブレーキでカウリーの車の後ろにつけ、さらに二台が通りの先にとまっていた車の後ろにつけた。それぞれの車から制服警官がひとりずつ降り立ち、通りを封鎖すべく配置についた。

イシの家は静まり返っているが、なかでは大騒動が繰り広げられているにちがいない。不安を感じ取ってマギーもそわそわした。

五秒後、男の刑事ふたりが手錠をかけられた白人男を両側からはさんで出てきた。カウリーが緊張を解いたのがはっきりわかった。

「これでよし、と。任務完了」

カウリーが車を出してヴァンの横につけ、ドアをあけた。

「さあ。収穫を見にいきましょ」

後部座席からマギーを降ろしてリードをつけ、急いで追いかけていくと、シムズともうひとりの逃亡犯専門の刑事がエステル・ローリーを連れて出てきた。ローリーの姿はさながら歩く骸骨だった。パトロール警官たちはこれを〝ヤク中ダイエット〟と呼ぶ。

カウリーがスコットを庭のほうへ手招きした。

もうひとりの逃亡犯専門の刑事がマーシャル・イシを連れて出てきた。背中で手錠をかけられている。身長は百八十センチ前後、落ちくぼんだ目と頬は顔写真で見たとおりだ。視線は地面に落ちている。だぶだぶのカーゴ・ショートパンツ、裸足にスニーカー、色あせたTシャツがパラシュートみたいにだらんと身体からさがっている。

スコットはよく観察した。その男のどこにも見覚えはないが、目をそらすことができない。その男に吸い寄せられていきそうな気がした。

カウリーがそばから軽くつついた。

「どう?」

トンネルで迷子になったような声だった。

逮捕した刑事がイシを誘導してポーチの短い二段の階段を降り、歩道へ向かった。

スコットには、ケンワースがベントレーに突っこんでいくのが見えた。ベントレーが横転し、AK47が火を噴くのが見えた。マーシャル・イシが屋上にいて、殺戮《さつりく》の場面を食い入るように見おろし、そして走り去るのが見えた。そういったことが現に目の前で起こっているように見えたが、妄想にすぎないことはわかっていた。ステファニーが死ぬところが見え、もどってきてと訴える声が聞こえる。

イシがふと顔をあげてスコットの視線をとらえると、マギーが喉の奥でうなった。

スコットは目をそらし、ここへ連れてきたカウリーを恨んだ。

「やっぱり無駄だった」

「やだ、ひどい顔してる。だいじょうぶ?」

「あの晩のことを思いだしてた、それだけだ。フラッシュバックってやつだよ。だいじょうぶ」

「顔を見たことは役に立った？」

「役に立ったように見えるか？」

口調がきつくなってしまい、とたんに後悔した。

カウリーが両のてのひらをこちらに向けて一歩さがった。

「わかった。あなたが見なかったからイシはあそこにいなかったということにはならない。窃《せっ》盗《とう》犯があの男だった可能性はある。その前提で捜査を進めるだけ」

スコットは内心で毒づいた。〝あんたもあんたたちの捜査もくそくらえだ〟

カウリーのあとからむさ苦しい家のなかにはいると、焦げたプラスティックと化学薬品のにおいが充満していて、強烈なにおいに目がうるんだ。カウリーも顔をしかめながら手で空気を払いのけた。

「これがメタンフェタミン。塗装や、床や、あらゆるものにしみつく」

居間にはしわくちゃのシーツが積まれたフトンと、ぼろぼろのカウチ、高さが一メートル近くある精巧な青いガラス製の水ギセルなどがあった。フトンとカウチにはガラスのパイプが散らばり、床には粉のついた四角い鏡がある。マギーがリードを引っぱった。鼻孔が別の生き物のようにひくひく動いて、空中を、それから床を、ふたたび空中を嗅ぎ、不安がリードを通して伝わってきた。スコットの反応をたしかめるように顔を見あげ、ひと声吠えた。

「ぴりぴりしなくていいよ。そういう仕事をしにきたんじゃない」

リードを短く持ってそばに引き寄せた。マギーは爆発物を探知するよう訓練されている。爆発物探知犬が麻薬に対して警告を発する訓練を受けることはない。おそらくメタンフェタミンとコカインの入りまじった薬品臭に困惑したのだろう。リードをさらに引いて、マギーの脇腹をなでてやった。

「落ち着け、マギー。落ち着くんだ。ここでは抑えてくれ」

ランパート署の男の刑事が廊下から現われ、カウリーににやりと笑いかけた。

「この野郎はもう逃げられないな、ボス。来てくれ」

カウリーがランパート署強盗課のビル・ウォレスにスコットを紹介した。ふたつある狭い寝室の手前のほうでは、クローディア・イズベッキが写真を撮っていた。十ドル分ずつ小分けされたクラックの袋、結晶メタンフェタミンの詰まった大きな薬瓶、マリファナの詰まったガラス瓶、アデロールやヴィヴァンス、デキセドリン、アンフェタミンといった各種合成覚醒剤のビニール袋。それからウォレスがふたりを奥の寝室へ案内して、ぼろぼろの黒いジム・バッグを指さし、宝くじをあてた男の顔でにんまり笑った。

「ベッドの下で見つけた。まあ見てくれ」

バッグの中身は、バール、ねじまわし、ボルトカッター、弓のこ、テンションレンチや黒鉛のボトルや電池式のロックピック・ガンといった開錠道具一式だった。

ウォレスが満面の笑みで後ろにさがった。

「刑法四四六条で定義されてるように、おれたちはこれを〝侵入用日曜大工セット〟と呼んでいる。またの名を、有罪判決への片道切符」

カウリーがうなずいた。

「写真を撮って。全部記録したら、大至急わたしにメールして。写真があれば彼の弁護士も手間が省ける」

カウリーが一瞬スコットを見て、顔をもどした。

「行きましょ。ここでの任務は完了」

「今後の予定は？」

「あなたを車まで送る。わたしは〈ボート〉にもどり、あなたはどこなりとドッグ・マンの行くべきところへ行く」

「イシのことだよ」

「尋問する予定。押収した証拠で圧力をかけてシンの店のことを吐かせる。犯人じゃなければ、真犯人を知ってるかもしれない。わたしたちは捜査を進める」

居間にもどったとき、カウリーの電話が鳴った。発信者名をちらりと見た。

「オルソからよ。一分で外に出る」

カウリーは電話に出るためにその場を離れた。ここで待つべきかどうか考えて、結局マギーを喧騒から連れだそうと決め、外へ出た。

通りの反対側や近所の庭で隣人たちが小さな人垣を作り、成り行きを見守っていた。その野次馬を見ていると、上級警官二名が二十代前半の痩せた若い男をともなって歩道を歩いてきた。

男はモップみたいにカールした黒髪にこけた頰、そわそわと落ち着きのない目をしていた。だれかに似ているような気がして、マーシャル・イシの弟のダリルだと気づいた。手錠をはめていないところを見ると、逮捕されたのではないらしい。

道を空けて三人を通したとき、マギーが反応し、ダリルに向かって突進した。虚をつかれたスコットは引き倒されそうになった。マギーはぐいぐい引っぱり、後脚で立ちあがった。ダリルと近くにいた警官がとっさに飛びのき、警官が叫んだ。

「なんだこいつは！」

スコットは即座に反応した。

「やめ、マギー。やめ！」

マギーは引きさがったが、吠えるのはやめなかった。

叫んだ警官の顔は怒りに紅潮していた。

「なにやってんだ、自分の犬ぐらいちゃんとコントロールしろ。咬まれるところだったぞ！」

「マギー、やめ！　やめ！　こっちへ来い！」

マギーは吠えるのをやめてスコットのあとについてきた。怯えてはいないし、怒ってもいない。尻尾が揺れて、視線がダリル・イシからソーセージの隠されているポケットへ、そしてまたダリル・イシへともどった。

ダリルが言った。「その犬がおれを咬みやがったら、訴えてやるからな」

カウリーが玄関から現われて階段を降りてきた。顔を真っ赤にした制服警官が、マーシャルの弟だと言ってダリルを引き合わせた。

「自分はここの住人で、なにがどうなってるのか知りたいと言ってる」

カウリーはうなずき、さして興味もなさそうな顔でダリルを眺めた。

「お兄さんは逮捕された。容疑は、不法侵入、窃盗、盗品所持、麻薬所持、および流通目的の麻薬所持」

ダリルはカウリーが先を続けるのを待った。続きがないとわかると、身体を傾けて、あいている玄関ドアから家のなかをのぞこうとした。

「エステルは？」

「家のなかにいた人は全員逮捕された。お兄さんはランパート署で逮捕手続き中、そのあとは本部に移送される予定」

「ふーん。そっか。おれの荷物がここにあるんだ。なかにはいってもいいかな」

「いまはだめ。警察の仕事が終わったら入室を許可する」

「もう行っていいか？」

「いい」

ダリル・イシは振り返ることなくとぼとぼと歩いていった。ダリルの後ろ姿を見ていたマギーが、鼻を鳴らしながらスコットを見あげた。

カウリーが訊いた。「この子どうしたの？」

「たぶん、あいつからこの家と同じにおいがしたんだろう。薬品のにおいが嫌いなんだ」

「まともな人間ならだれだってそう」

ダリルが通りの先へと消えていくのを見送って、カウリーは首を横に振った。

「マーシャルみたいな大人と暮らしてたらどうなると思う？　あの子は兄貴と同じ道をたどって、いずれ兄貴と同じろくでもない人生を歩む」

カウリーはこちらを向き、プロらしい顔がいくぶんやわらいだ。

「あなたにとって不愉快な仕事だったならあやまるわ。同行してほしい理由をちゃんと説明すべきだった。バッドの言い方は、まるでこっちが便宜をはかってあげたみたいに聞こえた」

言いたいことは脳内にあふれていたが、どれも釈明や弁解めいて聞こえた。結局、肩をすくめるにとどめた。

「いいんだ」

それ以上なにも言わず、ふたりは車でマッカーサー・パークへ引き返した。特殊部隊のヴァンは引きあげ、残っていたのは二台の無線車とスコットのトランザムだけだった。

カウリーがトランザムの後ろに車をとめたとき、防犯カメラのことを思いだしたので、訊いてみた。

「メロンは〈テイラーズ〉と〈クラブ・レッド〉から防犯カメラの映像を受け取ってた。それを観てもいいかな」

カウリーは驚いたようだった。

「別にかまわない。バーテンダーとウェイトレスが言ってたとおりのことしかわからないけど。

ほかにはなにも映ってない」

どう説明したらいいのか、思案した。

「パラシアンとベロアをいっぺんも見たことがないんだ。写真は見たよ、たしかに。でも生きてる姿は見てない」

カウリーはゆっくりと一度うなずいた。

「わかった。手配できると思う」

「あの箱にはなかった」

「物的証拠は証拠保管室に置いてある。そこから掘りだしてくるわ。きょうはたぶん無理。イシの件で手いっぱいだから」

「わかってる。いつでもいいよ。ありがとう」

車から降りて、マギーのために後部のドアをあけた。リードをつけて犬を降ろしてから、カウリーに顔を向けた。

「おれはいかれてなんかいない。頭にでかい穴があいてるわけじゃないんだ」

カウリーは困惑顔になった。

「わかってる、あなたはいかれてなんかいない」

スコットはうなずいたが、気分は少しもよくならなかった。背を向けようとしたとき、呼びとめられた。

「スコット?」

待った。

「そのDVD、わたしも観たい」

スコットはもう一度うなずき、車が走り去るのを見送った。時刻を確認した。まだ十一時十分だ。犬と訓練する時間はたっぷり残っている。

「おまえも、おれがいかれてるとは思ってないよな」

マギーがこちらを見あげて尻尾を振りまわした。

スコットは耳をかいてやり、背中をなでて、ソーセージをふた切れ与えた。

「おまえはいい子だ。ほんとにいい子だ。あんなひどい家のなかに連れていくんじゃなかった」

訓練所に向けて車を走らせながら、あの家の化学薬品がマギーの鼻に悪影響をおよぼさなかったことを祈った。ドッグ・マンなら知っているはずだ。ドッグ・マンなら自分の犬の安全を確保しなければならない。

20

太陽がじりじりと容赦なく運動場に照りつけ、草と人間と犬たちを火あぶりにした。

バドレスが言った。「のぞくなよ」

汗と日焼けどめがスコットの目のなかに流れこんだ。

「だれものぞいてないよ」

オレンジ色のナイロン製のスクリーンのこちら側で、スコットはマギーと並んでしゃがんでいた。スクリーンは、地面に突き立てられた二本のテント用の支柱のあいだにぴんと張られている。目的は、運動場の遠く離れた場所に点在する四つのオレンジ色のテントのどこかにK9のブレット・ダウニングが隠れるところを、マギーに見られないようにすること。テントはビーチの日除けを折りたたんだような細長い形で、人ひとりがやっと隠れられる大きさしかない。ダウニングが隠れたあと、マギーは鼻を頼りに彼を見つけだし、吠えてスコットに警報を発することになっている。

スコットがマギーを褒めながら胸をかいてやっていると、突然背後で爆音が轟《とどろ》き、不意打ちを食らった。バドレスがスタート合図用ピストルでふたりを驚かせたのだ。

銃声にスコットもマギーも身をすくめたが、マギーは瞬時に回復し、唇をなめて尻尾を振った。

スコットは褒美としてソーセージの大きなかけらを与え、甲高い声でなんていい子なんだと褒めたたえ、毛をなでまくった。

バドレスがピストルをしまった。

「だれかがきみにもソーセージをやるべきだな。相当びびってたじゃないか」

「次はもう少し後ろでやってもらえないかな。鼓膜が破れそうだ」

バドレスは一回の訓練のあいだに三、四回はふたりを驚かせた。彼がピストルを撃ち、スコットがマギーに褒美を与える。そうやって、予期せぬ音が楽しい経験に結びつくことを教えようとしていた。

バドレスが訓練を続けるようダウニングに手振りで伝えた。

「泣きごとはやめて、マギーに準備をさせろ。この子が捜索するところをよく見たいんだ」

同じ演習をすでに八回やっており、その都度においに変化を持たせるために、五人の警官が〝悪役〟を演じた。結果は完璧だった。イシの家にあった化学薬品がマギーの嗅覚になんら影響していないとわかって、スコットは胸をなでおろした。

先ほど、一時間近く見学していたリーランドが、すっかり感心してみずから悪役を買って出た。理由はすぐにわかった。リーランドは四つのテントのすべてに身体をこすりつけたあと、運動場のはずれにある木にのぼった。そのトリックにマギーは二十秒ばかりとまどい、各テントに通じるリーランドの痕跡を嗅いだあと、徐々ににおいの範囲を狭めていって、ついに彼を見つけた。

木から駆け足でもどってきたリーランドは、いつものようにどなってはいなかった。

「ここまで優秀なエア・ドッグは見たことがない。あれならハリケーンのなかで蝿が屁をひっても追跡できるぞ、まちがいない」

エア・ドッグは大気中のにおいを追跡する能力にすぐれている。ブラッドハウンドやビーグルのようなグラウンド・ドッグは、地面か地表近くにあるにおいの粒子を追跡する作業に長けている。

熱い賛辞はうれしかったが、電話の呼びだしに応じてリーランドがオフィスへ引きあげたときにはほっとした。長距離を走ったことでマギーがまた脚を引きずるのではないか、それをリーランドに感づかれるのではないかと、内心ひやひやしていたのだ。

リーランドがいなくなっていくらか気が楽になると、スコットは訓練を楽しんだ。マギーはなにを期待されているかわかっているし、その仕事ぶりは満足のいくものだった。

ダウニングが七十メートルほど離れた風上にある三番めのテントに隠れると、バドレスがスコットにうなずきかけた。

「犬を放せ」

ダウニングの古いTシャツを鼻先で軽く揺らして、マギーを解放した。

「このにおいだ、マギー。このにおい——さがせ、さがせ、さがせ！」

スクリーンの陰から飛びだしたマギーは、頭を高くあげ、尻尾をまっすぐに伸ばし、耳をぴんと立てた。スピードを落とし、ダウニングのにおいを求めて大気を嗅ぎ、それからゆっくりと弧を描いてテントの風下にまわった。スクリーンから三十メートルほど離れた場所で、ダウニングのにおいをかすかにとらえたのがわかった。進路を変更して向かい風を受け、地表に残るダウニングのにおいを嗅ぎとるや、マギーは全速力で三番めのテントに向かった。加速するとき地面に爪を立てて身体を伸ばすさまは、トップフューエル・ドラッグスターがスタートラインから一気に爆走するのを見ているようだった。

スコットは笑みを浮かべた。

「やったな」

バドレスも言った。「ハンターだよ、まさしく」

テントまでの距離を二秒で走り抜けたマギーは、あわててブレーキをかけ、大きな声で吠えた。ダウニングがおもむろにテントから這いだし、全身が現われた。マギーはその場で吠えているが、スコットとバドレスに教えられたとおり、近づこうとはしない。

バドレスが称賛のうめき声をあげた。

「犬を呼びもどせ」

「やめ、マギー。やめ」

マギーはテントから離れ、意気揚々と駆け足でもどってきた。はずむような足取りとうれしそうに口をあけた顔から、喜んでいるのがありありとわかる。スコットは今度も褒美としてソーセージの大きいかけらを与え、甲高い声で褒めそやした。

バドレスがダウニングに五分の休憩を告げて、スコットに向き直った。

「なあ知ってるか、こういう鼻を持ったマギーみたいな犬のおかげで、大勢の兵士が爆発物をさがさずにすんだ。これは厳然たる事実だ。だれもマギーの鼻はごまかせない」

スコットは犬の背をゆっくりとなでてやり、ついでにバドレスに訊いてみようと思い立った。空軍で爆発物探知犬を扱ってきたバドレスなら、リーランドに劣らず犬には詳しいはずだ。

「おれたちがきょう行った家のことだけど。メタンフェタミンがぷんぷんにおってて、強烈な薬品臭で吐きそうになったよ」

そのにおいをよく知るバドレスは、うめき声をあげた。リーランドが顔をしかめる場面で、バドレスはうめき声をあげる。

「なかにはいったとたん、マギーが鼻を鳴らして捜索しようとした。エーテルと爆薬を混同したんだろうか」

バドレスは舌打ちをした。

「こういう犬がにおいを混同することはない。なにかのにおいに反応したのなら、それは知ってるにおいだったということだ」

「帰ろうとしたとき、その家に住んでる男に反応して警報を発したんだ、同じように」

バドレスはしばらく考えこんだ。

「その連中は作るほうか、それとも使うほうか？」

「なにかちがいがあるのかな」

「軍用犬には、ＲＤＸとかセムテックスといったたぐいの爆発物に反応するよう教えてあるが、同時に、反政府軍が手製の爆弾によく使う主な成分も教えてある。覚えておくといい――ＩＥＤの〝Ｉ〟は〝即製〟を意味する」

「使うほうだ。調合はしてなかった」

バドレスは考えながらひとしきり講釈し、やがて肩をすくめて首を振った。

「いずれにしろ、たいしたちがいはないだろう。覚醒剤の製造に使われる成分のいくつかは、即製爆弾にも使われるが、材料はごくありふれたものだ。どこにでもある物質に反応するよう教えることは絶対にない。そんなことをしたら、ガソリンスタンドやホームセンターを通りかかるたびに犬たちが反応して吠えてしまう」

「じゃあ、マギーがエーテルや着火剤に惑わされることはない？」

バドレスはマギーに笑いかけ、片手を差しだした。マギーはにおいを嗅ぎ、スコットの足元に伏せた。

「この鼻にかぎってない。たとえば、オレンジ色のテントを指させと言われたら、きみは緑の生垣や青い空や木の皮に惑わされたりするか？」

「絶対にない」

「人間が目で見るように、マギーはにおいを嗅ぐ。こうして伏せていても、何千というにおいを嗅ぎとっている。人間の目に緑だの青だのの微妙にちがう色が無数に見えているのとまったく同じことなんだ。おれがオレンジ色を示せと言ったら、きみは即座にオレンジ色を指さし、ほかに色が何色あろうとそんなものは頭をよぎりもしない。マギーにとって、においはまさにそんなふうなんだ。ダイナマイトに反応するよう訓練されたら、ダイナマイトをビニールで包んで、深さ六十センチの馬糞の底に埋めて、上からウィスキーをどぼどぼ注いだとしても、ちゃんとダイナマイトを嗅ぎあてる。すごいと思わないか」

バドレスをしばらく観察していて、この男は警察犬を心底愛しているのだとわかった。まさにドッグ・マンだ。

スコットは言った。「マギーはどうして反応したのかな」

「さあな。きみの刑事友だちに言ってみたらどうだ、その家にＩＥＤがないかさがせって」

自分の言葉に受けてバドレスはばか笑いし、それからダウニングに新しいテントを決めろと大声で告げた。

「マギーは絶好調のようだな。水を飲ませたら、もう一度やるとしよう」

十回めの演習に備えてリードをつけようとしたとき、リーランドがオフィスから急ぎ足で出てきた。

「ジェイムズ巡査！」

振り返ると、バドレスのつぶやきが聞こえた。

「今度はなんだ？」

リーランドは怒りのこもった大股でぐんぐん近づいてきた。

「わたしの勘ちがいだと言ってくれ。おまえがけさわたしに無断で警察の作戦行動に参加したなどということはありえないと」

「強盗殺人課の刑事たちが逮捕するのを見てました。参加したわけじゃない」

リーランドが足を踏み鳴らし、鼻を突き合わせてきた。

「おまえとおまえの犬が逮捕に加わったことは、まぎれもない事実だ。そのささやかな事実のせいで、わたしはこってりとしぼられた」

マギーがうなった――喉の奥から出る低い警告の声だが、リーランドは動じなかった。

「犬を黙らせろ」

「やめ、マギー。伏せ」

マギーは従わなかった。リーランドから目を離さない。鼻にしわを寄せて、牙を見せている。

「伏せ」

うなり声が大きくなり、自分に対するリーランドの信頼がどんどん失われていくのがわかった。

背後から、バドレスがやんわりと口をはさんだ。

「ボスはきみだ。ボスらしく」

スコットは語気を強めた。

「伏せ。マギー、伏せ！」

マギーはゆっくりと腹這いになったが、スコットのそばから離れなかった。全神経をリーランドに傾け、一方のリーランドは依然として全神経をスコットに傾けている。

スコットは唇を湿した。

「おれたちは逮捕には加わってません。K9チームとして現場にいたわけじゃない。本部に行くまで、逮捕が行なわれる予定だとは知らなかったんです。てっきりファイルの返却を求められたのだと思った。だからマギーも連れていった。ファイルを返してすぐにもどってくるつもりでした。以上です、主任」

いったいだれが、なんのために、苦情を申し立てたのだろう。頭に浮かんだのは、マギーに飛びかかられてびくついていた警官、脳卒中を起こすのではないかと思うほど顔を真っ赤にしていた警官のことだ。

スコットを信用したものかどうか、リーランドが判定を下そうとしているのがわかった。

「さっき一時間ほどここにいたが、おまえはその件にひとことも触れなかった。わたしに知られたくなかったのだと考えざるをえない」

スコットは口ごもった。

「殺人課の刑事たちは、逮捕された男の顔を見れば、おれがなにか思いだすきっかけになるかもしれないと考えたんです。でもだめだった。なにも思いだせない。相棒を失望させているような気がします」

リーランドはしばらく無言だったが、しかめ面は揺るがなかった。

「報告によると、おまえは自分の犬をコントロールできず、おまえの犬は市民を襲ったということだ」

顔が赤くなるのがわかった。死ぬほどびくついていたまぬけ巡査に劣らぬほどに。

「おれはマギーも状況もコントロールしていたし、けが人はいなかった。いまみたいな感じです。主任に対するような」

バドレスがまたやんわりと口をはさんだが、今度はリーランドに向けてだった。

「スコットはマギーをちゃんとコントロールしてるように見えますがね、ボス。マギーのほうはあなたの喉を引き裂く気満々だとしても」

リーランドのしかめ面が一瞬そちらに向けられ、バドレスが救いの手を差し延べてくれたのがわかった。

リーランドの険しい目つきに思案の色が加わった。

「わたしのK9部隊にとどまりたいか、ジェイムズ巡査」

「もちろん、訊くまでもないでしょう」

「この犬が任務に適していることを認めるべきだと、わたしを納得させたい気持ちに変わりはないか」

「納得させてみせます」

「ではこうしよう、おまえのことでまた上からしぼられたら、わたしはおまえの援護にまわる。うちの巡査はまだほんの若造だが、犬のことでは目覚ましい進歩を遂げてわたしの度胆を抜いてくれた、彼が自分の犬をコントロールできないなどとは一瞬たりとも信じられない、それはちがうという者がいたらここへ来て直接わたしの目の前でそう言え、と」

なんと言っていいのかわからなかった。リーランドにしては最大限の賛辞だろう。

いまの言葉がしみわたるのを待って、さらに続けた。

「全力の援護が終わったら、次はおまえをこってりしぼる。この基本方針に異存はないな」

「はい。異存ありません」

「実際のところ、わたしが認定しないかぎりこの犬はK9部隊の所属ではないし、わたしはまだ認定していない。万一この犬がどこかのまぬけ野郎を咬んでいたら、その被害者の強欲な弁護士は、おまえが——我が部隊の一員が——まだ認定されていない犬を公衆の面前にさらしたことを調べあげただろう。連中は警察を訴えてこの青い制服のケツを徹底的に痛めつけることができるし、またそうするだろう。わたしはこの青いケツが好きだ。おまえもだろう?」

「ええ、はい。あなたの青いケツがだんだん好きになってきました」

「この次は犬をクレートに入れておくか、でなければわたしに預けていけ。異存はないな」

「異存ありません、主任」

リーランドの頰を汗が流れ落ちた。指の欠けた手でその汗をゆっくりとぬぐい、しばらくそこにとどめた。わざとそうしているのがわかった。

「おまえはドッグ・マンか、ジェイムズ巡査」

「その青いケツに誓って」

「危ういのはわたしの青いケツではない」

さらにいっときスコットの目を見据えたあと、リーランドは一歩さがってマギーを見おろした。シェパードの大きな胸の奥から低く太いうなり声がもれる。

リーランドの顔がほころんだ。

「いい犬だ。おまえはまちがいなくいい犬だ」

顔をあげて、ふたたびスコットを見た。

「犬がなにかをするのは、人を喜ばせるためか、人を救うためだ。彼らにはそれしかない。われわれはそれだけ借りがあるということだ」

背を向けて、すたすたと歩き去った。

その姿が建物のなかに消えるのを待って、スコットは息を吐きだし、バドレスに向き直った。

「やれやれだ、ありがとう。おかげで助かった」

「助けたのはマギーだ。リーランドはこの子を気に入ってる。だからってお払い箱にしないとはかぎらないが、気に入ってるのはたしかだ。けさはここに預けていくべきだったな」

「脚を引きずるのがばれたらまずいと思った」

バドレスはしばらくマギーを観察した。

「さっきはなんともなかったな。一度も。家にいるときは脚を引きずっていたか?」

「いや、まったく」

バドレスの顔があがり、嘘を見抜かれているのがわかった。

「だったら無理するのはよそう。道具を片づけろ。きょうはここまでだ」

大声でダウニングを呼びもどし、先輩ふたりはスコットに後片づけを託して引きあげた。スコットはリードをはずし、それでもマギーがそばを離れないことがうれしかった。スクリーンをおろして巻き、マギーに張りつかれながら四つのテントを回収した。

最後のテントをたたみ、荷物をかかえて犬舎に向かいながら、ふと下を見るとマギーが脚を引きずっていた。前回と同じく、右の後脚が左より半拍遅れて引きずられている。

マギーの足をとめるためにスコットは立ちどまり、犬舎に目を向けた。リーランドの窓に人影はなかった。ドアは閉まっている。だれにも見られてはいない。

テントをおろしてマギーにリードをつけ、またテントを持ちあげた。マギーには後ろを歩かせた。そうすれば自分が建物と犬とのあいだの楯になれる。

テントを片づけたとき、建物のなかにはだれもいなかった。バドレスやダウニングやほかの者たちは、オフィスにいるか、もう帰ってしまったのだろう。駐車場にだれもいないのを確認してから、マギーを車まで連れていった。脚の具合は隠しようがないほどひどくなっていた。

エンジンをかけてバックで車を出した。

マギーがコンソールボックスに身を乗りだしてきた。舌を垂らし、耳を折りたたんで、世界一幸せな犬といった風情で。

スコットは被毛に指をからめた。マギーは息をあえがせ、満ち足りた顔で見返してきた。

「だいじょうぶだ、この青いケツに誓って」

スコットは駐車場をあとにし、家路についた。

21

五号線の北行き車線で大型トラックが横転したおかげで、フリーウェイは駐車場と化していた。ノース・ハリウッドにたどりついてどうにか出口まで行き、ヴァレー・ヴィレッジで建設中の大型マンションを見つけた。建設現場でマギーに食事を与えるのが日課になっていた。車を離れるとき、スコットは注意深くマギーを観察した。いまはごくわずかに脚を引きずる程度で、実際に脚の具合が悪いのか、これが生まれつきの癖なのか判然としなかったが、状態が改善されたことにひとまず安堵した。

マギーにはローストチキンとホットドッグを、自分にはポークのカニタス・ブリトーを買い、機関銃のようなネイルガンや興味津々の建設作業員たちに囲まれて腰をおろした。最初の大きな音に驚いてマギーは身をすくめたが、その驚愕反応は当初よりだいぶましになったと思われた。ホットドッグのかけらを口にしたあとは、スコットに意識を集中し、予期せぬ音は無視するようになった。

食べたり作業員たちと雑談を交わしたりして、そこで一時間近く過ごした。隠し持っているソーセージの残りは褒美用にとっておき、車にもどってから与えた。そのころには、脚は正常にもどっていた。

二十分後、太陽が木々の向こうに隠れて空が紫色に染まるころ、メアリートゥルー・アールの家の前庭に車をとめた。いつもどおり、外界から身を守るべく、家のブラインドはおろされていた。

マギーを短い散歩に連れていき、用足しを済ませてゲートを抜け、アール夫人の家の横を通って自宅のゲストハウスに向かった。日が落ちて宵闇が迫りつつあり、アール夫人のテレビからはおなじみの音が流れている。こうした散歩はもう何度もしていて、きょうもいつもどおりだった。マギーが足をとめるまでは。表情がいつもとまったくちがう。頭を低くし、両耳をぴんと立て、闇に目をこらしている。鼻孔をひくつかせて大気のにおいを嗅ぎ分けた。

スコットはマギーからゲストハウスへ、それから周囲の藪《やぶ》や果樹へと視線を走らせた。

「どうした？」

勝手口のドアの上の照明はもう何カ月も前から電球が切れていた。フレンチドアを覆っているカーテンは、出かけたときのまま少しだけあいており、キッチンの明かりがついている。マギーのクレート、ダイニングテーブル、キッチンの一部が見える。ゲストハウスはいつもどおりで、見たところ異状はなさそうだ。この界隈で身の危険を感じたことは一度もなかったが、自分の犬を信頼していた。マギーはあきらかになにか好ましくないにおいを嗅ぎとったのだ。藪のなかに猫かアライグマでもいるのだろうか。

「なんのにおいがする？」

自分でも気づかないうちにつぶやいていた。

リードをはずそうかと考え、思い直した。人を攻撃する訓練を受けた体重四十キロ近い犬が、アガパンサスの茂みのなかにいる猫や子供にいきなり襲いかかるような事態は避けたい。結局、リードを二メートルほどの長さに伸ばしてやった。

「よしよし、マギー、なにがあるのか見てみよう」

マギーは地面のにおいを精力的に嗅ぎながら、スコットを前へと引っぱった。まず勝手口のドアへ、それからフレンチドアへと連れていった。また勝手口のドアにもどり、鍵の部分をくんくん嗅いだあと、ゲストハウスの周囲をまわってもう一度フレンチドアのところへ行き、ガラスに前脚をかけた。

スコットはフレンチドアをあけたが、なかにははいらなかった。しばらく耳をすまし、なにも聞こえないので、マギーのリードをはずして大声ではっきりと告げた。

「警察だ。これからここにいるジャーマン・シェパードを放す。返事をしろ、さもないとこの犬がおまえを引き裂くぞ」

返答はない。

マギーを放した。

犬が突進しないので、だれかが家のなかにいたにしろ、そいつはもういないのだとわかった。

突進する代わりに、マギーは急いで居間をひとまわりし、キッチンを巡回し、駆け足で寝室へ行って、もどってきた。居間を縦横に動きまわり、クレートとテーブルとカウチを調べ、ふたたび寝室に消えた。もどってきたとき、マギーの不安は消えていた。尻尾を振ってキッチンにはいっていき、水を飲む音が聞こえた。スコットは家にはいり、引き戸を閉めた。

「次はおれの番だな」

ゲストハウスのなかをひとめぐりした。最初に窓とドアを調べ、安全を確認した。壊されたりこじあけられたりしてはいない。コンピューターとプリンター、テーブルの上の書類は無事で、テレビとコードレス電話も同様。赤いメッセージランプが点滅している。カウチのそばの床にある書類も、壁にピンでとめてある地図や略図も、いじられた形跡はない。小切手帳と父の古い腕時計、ベッド脇の時計つきラジオの下の封筒に入れてある現金三百ドルもそのまま。クローゼットにしまってある市警のジム・バッグのなかの拳銃のクリーニングキットと弾薬二箱、短銃身の古い三二口径も無事。抗不安薬と鎮痛薬はバスルームのカウンターのいつもの場所にある。

居間にもどった。マギーはクレートの横の床にいた。スコットの顔を見るとごろりと横になり、後脚をあげた。スコットはにっこり笑った。

「いい子だ」

なにもかも通常どおりに見えたが、スコットはマギーの鼻を信じており、そのマギーがなにかを嗅ぎとったのだ。アール夫人は合鍵を持っていて、修理業者や、蟻《あり》を追い払う害虫駆除業者をなかに入れることがある。いつも事前に通知してくれるが、たまたま忘れてしまったのかもしれない。

「すぐにもどるよ」

戸口に出てきたアール夫人は、スウェットシャツにショートパンツ、ピンクのふわふわしたスリッパをはいていた。背後でテレビの大きな音がしている。

「どうも、アールさん。きょうゲストハウスにだれか入れました？」

ゲストハウスが瓦礫になったとでも思ったのか、視線がスコットの背後にちらと向けられた。

「だれも入れてませんよ。そういうときはちゃんとお知らせしてるでしょ」

「ええ、じつはマギーがなにか気になるにおいを嗅いだようなので。配管工か駆除業者でも入れたのかなと思って」

またスコットの背後に目をやった。

「トイレの調子がまた悪いの？」

「いや、ちがいます。いまのはただのたとえ」

「そう、わたしはだれも入れてませんよ。泥棒がはいったのじゃなければいいけど」

「マギーの態度はまさにそんな感じでした。窓とドアの鍵に異状はなさそうだし、もしかしたらあなたがドアをあけたのかもしれないと思って。マギーの知らないにおいがしたようです。あの子は知らないにおいが嫌いで」

またスコットの背後に目をやって顔をしかめた。

「ねずみのにおいじゃなければいいんだけど。ねずみがいるのかもしれないわ。夜に木の上で音がするから。うちの果物をむしゃむしゃ食べてるのよ。あの憎らしいちびどもときたら、歯で壁に穴をあけちゃうしね」

スコットはゲストハウスに目をやった。

アール夫人が言った。「もしも音がしたり糞を見つけたりしたら知らせてちょうだいな。駆除業者に来てもらうから」

夫人の言うとおりかもしれないとも思ったが、釈然としなかった。

「そうします。おじゃましました、アールさん」

「芝生の上でおしっこさせないでね。メス犬のおしっこはガソリンより早く芝生をだめにしてしまうの」

「ええ、はい。わかってます」

スコットはゲストハウスにもどった。フレンチドアを施錠してカーテンを閉めた。マギーはクレートの前で横になってうとうとしていた。

「うちにはねずみがいるらしい」

尻尾がパタンと床をたたいた。パタン。

電話のところへ行き、ジョイス・カウリーからのメッセージを見つけた。

「スコット、ジョイス・カウリーよ。例のＤＶＤが用意できた。別に急がない。いつでもかまわないけど、来る前にわたしたちのどっちかがここにいるのを確認して」

スコットは電話をおろした。

「ありがとう、カウリー」

冷蔵庫からコロナビールを一本出して少し飲んだ。制服を脱いでシャワーを浴び、Ｔシャツとショートパンツに着替えた。一本めが空いたので二本めを取りだし、それを持って壁の写真のところへ行った。

ステファニーに触れた。

「まだここにいるよ」

ビールを持ってカウチのほうへ行った。マギーがおもむろに起きあがり、百歳の老犬のようにのろのろやってきて、スコットの足元に横たわった。身体を震わせてため息をついた。

スコットはマギーと並んで床にすわった。脚を折り曲げると痛むのでまっすぐ前に伸ばした。マギーの脇腹に手をあてる。尻尾が床をたたいた。パタン、パタン、パタン。

スコットは言った。「やれやれ、おれたちはいいコンビだな」

パタン、パタン。

「医者に助けてもらおうか。おれはコルチゾンを打たれた。痛いけど、効くんだ」

パタン、パタン、パタン。

ファイルや略図、せっせとためこんだ銃撃事件に関する記事の切り抜きが、それぞれきちんと小さく山積みにされて、カウチから壁まで広がっている。もう少しビールを飲んだ。いまの自分は、ＣＩＡ内部にエイリアンがいることを証明しようとして、失われた記憶や、よみがえった記憶や、勝手に作りあげた記憶や、そもそも存在すらしない記憶——そう、白髪がちらっと見えたとか——をあれこれいじくりまわしている、そんな妄想に取りつかれた男のように見えるにちがいない。神のみがなしうる超自然的な奇跡の記憶力が、事件を解決し、ステファニー・アンダースを生き返らせてくれるかのように。しかも、強盗殺人課で最強の刑事たちをその妄想に巻きこんでさえいるのだ。彼らのパズルに欠けているピースを自分なら提供できるとばかりに。

スコットはマギーの毛を指でとかした。

パタン、パタン。

パタン。

「そろそろ区切りをつける潮時かな。どう思う？」

「そんな気がしてるんだ」

几帳面に四隅をそろえて積まれた紙の山を眺めているうちに、その几帳面さが妙に気になりはじめた。そもそもスコットは几帳面なたちではない。車も、自宅も、そして人生も、ごちゃごちゃだ。家のなかにねずみがいるとしたら、そいつらは紙類をいじくったことがばれないようにがんばって、ついやりすぎてしまったのだろう。だれかがマーシャル・イシの侵入セットにあった道具を持っていたとしたら、アール夫人に頼まなくても、窓を割ることなくなかにはいれただろう。

寝室から懐中電灯を持ってきて外に出た。マギーもついてきて、スコットがフレンチドアの錠の部分を照らすと、しきりににおいを嗅いだ。

「じゃまだよ。どいてくれ」

錠は古びて傷だらけだが、鍵穴にも金属の表面にも、こじあけられたことを示唆する新しい傷はなかった。

次に勝手口のドアを調べた。フレンチドアの錠はひとつだが、勝手口にはドアノブの錠とデッドボルト錠がついている。懐中電灯を手に膝をついて顔を近づけた。どちらの錠にも新しい傷はなかったものの、デッドボルト錠の表面が黒く汚れているのに気づいた。泥か潤滑油かもしれないが、明かりの位置を調整すると、それは金属のようにきらめいた。

小指で触れると、皮膚に汚れがついた。銀色の粉のような感じだ。黒鉛――鍵の滑りをよくするのに使われる乾燥タイプの潤滑剤だろうか。黒鉛のボトルはマーシャル・イシの侵入セットにもはいっていた。黒鉛を注いでピック・ガンを差しこめば、ものの数秒で開錠できる。鍵は必要ない。

ふいに笑いがこみあげて、明かりを消した。盗られたものはないし、部屋が荒らされたわけでもない。汚れは単なる汚れということもある。

「侵入セットを見ただけで、すっかり侵入された気になるんだからな」

なかにもどって鍵をかけ、カーテンを閉めた。ステファニーの写真の前に行った。

「区切りをつける気はないよ、あきらめるつもりもない。おれはきみを置き去りにしたんじゃない、これからだってしない」

ステファニーの写真の前の床にすわり、ファイルや資料を見まわした。マギーが隣で横になった。

メロンとステングラーは成果を出せなかった。でもそれは、努力が足りなかったからではない。ふたりが相当な努力をしたことはわかった。それでも、イシを逮捕するにはATFの協力が必要で、イシが逮捕されたのはふたりが事件の捜査をはずれたあとだった。イシの登場で状況は一変したのだ。

散らかったものをひっかきまわして、安物の革の時計バンドがはいった証拠品袋を見つけた。赤錆、とチェンは書いていた。赤錆があの屋上でついたものだとしたら、とまたしても考えた。仮にそうだとしても、それがなにかの証明になるわけではないが。

袋のジッパーをあけた。革のバンドを取りだすと、マギーがいきなり立ちあがった。

「おしっこか?」

膝のあいだに割りこむようにして鼻を近づけてきた。スコットの顔を見て尻尾を振りまわし、安物の革のにおいを嗅ぐ。バンドをよく見ようと最初にこの袋をあけたときも目の前にやってきた。今度は遊びたいのか、バンドを取ろうとしている。

マーシャル・イシの家で見せた反応と似ている。

バンドを右に動かすと、追いかけた。背中に隠すと、楽しそうに足踏みして背後にまわろうとする。

遊びだ。

〝犬がなにかをするのは、人を喜ばせるためか、人を救うためだ。彼らにはそれしかない〟

最初に袋からバンドを出したとき、マギーはそばにいた。あれは遊びが終わった直後で、スコットがバンドをじっと見ていると鼻を近づけてきたのだ。あまりに近くてじゃまだったから押しのけたほどで、あのときバンドを遊びと結びつけたのかもしれない。

スコットとマギーは遊ぶ。

スコットがバンドを手に取る。

バンドはおもちゃ。

マギーはスコットのおもちゃでいっしょに遊びたい。

バンドのにおいを嗅いでそれを見つけ、スコットとマギーは遊びはじめる。

ドッグランドへようこそ。

バンドを袋のなかにもどした。マギーがメタンフェタミンの発する薬品臭を爆発物と混同して、それに反応して吠えたのだと最初は考えた。バドレスの話から、今回はちがうと確信した。となると、このバンドにはマギーの知っているにおいがついているという意味だ。マーシャルとダリルはどちらもメタンフェタミンのにおいをさせていて、でもマギーはマーシャルには反応しなかった。家のなかで反応したあと、ダリルに反応し、そしていまは時計バンドに反応した。スコットはマギーをじっと見て、ゆっくりと笑みを浮かべた。

「そうなのか？　まさか、ほんとに？」

パタン、パタン、パタン。

この薄っぺらい革のバンドは九カ月近くビニール袋にはいっていた。時間の経過とともににおいの粒子は分解したにちがいないが、人間の汗と皮脂が革バンドにしみつくことは充分に考えられる。

電話に手を伸ばし、バドレスにかけた。

「やあ、どうも、スコットです。こんな遅い時間に申しわけない」

「いやいや、かまわない。どうした？」

電話の向こうでテレビの音がしている。

「においはどれぐらいのあいだ残る？」

「なんのにおいだ？」

「人間の」

「それだけじゃなんとも言えないな、相棒。地表か？　大気中か？　大気中なら風に飛ばされて消える。地表なら二十四時間から四十八時間というところかな。その物質の成分と環境にもよる」

「革の時計バンドで、証拠品袋にはいっていた」

「なんだ、それなら話はちがってくる。普通のビニール袋か？」

「そう」

「なんでそんなことが知りたいんだ？　追跡させたいサンプルでもあるのか？」

「刑事に訊かれたんだ。担当してる事件の証拠品らしい」

「一概には言えないな。いちばんいいのは通気性のない非反応性のガラスだけど、あの丈夫な証拠品袋でも充分だ。袋は密封されていたのか？　密封されてないと、空気が入れ替わって皮脂は分解される」

「いや、密封されていた。ずっと箱にはいっていた」

「どれぐらいのあいだ?」

あれこれ訊かれて落ち着かない気分になったが、バドレスが力になろうとしてくれているのはわかっていた。

「かなり時間がたってるような言い方だった。六カ月とか。仮に六カ月としよう。向こうは一般論として訊いてきたんだ」

「わかった。密閉袋に入れて気密性と遮光性を保てば、三カ月はにおいが充分に残ると思うが、一年以上密封してあった着衣からにおいを嗅ぎあてた犬も見たことがある」

「なるほどね、わかったよ、ありがとう。そう伝えておく」

通話を切りかけたとき、バドレスが呼びとめた。

「おっと、忘れてた。リーランドがきみとマギーの訓練ぶりに満足してると言っていたよ。おれたちがマギーの驚愕反応を改善しつつあると考えてる」

「よかった」

リーランドの話題は避けたかった。

「おれから聞いたって本人に言わないでくれよ」

「もちろん」

通話を切り、袋にはいったバンドを指でなぞった。

〝あの子は兄貴と同じ道をたどってる〟

ダリルは兄貴の家に住んでいる。だから家のなかにはダリルのにおいもある。マギーはダリルにもバンドにも反応した。腕時計はダリルのものだったのか？

スコットはマギーの鼻に触れた。マギーが指をなめた。

「まさかな」

兄弟ふたりでシンの店に押し入ったのかもしれない。ダリルは兄貴の見張り役で、隣のビルの屋上から警察が来ないか見張っていたのかもしれない。事件を目撃したのはダリルかもしれない、マーシャルではなく。

ビニールの証拠品袋にはいった茶色のみすぼらしい革の切れ端を、スコットはしげしげと眺めた。

袋を脇に置き、犬をなでながらダリルのことを考えた。

22

翌朝、スコットは不安といらだちを覚えながら目覚めた。マーシャルとダリルの夢を見たのだ。夢のなかで、ふたりは銃撃戦が繰り広げられている路上に平然と立っていた。夢のなかで、マーシャルがオルソとカウリーに告げた。五人の男たちは銃撃のあとマスクを取って互いに名前を呼び合っていた、と。夢のなかで、マーシャルは五人の名前と住所を知っていて、携帯電話にひとりひとりの顔写真を保存していた。マーシャルが現場にいたのかどうか、とにかく知りたかった。

マギーを外に出してやり、シャワーを浴びて、キッチンでシリアルを食べた。時計バンドのことをオルソとカウリーに話すかどうか悩んだ。ふたりには、もうすでにいかれた男だと思われている。犬を根拠に仮説を持ちだしたりして、これ以上状況を悪化させるのはまずいだろうと判断した。

六時半、待ちきれなくなって、カウリーの携帯電話にかけた。

「やあ、ジョイス、スコット・ジェイムズだ。ＤＶＤを取りにいってもいいかな」

「まだ六時半だって知ってる？」

「いますぐって意味じゃないよ。そっちの都合のいいときに」

沈黙がおりて、相手はまだベッドのなかではないかと心配になった。

「ごめん、起こしてしまったかな」

「八キロ走ってきたところ。そうね。十一時に寄れる？」

「十一時ならだいじょうぶ。そういえば、マーシャル・イシのほうはどうなってる？　なにか見たって？」

「ゆうべの時点では話そうとしなかった。イシにはやり手の公選弁護士がついた。オルソは検察官に話をさせてる、まずは。双方で取引できないか」

ダリルのことを言うべきかどうかまた悩んだが、やはり言わずにおこうと決めた。

「わかった、じゃ十一時ごろ行くよ」

訓練所で七時十五分から十時半まで訓練をしたあと、マギーをそこに残して、車で〈ボート〉に向かった。囲いを閉めたときのマギーのとまどった顔を見たら、罪悪感でいっぱいになった。出ていこうとすると大声で吠えられ、ますます落ちこんだ。ワン、ワン、ワン、と訴えるように鳴く声に胸を締めつけられて、両目をぎゅっと閉じた。足を速めながら、こんな声を前にも聞いたことがある気がした。

〝スコッティ、置いていかないで〟

マギーが隣にいないと、トランザムはやけに空虚に感じられた。コンソールボックスの上にすわったマギーは、車内を半分に仕切る黒と茶色の壁のようだったが、それがないと妙な感じだった。マギーを自宅に連れて帰って以来、ひとりで車に乗って出かけるのはこれが二回めだ。

一日二十四時間いっしょに過ごしている。いっしょに食べ、いっしょに遊び、いっしょに訓練をし、いっしょに暮らしていた。マギーを預かるのは三歳児を預かるようなものだが、それより手はかからない。すわれと言えばちゃんとすわる。がらんとしたコンソールボックスをちらりと見た。吠え続けていなければいいが。

アクセルを踏みこんでから、ふと気がついた。大の大人が、警察官が、自分の犬がひとりぼっちで心配だからという理由で車を飛ばそうとしている。自分が笑えた。

「落ち着けよ、なんてざまだ。いつのまにかまるっきり人間扱いしてるじゃないか。ただの犬なのに」

アクセルをいっそう強く踏みこんだ。

「ひとりごとが多すぎるぞ。いい加減にしろ」

十二分後、〈ボート〉に車をとめて五階へあがると、思いがけずオルソとカウリーが待っていた。カウリーが茶封筒を差しだした。

「これは持っていていい。コピーを焼いたから」

封筒を受け取ったとき、ディスクが現物でないことを意識したが、うなずくにとどめた。オルソは葬儀屋のような顔をしている。

「ちょっといいか？　なかにはいろう」

胃のなかに苦くて熱いものがこみあげた。

「イシだった？　あいつは現場にいた？」

たよ」

「なかで話そう。マギーも連れてくればよかったのに。この前はあの子がいてくれて楽しかったよ」

その声は低いつぶやきにしか聞こえなかった。マーシャル・イシの目を通して銃撃を追体験する心の準備をしながら、スコットはみずからの悪夢のなかへはいりこんでいた。横転するベントトレー、ライフルを構える大男、赤く染まった両手を必死に伸ばすステファニー。オルソが返事を待っていることをぼんやりと意識しながらも、黙って歩いていった。

無言のまま三人で会議室の椅子にすわり、オルソが口をひらいて説明した。

「イシがけさ自白したよ。当人の記憶では、あの晩は品物を三点盗んだ——象牙《ぞうげ》に彫刻を施したパイプのセット」

カウリーが訂正した。「象牙じゃない。サイの角。虎の歯が埋めこまれた。アメリカでは違法な製品」

「なんだっていいさ。そのパイプはシンの盗難品リストに載ってたんだ」

盗品のことはどうでもよかった。

「撃った連中を見たって?」

オルソは居心地が悪そうに尻を動かした。表情がやわらぎ、哀しげになった。

「いや。残念ながら、スコット。見てないんだ。あいつは役に立たない」

カウリーが身を乗りだした。

「シンの店に押し入ったのは銃撃が起こる三時間ほど前。あなたたちが現場に着いたときには、うちへ帰ってラリってた」

スコットはカウリーからオルソへと視線を移した。

「それだけ？」

「おれたちにとっちゃ賭けだった。ひょっとしたらと思ったよ、銃撃現場から十五メートルのところで盗難事件、しかも同じ晩に。そんな確率はどのくらいだ？　でも、あいつは事件を見てないんだ。役には立たない」

「嘘をついてる。あの連中が警官ひとりとほかにふたりの人間を殺すところを見たんだ。マシンガンを持った悪党どもを」

「スコット――」カウリーが言った。

「あの連中に殺されるのを恐れてる」

オルソが首を振った。

「あいつは本当のことを言ってるよ」

「ヤク中が？　ヤクの売人のこそ泥が？」

「目撃証言と証拠品を調べながら、おれたちはあの男を合わせて九件の重罪と軽犯罪で確実に仕留めた。すでに重罪でストライクがひとつあるから、あとふたつで強制的に三振だ」

「だからって本当のことを言ってるとはかぎらない。それだけ恐れてたってことだ」

オルソは先を続けた。

「シンの店を含めて四件の盗みを認めたんだ。やつが言った時間、場所、侵入方法、盗品、もろもろの詳細――すべて裏をとった。シンの店に関する供述――裏をとった。嘘発見器のテストも受けさせた。やつは通った。シンの店に侵入した時間、店を出た時間、そこで見たものを質問したところ、無事に通った」

椅子の背にもたれて、オルソは両手を組んだ。

「おれたちはやつを信じるよ、スコット。嘘はついてなかった。なにも見てないんだ。役には立たない」

なにかを失ってしまった気がした。もっと訊きたいことがあるはずなのに、なにも思い浮かばず、なにを言っていいのかもわからなかった。

「もう釈放された？」

オルソは驚いたようだった。

「イシが？　いいや、まさか。判決が出るまでは中央拘置所にいる。刑務所に行くことになるだろう」

「ガールフレンドと同居人たちは？」

「三人ともハンバーグなみにあっさり寝返った。ちょっと押したら協力したんで、放免してやった」

スコットはうなずいた。

「わかった。これからどうする？」

オルソが髪に手をやった。

「白髪。イアンが情報源をいくつかもってる。そのなかに白髪の運転手役のことを知ってるやつがいるかもしれない」

スコットはカウリーを見やった。いまにも眠りこみそうな感じでテーブルを凝視している。ふいにビーチにいた男性のことを訊きたい衝動に駆られ、時計バンドのことを言おうかどうしようかとまた考えこんだ。

カウリーが突然背筋を伸ばし、視線を感じたのか、こちらを見返した。

「がっかりもいいとこ。ほんとに残念」

スコットはうなずいた。時計バンドとダリルとの関連はどう考えても説得力に欠ける。説明を試みたところで、哀れに聞こえ、突拍子もない話と思われるのが落ちだろう。カウリーからそんな目で見られたくはなかった。

マギーに触れようとして、つい手を下に伸ばしたが、そこにはなにもなかった。気まずい思いでカウリーをちらりと見たが、気づいたようすはなかった。オルソの話は続いている。

「それに、まだきみがいる、スコット。捜査はマーシャル・イシで行きどまりになったわけじゃない」

オルソが立ちあがってミーティングを切りあげた。

スコットはカウリーといっしょに立ちあがった。茶封筒を手に取り、握手を交わして、ふたりが奮闘してくれたことに対して礼を述べた。メロンとステングラーに敬意を表するべきだったといまはわかっているように、このふたりにも敬意を覚えた。

オルソの言うとおりだ。捜査はマーシャル・イシで行きどまりになったわけじゃない。ダリルがいる。オルソとカウリーが知らないだけで。

マギーはまだ吠えているだろうか。脚を引きずらないよう気をつけながら、スコットは急いで外に出た。

23

犬舎にはいっていくと、マギーは吠えていたが、これは純粋な喜びの声だった。立ちあがって尻尾を振りながらゲートに飛びついてくる。外に出してやり、荒っぽく毛をなでて甲高い声で話しかけた。

「もどってくるって言っただろ。長くはかからないって。おれも会えてうれしいよ」

マギーは身体全体が小刻みに揺れるほどの勢いで尻尾を振りまわした。

ポーリー・バドレスと相棒の黒いシェパード、オビが廊下の突きあたりにいた。ダナ・フリンが囲いのなかにいて、相棒のベルジアン・マリノア、ゲイターの鋭くとがった歯を調べている。スコットは笑みを浮かべた。このK9のタフなハンドラーたちは、その多くが元軍人で、大の大人が小さい女の子のような甲高い声で犬に話しかけることに、だれひとりなんの疑問も抱いていない。

マギーにリードをつけたとき、リーランドが背後にやってきた。

「復帰してもらえてなによりだ、ジェイムズ巡査。ここに詰めていてくれることを願いたいね」

マギーの喜びが低い小さなうなり声に変わった。リードを通してその反応を察知したスコットは、マギーを脚のそばに引き寄せた。リーランドが、自分とマギーとの訓練ぶりに満足して、進歩を遂げていると考えてくれているなら、もっと感心させてやろう。ただし、ここに詰めていることによってではなく。

「あなたに会いにきたんです、主任。マギーと人混み訓練を行ないたい。かまいませんか」

ますます顔をしかめた。

「〝人混み訓練〟とはなんだ」

スコットはグッドマンのアドバイスを引用した。

「この子がほかの人たちといると落ち着かないのは、トラウマによる不安のせいです。不安になって、ついなにか悪いことが起こるんじゃないかと考える。たとえばいきなり銃声が聞こえるとか。だから混雑した場所で過ごさせて、悪いことなんか起こらないと学習させたい。人混みでも平気になれば、銃声の問題の解決にも役立つと思うんです。どうでしょう」

なかなか返事がなかった。

「どこでそんなことを習った」

「本から」

リーランドは考えこんだ。

「人混み訓練か」

「主任さえよければ。効果的なセラピーだそうです」

リーランドは気を持たせたあげくうなずいた。

「それはためしてみるべきだろうな、ジェイムズ巡査。人混み訓練か。よし、わかった。人混みをさがしにいけ」

スコットはマギーを車に乗せて、マーシャル・イシの家に向かった。人混みに連れていくつもりではあるが、不安を解消させるためではない。マギーの嗅覚をたしかめたかった。それとダリル・イシについての自分の仮説を。

スコットはその家を観察した。ガールフレンドと同居人ふたりが在宅かどうかは気にしなかったが、マギーをダリルに会わせたくはなかった。留守宅の前を何時間もうろつくのも避けたい。

いちばん近い交差点まで行って方向転換し、三軒離れた場所に車をとめた。歩道沿いに草地があった。マギーを車から降ろして給水ボトルの水を飲ませ、草を指さした。

「おしっこだ」

マギーは場所を決めてにおいを嗅ぎ、小便をした。海兵隊で身につけた習慣だ。コマンドに従って用を足す。

終わると、スコットはリードを落とした。

「マギー。伏せ」

すかさず地面に腹をつけた。

「待て」

スコットは歩きだした。振り返らなかったが、内心は不安だった。自宅横の公園や訓練所では、伏せをしてその場にとどまり、スコットが運動場を一往復するあいだ待つことができた。建物の陰になって姿が見えないときでも待っていられた。海兵隊K9の訓練士たちは、マギーの基本的な技能の訓練に関して完璧な仕事をしており、マギーは完璧な犬だった。

イシの玄関まで行って、ちらりとマギーを振り返った。一歩も動かず、ひたすらこちらを見ている。頭をあげ、両耳を黒い角のようにぴんと立てて。

スコットはドアに向き直り、呼び鈴を押して、ノックした。十まで数えて、少し強めにノックした。

エステル・〝マリファナ〟・ローリーがドアをあけた。警官の制服を見るなり、追い払うように空中で手をひと振りした。釈放されてからまたメタンフェタミンを調達するまでの時間はいったいどれくらいだったのか。覚醒剤のにおいを無視して、スコットはにっこり笑った。

「ローリーさん、ジェイムズ巡査です。ロサンゼルス市警からあなたに権利をお知らせしにきました」

顔が困惑にゆがんだ。またいちだんと痩せたように見え、まっすぐ立っているだけの気力もないのか、背を丸めている。

「釈放されたとこなの。また逮捕するなんて言わないでよ」

「いやいや、ちがいます、そういう意味の権利じゃなくて。お知らせしたいのは、苦情を申し立てる権利があるということです。不当な扱いを受けたとか、証拠として押収されていない所持品を違法に取りあげられたとか、そういうときは市に対して苦情を申し立てる権利があって、場合によっては損害賠償も受けられる。いまの説明でそうした権利のことは理解してもらえましたか」

顔がますますゆがめられた。

「いいえ」

ダリル・イシが背後にやってきた。不審そうな目つきだが、見覚えのある顔だと気づいた気配はなかった。

「どうした？」

エステルがぺたんこの胸の前で腕組みをした。

「あたしたちがちゃんと逮捕されたかどうか知りたいんだってさ」

スコットは話題を変えた。ダリルが家にいるとわかれば、ほかに用はない。さっさと引きあげたかった。

「ダノウスキーさん？　パンテリさん？」

「ちがうよ。ふたりとも留守だ」

「もし不当な扱いや違法な扱いを受けたようなら、ふたりには告訴する権利がある。市警の新しい方針です。警察を訴えられることを市民に知らせるというのが。ふたりに伝えてもらえますか」

「マジか？　あんたらを訴えてもいいってわざわざ教えにきたって？」

「マジです。ではふたりともよい一日を」

にこやかに笑って、これで帰ると見せかけてあとずさりし、途中で足をとめて笑顔を消した。エステル・ローリーがドアを閉めようとしたとき、スコットはいきなり近づいてドアをつかんだ。街の警官の険しく冷ややかな目でダリルを凝視した。

「マーシャルの弟のダリルだな。おれたちが逮捕しなかった」

ダリルはあたふたした。

「おれはなんもやってない」

「マーシャルがいろいろしゃべったんだ。あらためておまえに話を聞きにくる。おとなしく待ってろ」

たっぷり十秒間にらみつけて、後ろにさがった。

エステル・ローリーがドアを閉めた。

「もうドアを閉めていいぞ」

車に向かって引き返すあいだも心臓がどきどきしていた。震える両手でマギーの毛をなで、じっとしていたことを褒めてやった。

マギーを車に乗せて次のブロックまで行き、また駐車して、待った。長くはかからなかった。八分後、ダリルが家から出てきて足早に歩きだした。そのうち小走りになり、次の交差点を曲がってアルバラド通りに向かった。ここからいちばん近くてにぎやかな大通りだ。

スコットはあとを追った。自分の頭がいかれているのでないことを祈りながら。そして、自分がまちがっていないことを祈りながら。

24

スコットは制服の巡査としてパトカーに乗り、ふたりでチームを組んで勤務していた。私服で任務についたことはないし、覆面パトカーを運転したこともない。パトカーで追跡するときは回転灯をつけて猛スピードで飛ばした。ダリルを尾行するのはなかなか骨が折れた。

アルバラド通りに着いたときはバスに乗るのかと思ったが、ダリルは南に折れてそのまま歩き続けた。

交通量の多い通りを車でゆっくり走りながらの尾行はむずかしく、かといって徒歩で尾行するのはもっとまずい。マギーは人目につくし、こちらが徒歩のときに向こうがいきなりバスに飛び乗ったら、見失ってしまう。

歩道脇に車を寄せていったんとめ、ダリルがほとんど見えなくなるまで待って、それから間合いを詰め、また車をとめた。マギーはまったく動じなかった。楽しげにコンソールボックスをまたいで立ち、外の景色を見ている。

ダリルが小さい食料品店にはいったままなかなか出てこないので、裏口から逃げられたかと心配になったが、特大の飲み物を手に現われ、また南に向かって軽快に歩きはじめた。五分後、六番通りを渡ってマッカーサー・パークにはいっていった。逮捕チームがマーシャルをしょっぴくために集結した場所からほんの一ブロックだ。

「世間は狭いな」

スコットは鏡に向かって顔をしかめた。

「ひとりごとはやめろ」

通りの反対側で最初に見つけたパーキングメーターの前に車をとめ、ドアをあけて、もっとよく見ようと外に出た。その光景は気に入った。

ウィルシャー大通りの北側のマッカーサー・パークにはサッカー場と野外ステージがあり、青々とした芝地に、ピクニックテーブル、椰子《やし》の木や年老いて風化したオークの木が点在している。舗装された遊歩道が芝生にゆるやかなカーブを描き、それに誘われるように、ベビーカーを押す女性たち、スケートボード小僧たち、近所のスーパーから拝借してきたショッピングカートに荷物を山積みにしてのろのろと押しているホームレスたちがやってくる。赤ん坊連れの女性が集うテーブルが二つ三つあり、ラテン系の男たちがなにをするでもなくたむろするテーブルもいくつか、それ以外のテーブルはホームレスがベッド代わりにしている。人々は芝生の上で日光浴をしたり、仲間同士で車座になったり、木陰で本を読んだりしている。サッカー場ではラテン系と中東系の男たちがフィールドを右へ左へと走りまわり、控えの選手たちはサイドライン上で待機している。椰子の木の根元では少女ふたりがギターをかき鳴らしている。髪を染めた三人の若者が一本のマリファナをまわして吸っている。いかれた男が派手によろけながら公園を横切り、三人組のチンピラの前を通り過ぎた。顔に涙のしずく、首まわりにびっしりとタトゥーを入れたチンピラどもは、その男が腕を振りまわすようすを見て大声で笑った。

ダリルはその三人組を避けて芝生を横切り、酔っ払いを三人やりすごし、サッカー場の脇を延々と歩いて、公園の反対側へと向かった。スコットは途中で見失ったが、もともとそういう計画だった。

「行くぞ、マギー。おまえの力をたしかめるとしよう」

マギーに六メートルのロングリードをつけ、それを短く固定して、ダリルが公園にはいった地点まで連れていった。そわそわしているのがわかった。スコットの脚をかすめるようにして歩きながら、はじめて会う人たちや騒々しい往来を不安げにちらちらと見た。鼻孔が一度に三回ずつ動いて、周囲の状況を嗅ぎとっている。

「すわれ」

マギーはすわり、まだ周囲をちらちら見つつも、視線はもっぱらスコットに向けられていた。

証拠品袋から時計バンドを取りだし、鼻先に差しだした。

「このにおいだ。このにおい」

マギーの鼻が反応し、ひくひく動いた。においを求めて空気を吸いこむときは、呼吸のリズムが変わる。においを嗅ぐのと呼吸はちがう。くんくんと吸いこむ空気は肺にはいらない。においを嗅ぐときは、小刻みに吸いこんだ空気を何回分かまとめて取りこむ。それは〝列車〟と呼ばれる。〝一車両〟は三回から七回分で、マギーはいつも三回ずつ吸いこむ。

くん・くん・くん、休憩、くん・くん・くん。バドレスの犬、オビの場合は五回ずつ吸いこむ。常に五回だ。なぜかはわからないが、犬によってそれぞれ回数がちがう。

時計バンドでマギーの鼻に触れ、ふざけて顔のまわりで振りまわして、さらににおいを嗅がせた。

「このにおいを見つけておくれ、マギー。頼むよ。おれたちが正しいかどうかたしかめよう」

後ろにさがって、コマンドを与えた。

「さがせ、さがせ、さがせ」

両耳を前に突きだし、黒い顔に真剣な表情をたたえて、マギーはすっくと立ちあがった。右を向いて、大気を調べ、地面に鼻をつけた。ためらい、それから反対方向へ何歩か踏みだした。また大気のにおいをたしかめ、公園のなかをじっと見た。これがマギーの最初の警報だった。においはつかんだが、臭跡がつかめないでいるのがわかった。歩道の端から端へとにおいを嗅ぎながら離れていったかと思うと、突然向きを変えて引き返してきた。また公園のなかをじっと見て、臭跡をつかんだのがわかった。マギーは歩きだし、リードが限界まで伸びると、橇犬のように引っぱった。三人のチンピラがこちらに気づいて逃げた。

ダリルの通った道をたどって、マギーはピクニックテーブルのあいだを抜け、サッカー場の北側を進んでいった。選手たちはプレーを中断して、警官とその相棒のジャーマン・シェパードを見守った。

サッカー場の端まで行くと、ダリル・イシの姿が見えた。野外ステージの裏で、同年代の男と若い女ふたりがいっしょだった。片方が最初にスコットを認め、それから全員がこちらを見た。ダリルはひと目見るなり脱兎のごとく反対方向へ逃げだした。友人のほうはあわててステージの裏から通りへ向かった。

「伏せ」

マギーは腹這いになった。スコットは急いで駆けつけ、リードをはずして、すぐに犬を放した。

「つかまえろ」

マギーは地面をなめるような勢いで力強くダッシュした。ほかの男や公園内の人々には目もくれない。においがマギーの世界のすべてで、そのにおいの源をたどるとダリルに行きつく。マギーはたしかにダリルの姿を見たが、においを追ってその源にたどりつくのは、近づくにつれて明るさを増す光を追うのに似ている。目隠しをしても、マギーはダリルを見つけるはずだ。

マギーを追って走りながら、スコットは身体の痛みをほとんど感じなかった。皮膚の下のでこぼこの傷痕が自分のものではないような気がする。

マギーはまたたくまに距離を詰めた。野外ステージを抜けて小さな林にはいりこんだダリルは、肩越しに振り返り、黒と茶色の悪夢を見た。滑りこむようにして近くの木につかまり、幹に背中を押しつけて、両手で股間を覆った。マギーはその足元まで行くと、教えられたとおりにすわり、吠えた。見つけたら吠える、吠えて拘束する。

ようやく追いついたスコットは、三メートル手前で足をとめ、息を整えてからマギーを呼びもどした。

「やめ」

マギーは吠えるのをやめて、駆け足でもどってくると、左側にすわった。

「見張れ」

海兵隊のコマンドだ。マギーはスフィンクスの姿勢をとり、顔をあげて警戒体勢にはいると、ダリルに視線を固定した。

スコットはダリルに近づいた。

「落ち着け。逮捕する気はないんだ。動くなよ。逃げたら、犬がきみをつかまえる」

「逃げないよ」

「よし。つけ」

マギーが駆け足でやってきて、スコットの左脚の横につけ、ダリルを凝視した。唇をぺろりとなめる。

少しでも犬から遠ざかろうと、ダリルは爪先立ちになった。

「おっさん、なんなんだよこれ。勘弁してくれよ」

「この子はフレンドリーなんだ。見てろ。マギー、握手だ。握手」

マギーが右の前脚をあげたが、ダリルは動かない。

「握手したくないのか」

「やだよ。おっさん、勘弁してくれよ」

スコットはマギーの前脚を握って褒めてやり、ソーセージをひとかけら褒美に与えた。ソーセージをしまって、証拠品袋を取りだす。ダリルの顔を見ながら、どう話を進めるか方針を決めた。

「まず、いまここで起こったことは、本来してはいけないことだった。逮捕するつもりはないんだ。ただきみに話を聞きたかった、エステルのいないところで」

「マーシャルがつかまったとき、うちにいたよな。あんたもその犬も」

「そうだ」

「その野郎、おれに咬みつこうとした」

「メスだよ。それから、ちがう、咬みつこうとしたんじゃない、いや、場合によっては咬みついたかもしれないけど。あれは警告と呼ばれる行動なんだ」

ちぎれた時計バンドが相手に見えるように、証拠品袋を持ちあげた。ダリルは無表情にちらっと見たあと、あらためて見直した。その顔を一瞬記憶がよぎり、見覚えのあるバンドだと気づいたのがわかった。

「見覚えはあるか」

「なんだそれ。茶色いバンドエイドみたいだな」

「きみの古い時計バンドの切れ端だ。いまきみがつけてるやつとよく似てるけど、こっちはフェンスにひっかけて、切れ端が歩道に落ちたんだろう。どうしてきみのだとわかったと思う？」

「おれのじゃない」

「きみのにおいがするらしい。犬に嗅がせたら、このにおいを追って公園の端から端までやってきた。これだけ大勢の人がいるなかで、この子は時計バンドのにおいからきみにたどりついた。すごいだろう」

ダリルは逃げ場を求めてスコットの背後に目をやり、それからまたマギーをちらっと見た。逃走は無理だとあきらめたようだ。

「どんなにおいだろうが、知ったこっちゃない。そんなの見たこともない」

「きみの兄貴が、九カ月前に中国製品の輸入雑貨屋に押し入ったことを白状した。〈アジア・エキゾティカ〉という店だ」

「兄貴の弁護士から聞いたよ。それがどうした」

「きみも兄貴を手伝ってるのか？」

「冗談じゃない」

「きみはあそこで時計をだめにした。屋上で。兄貴の見張り役をしてたのか？」

目が泳いだ。

「でたらめ言うな」

「終わったら屋上にあがるんだろ、あそこでちょっとしたパーティをしたりするのか？」

「マーシャルに訊けよ」

「ダリル、きみとマーシャルはあの殺しを見たのか？」

ダリルは空気の抜けた風船みたいにへこんだ。一瞬スコットの背後に目をやり、ごくりと唾をのんで、唇をなめた。そして慎重にゆっくりと答えた。

「なんの話か、さっぱりわからない」

「三人が殺されて、そのうちひとりは警官だった。きみがなにかを見たとか、知ってることがあるとか、そういうことがあれば兄貴を助けられる。うまくいけば〝刑務所から釈放〟カードが買えるかもしれないぞ」

ダリルはまた唇をなめた。

「兄貴の弁護士と相談する」

リードが限界まで伸びたことがわかった。ほかにどうしようもなくて、スコットは後退した。

「逮捕するつもりはないと言っただろ。いまのはただの雑談だ」

ダリルがマギーをちらりと見た。

「この野郎はおれを咬むかな」

「メスだよ。いいや、咬んだりはしない。行っていいよ。でもいま言ったことを考えてみてくれ、いいな、ダリル。マーシャルを助けられるかもしれないんだ」

ダリルはそろそろと動きだし、マギーから目を離さないよう後ろ向きに歩いて林から出た。そこで向きを変え、よろめくようにして走っていった。

逃げていく姿を見送りながら、ダリルと兄が屋上から下をのぞきこんでいるところを、ふたりの顔が銃の閃光《せんこう》に照らしだされるところを思い浮かべた。

「あいつはあそこにいた。たしかにあそこにいたんだ」

マギーを見た。マギーはスコットを見ていた。笑っているみたいに口を大きくあけ、鋭くとがった白い歯の上に舌を垂らして。

スコットはマギーの頭に触れた。

「おまえは最高の犬だよ。まちがいなく」

マギーがあくびをした。

リードをつけ、公園を引き返して車に向かった。歩きながら、スコットはジョイス・カウリーにメールを送った。

25

オルソが険しい顔で目を細めた。スコットはマギーを犬舎に入れてバドレスに預け、いまカウリーとオルソとともに会議室にすわっていた。報告は期待したようには受け取られなかった。オルソは証拠品袋をにらんでいる。犬の糞が詰まった袋を見るような目で。

「どこにあった」

「箱の底、ファイルの下に。茶封筒にはいっていた。大型のじゃなくて、小さい封筒に。メロンはチェンに送り返すつもりだった」

カウリーが上司の顔をちらっと見て言った。

「この汚れが血のように見えて、それで鑑識は証拠品袋に入れた。結局、赤錆だとわかって、廃棄する許可をもらおうとメロンに送った。メロンは許可する旨のメモを書いた。たぶん送りそびれたんでしょう」

オルソは袋をテーブルに放った。

「おれは見てない。資料をあらためたとき、きみはこの封筒を見たか」

「いえ」

スコットは言った。「ちゃんとある――メモも、封筒も。下の車のなかに。必要なら取ってこようか」

オルソは姿勢を変えた。この十分間、やたらと尻を動かしてすわり直している。

「ああ、必要だが、いまはいい。この部屋にあるものは、なんでも無断で持ちだしていいとでも思ったのか？」

「書類にはゴミだと書いてあった。メロンも処分してくれと書いていた」

オルソは目を閉じたが、顔には緊張が広がっていた。口調は冷静だが、目は閉じたままだ。

「なるほど。つまり、これはゴミだから持ちだしてもいいとおまえは勝手に判断した。ところが、いまはこれが証拠だと信じている」

「持ちだしたのは、錆のことがあったからだ」

オルソの目があいた。なにも言わないので、スコットは話を続けた。

「これが回収された場所は、銃撃現場がよく見える屋上の真下の歩道だった。この屋上のことはこの前話した。実際に行ったとき、両手に赤錆がついた。なにか関連があるかもしれないと思った。その点について考えたかった」

「つまり、持ちだしたとき、これが証拠であればいいと期待していたわけだ」

「なにを期待していたのかはわからない。とにかく考えたかった」

「それは期待していたという意味に受け取ろう。おまえがこれを証拠と思ったかゴミと思ったかはどうでもいい、いずれにしても問題はある。もしこれが証拠だとしたら、おまえが、事件の担当刑事でもないおまえが、おれたちが親切にしてやったまぬけ野郎にすぎないおまえが、今回のように自宅へ持ち帰ったことで、保管書類の管理手順を無視したことになるんだぞ」

カウリーの声は穏やかだった。

「ボス」

スコットは返事をしなかった。オルソにまぬけ呼ばわりされようがかまうものか。打ち捨てられた革のバンドからダリルにたどりつき、ダリルから銃撃犯にたどりつけるかもしれないのだ。

オルソの顔に広がっていた緊張が、左目の下の小さな痙攣《けいれん》になった。やがて緊張はおさまり、表情がやわらいだ。

「悪かった、スコット。ひどい言い方をしてしまった。すまない」

「おれがへまをしたんだ。こっちこそ、すみません。でも、このバンドは現場にあって、ダリル・イシがこれをつけていた。断言してもいい。おれの犬はまちがえない」

カウリーが言った。「ダリルは自分のバンドじゃないと否定するし、現場にいたことも否定する。だったらこっちはダリルのサンプルを採ってDNA検査をするまでよ。そうすればわかる」

オルソは証拠品袋をじっとにらみ、それから椅子をドアのところまでころがした。

「ジェリー！　ペティヴィッチ！　イアンはいるか？　ここへ来るように言ってくれ」

Iマンが数分後に加わった。その顔色は記憶にあるよりも赤かった。スコットを見たとたん、イアン・ミルズの顔にうれしそうな驚きの笑いが浮かんだ。

「メモリーバンクからなにか引っぱりだしたか。白髪のもみあげがあばただらけのでかい鼻になったとか？」

くだらないジョークにいらだちながらも、オルソはスコットが答える前に本題にはいった。

「マーシャルがシンの店に押し入ったとき、弟のダリル・イシが現場にいて銃撃を目撃した可能性がある、そうスコットは考えているんだ」

ミルズが眉をひそめた。

「弟がいたとは知らなかった」

「無理もない。いまのいままで、マーシャルがこの件にかかわっていると考える理由もなかった」

ミルズが腕組みをした。スコットを穴のあくほど見つめ、それからオルソに目を転じた。

「嘘発見器のテストにも通った。マーシャルは銃撃がはじまる前に現場を去ったというのがわれわれの結論だ」

「自分ひとりでやったと証言してもいる。仮にスコットの言うとおりだとしたら、マーシャルは相当な嘘つきということになる」

Iマンの視線がふたたびスコットをとらえた。

「弟のことを思いだしたのか？　そいつは銃撃を見ていたのか？」

「これは記憶じゃない。おれが言いたいのは、弟が現場にいたってことです。あそこのビルの屋上にいたのはまちがいないと思う。いついたのかはわからないし、そこでなにを見たのかもわからない」

ミルズは証拠品袋を一瞥しただけで、触れようともしないので、オルソが袋をそちらへ滑らせた。

「スコットがファイル・ボックスのなかでこれを見つけた。鑑識が現場から回収した革の時計バンドの切れ端だ。スコットはこれをダリル・イシと結びつけ、それでダリルが現場にいたと考えている。この話を先へ進める前に、保管書類の管理について問題があることを知っておいてもらいたい」

オルソはスコットの過ちをなんの感情も抑揚もなく淡々と説明したが、ミルズの表情はどんどん曇っていった。スコットが校長室に呼ばれた十二歳の少年のような気持ちでいると、ミルズがたまったものをぶちまけた。

「冗談にもほどがあるぞ。おまえはいったいなにを考えている」

「この九カ月だれもなんの成果も出せなくて、事件は未解決のままだ、と」

オルソが片手をあげてミルズを制し、スコットを見た。

「イアンに犬のことを話すんだ。おれに説明したように」

スコットはIマンに一部始終を話して聞かせた。マギーが最初にそのにおいのサンプルに触れたところからはじめて、マッカーサー・パークでの実験のようす、マギーが広い公園の端から端までそのにおいを追ってまっすぐダリル・イシにたどりついたこと。

ミルズのそばのテーブルに置かれたままの証拠品袋を手で示した。

「これはダリルのだった。おれたちが撃たれた晩、あそこにいたんだ」

毛むくじゃらの前腕の向こうで、ミルズは眉間にしわを寄せながら黙って聞いていた。スコットの話が終わると、眉間のしわが深まった。

「たわごとだな」

オルソが肩をすくめた。

「見つけるのは簡単だ。犬にはそういう力があるんだろう」

ミルズがオルソの話には耳を傾けることがわかったので、スコットは自説を押し進めた。

「マギーはダリル・イシをつかまえた。ここに赤い筋がついてるのが見えるかな。あそこの屋上には錆びついた鉄の防護フェンスがある。鑑識ではこの赤い小さなしみは錆だと言ってる。ダリルの腕時計がフェンスにひっかかって、バンドがちぎれて、そしてこの切れ端が歩道に落下した。鑑識がこれを見つけた場所がちょうどそこだった」

オルソがミルズのほうへ身を乗りだした。

「おれの意見はこうだ。弟をしょっぴいて、サンプルを採って、DNA検査をする。そうすれば、これがダリルのものかどうかがわかる。やつがなにかを目撃したかどうか心配するのは、それからでいい」

ミルズはゆっくりとドアに向かったが、感情を抑えるために動く必要があっただけなのか、出てはいかなかった。

「それが役に立つものなのかゴミなのか、どっちが望ましいのやらわたしにはわからん。面倒なことをしてくれたもんだな、若造。まったくなにを考えてやがる、証拠を勝手に持ちだすとは。ついでに言っといてやるが、そんなことをしたら、どんなぼんくら弁護士だっておまえが証拠を台無しにしたと指摘するだろうよ」

　オルソが椅子の背に寄りかかった。

「イアン、すんだことだ。もういい」

「本気か？　九カ月たってもなんの成果もなかったってのに？」

「役に立つことを祈ろう。結果が一致すれば、やつが嘘つきだとわかるし、なにか隠してることもわかる、そうなったらやることがどっさり出てくる。このダンスは前にも踊った経験があるじゃないか」

　もしも担当となる判事が時計バンドを証拠から排除するなら、彼もしくは彼女は、このバンドから派生した二次的な証拠もすべて排除するかもしれない。この二次的な証拠は、まちがった証拠から派生した証拠もまたまちがいであるとの原理に基づき、〝毒樹の果実〟と呼ばれている。毒された果実を手にしているとわかれば、捜査官たちはその毒された果実を回避する道を見つけ、それとは無関係な証拠を採用することで同じ結論を導きだそうとする。いわゆる〝次善策〟というやつだ。

　ドアの前に立ったミルズは首を振っていた。

「わたしはもう年寄りだ。ストレスが命取りになる」

　しばらく思案したのち、スコットに向き直った。

「なるほど。ということは、おまえとバスカヴィル家の犬はそのガキを追跡したとき、ついでに尋問もしたんだろうな」

「全部否定された」

「ほほう、で、おまえは経験豊富な刑事だからして、やつに銃撃戦を見たかと質問したんだろうな」

「現場にはいなかったと言われた」

「そりゃそう言うに決まってる。要するに、今回おまえがやったのはこういうことだ。そのガキに、そのうち警察が来るから気をつけろと警告して、ついでに警察がなにを知りたがってるかまでわざわざ教えてやった。おかげでやつには正しい答えをひねりだす時間がたっぷりできたわけだ。でかしたぞ、シャーロック」

Iマンは出ていった。

スコットはオルソとカウリーを見た。主にカウリーのほうを。

「いまさら言ってもどうにもならないけど、申しわけない」

オルソが肩をすくめた。

「そんなこともあるさ」

テーブルを押して椅子を後ろにさげ、オルソは部屋を出ていった。

カウリーが最後に立ちあがった。

「行きましょ。エレベーターまで送る」

なんと言っていいかわからないまま、スコットはカウリーのあとに続いた。茶封筒にはいっていた革バンドの切れ端を見つけたとき、それがあの歩道で発見されたことと、赤錆がついていたことで、なぜか自分とそのバンドがあの夜のできごとを共有しているような気になってしまった。時計バンドは、ステファニーや銃撃事件や思いだせない記憶と物理的につながるものだったから、それがあればあの夜のこともっと鮮明に見えるようになると期待していたのに。

エレベーターまで行ったとき、カウリーが腕に触れてきた。哀しげな顔で。

「こういうこともあるわ。人が死んだわけじゃない」

「きょうのところは」

カウリーの顔が赤くなり、いまの返事が彼女を当惑させ、気まずい思いをさせてしまったことに気づいた。

「まったく、おれってやつはどうしようもない。いまのはそういう意味じゃないんだ。せっかく気をつかって言ってくれたのに」

安心したのか、顔の赤味が消えた。

「気をつかって言ったけど、気休めじゃない。まだ排除されると決まったわけじゃないし。この問題は毎日のように議論されてる。だからそのときが来るまでは心配しないで」

少し気が楽になってきた。

「おっしゃるとおり」

「そう。それに、もしダリルと時計バンドのＤＮＡが一致したら、追うべき手がかりができて、それはひとえにあなたの手柄ってこと」

　エレベーターがあいた。スコットは片手で扉を押さえ、一瞬足をとめた。

「きみと男の人がビーチにいる写真。あれはご主人？」

　反応がないので気分を害したのかと思ったが、カウリーは笑みを浮かべながら背を向けた。

「余計なことは考えないで、巡査」

「遅いよ。もう考えてる」

　カウリーはそのまま歩きだした。

「脳みそのスイッチを切って」

「おれは犬に好かれてる」

　殺人課特捜班のドアの前で、カウリーは立ちどまった。

「あれは兄。子供たちは姪と甥」

「ありがとう、刑事」

「ごきげんよう、巡査」

　スコットはエレベーターに乗りこみ、車にもどるべく下降した。

26

午後の残りの時間はマギーの高度な車両訓練に費やした。この訓練には、容疑者確保のために車のあいた窓から出入りすること、スコットが車内に残ったまま車外でリードをつけずにコマンドに従わせることなどが含まれる。K9の車両は警察の標準的なパトカー用のセダンで、前部と後部の座席は頑丈な金網のスクリーンで仕切られ、ドア開閉システムによって最大三十メートルの距離から後部ドアがあけられる。リモコン装置のおかげで、自分は車から降りずに犬を解放したり、犬を残して車から降りたあと、ベルトについたボタンを押して遠くから犬を解放することが可能になる。

マギーはこのK9の車両が嫌いだった。喜んで後部座席に飛び乗ったはいいが、スコットが運転席に乗りこんだとたん、鼻を鳴らしてスクリーンに前脚をかけた。〝伏せ〟や〝すわれ〟のコマンドでいったんはやめるが、しばらくするとさらなる熱意でスコットのところへ来ようとした。激しく金網を咬んだり引っぱったりするので、歯が折れてしまうのではないかと思った。そこでなるべく早めに切りあげて次の訓練に移った。

リーランドは午後じゅう折を見て訓練を見学しにきたが、ほとんどの時間は不在だった。それがいい兆候かどうかはともかく、マギーが車に飛び乗ったり車から飛び降りたりするとき、リーランドがそばにいないに越したことはなかった。マギーが脚を引きずることもなくこの日の訓練を終えたので、スコットはひと安心した。

訓練用の装備をしまって後片づけをし、マギーを連れて犬舎を出ようとしたとき、背後でオフィスのドアがあいてリーランドが姿を見せた。

「ジェイムズ巡査」

スコットはリードをぐいと引いてマギーのうなり声をとめた。

「どうも、主任。もう帰るところなんですが」

「長くはかからない」

部屋から出てきたので、スコットはリーランドの前まで引き返した。

「うちの凛々しい若者のクォーロは別のハンドラーと組ませることにした。最初にクォーロはどうかとおまえに提案した手前、直接知らせておくべきだと思った」

リーランドがどうしてわざわざ知らせてくれるのか、クォーロを別のハンドラーと組ませることがなにを意味するのか、よくわからなかった。

「そうですか。わざわざありがとうございます」

「それからもうひとつ。ここでマギー嬢の訓練をはじめたとき、再評価するまでに二週間の猶予をくれとおまえは言った。三週間やってもいい。ではよい夜を、ジェイムズ巡査」

これは特別なごちそうに値する、とスコットは判断した。バーバンクの建設現場で、フライドチキン、ビーフ・ブリスケット、ターキーの脚二本で祝った。移動販売車の売り子の女性たちはマギーが大好きで、スコットや犬と並んで写真を撮らせてほしいと言ってきた。スコットが快諾すると、建設現場の作業員たちも写真を撮ろうと列を作った。マギーは一度しかうなり声をあげなかった。

帰宅してマギーを散歩に連れていき、シャワーを浴びて、DVDのはいった封筒をテーブルへ持っていった。死んだ男ふたりがひそかに楽しんでいるところを観るのかと思うと気が滅入るが、そうすることで、銃撃事件とステファニーの無残な最期にたまたま居合わせた第三者という立場を受け入れやすくなるのではないかと思った。自分をごまかしているわけではないと。あるいはただ手っ取り早く怒りをぶつける相手がほしいだけかもしれない。

封筒にはディスクが二枚はいっており、一枚には《テイラーズ》、もう一枚には《クラブ・レッド》のラベルがついていた。ディスクの枚数がなんとなく気にかかり、メロンの記録には〈クラブ・レッド〉から提出されたディスクは二枚とあったことを思いだした。カウリーはなぜ〈クラブ・レッド〉のディスクを一枚しかくれなかったのだろうと思ったが、深くは考えなかった。

〈クラブ・レッド〉のディスクをコンピューターに挿入した。読みこんでいるあいだに、マギーがキッチンへ行ってひとしきり水を飲む音を響かせ、それから足元で黒と茶色の巨大な毛玉のように丸くなった。もうクレートでは寝なかった。スコットは手を伸ばしてマギーに触れた。

「いい子だ」

パタン、パタン。

〈クラブ・レッド〉のビデオは天井に固定された白黒カメラで録画されていた。音声はない。広角度の映像には客でにぎわう店内のようすが映っており、裕福な男たちやカップルがブース席やテーブルについて、ポーズをとりながら給仕してまわる凝った衣裳の女たちを眺めていた。三十秒あたりでベロアとパラシアンが現われ、ふたり掛けのテーブルについた。それを見ても特になにも感じなかった。二分後、ウェイトレスが注文を取りにきた。だんだん退屈になってきたので早送りした。飲み物がハイスピードで運ばれてきて、ウェイトレスがコマ送りで動き、ベロアが大笑いして、パラシアンがダンサーを熱心に眺めた。ベロアが通りかかったウェイトレスを呼びとめ、彼女が店の奥を指さした。ベロアは指さされたほうへ三倍速で移動し、二分後に同じ速さでもどってきた。トイレ休憩。早送りでさらに時間が過ぎて、ベロアが金を払い、ふたりは店を出て、どこかへ旅立ち、そこで映像が停止した。

録画終了。

店のスタッフを除けば、ふたりはだれとも接触しなかった。声をかけてきた者はいない。どちらもほかの客に近づいたり声をかけたりしなかった。どちらも携帯電話を使わなかった。

スコットはディスクを取りだした。

ベロアとパラシアンにもう以前ほどの現実感はなかった――理由もわからず始末されることになるふたりの中年男。スコットは彼らを憎んだ。ふたりが銃殺される場面の映像があればいいのにと思った。クラブから出てきたふたりをこの手で撃って、その場で息の根をとめてやれたらよかったのに。そうすれば、ステファニーが殺されることも、自分がずたずたに撃たれることもなく、スコット・ジェイムズがこんな情けない男に成り果てることもなかった。

パタン、パタン、パタン。

マギーがかたわらでじっと見ていた。折りたたんだ耳と気づかうようなまなざしのおかげで、アザラシみたいにおとなしくて穏やかな生き物に見える。スコットは頭をなでてやった。

「だいじょうぶだ」

水を飲んでトイレに行き、〈テイラーズ〉のディスクを入れた。広角度の映像には受付とバーの一部、ぼやけたテーブル三卓が映っていた。パラシアンとベロアが左下の隅から登場したが、角度が悪くて顔は見えなかった。

ダークスーツを着た男女の給仕がふたりを出迎えた。短い会話を交わしたのち、女性がテーブルへと誘導した。これ以降、パラシアンとベロアは店を出るまで一度もカメラに映らなかった。

ディスクを取りだした。

〈クラブ・レッド〉のディスクのほうがはるかに映像が鮮明だったので、ここになかったディスクになにが映っていたのか気になった。勘ちがいでないことを確認するために、メロンが支配人のリチャード・レヴィンに事情聴取したときの記録をさがし、手書きのメモを読み返した。

《R・レヴィン——防犯ビデオ提出——ディスク二枚——EV#６２１８B》

カウリーに電話をかけてみることにした。

「ジョイス？　どうも、スコット・ジェイムズだけど。いまいいかな。このディスクのことでちょっと訊きたいんだ」

「どうぞ。なに？」

「〈クラブ・レッド〉のディスクは二枚あるはずなのに、一枚しかはいってなかったのはどうしてかなと思って」

しばらく沈黙があった。

「ディスクは二枚あげた」

「そう、たしかに。〈テイラーズ〉のが一枚と〈クラブ・レッド〉のが一枚。でも〈クラブ・レッド〉のディスクは二枚あるはずなんだ。ここにあるメロンのメモには二枚と記録されてる」

また黙りこんだ。

「どういうことかわからないわ。〈クラブ・レッド〉のディスクは一枚しかなかった。うちが入手したのは、空港の映像と〈テイラーズ〉のディスクと〈クラブ・レッド〉のディスク」

「メロンのメモには二枚提出されたと書いてある」

「それはわかった。あのディスクはすでに全部精査されてる、そうでしょ？　収穫は、到着と出発の時刻が確認できたことだけ。不審な点はいっさい見つからなかった」

「一枚足りないのはどうしてだろう」

カウリーの声にいらだちがにじんだ。

「そういうことだってある。紛失したり、置き場所をまちがえたり、持ちだしてそれっきり忘れたり。こっちで調べてみる、それでいい？　よくあることでしょ、スコット。ほかに用は？」

「いや。ありがとう」

みじめな気分だった。通話を切って、ディスクをしまい、カウチに寝そべった。

マギーがそばに来て、においを嗅いで場所を決め、カウチの隣に横たわった。その背中にスコットは手を置いた。

「お前が唯一の明るいニュースだよ」

パタン、パタン。

27 マギー

眠気を誘うような緑の草原を、マギーは満ち足りた穏やかな気持ちでのんびりと歩いた。おなかはいっぱい。喉の渇きも癒やされた。スコットの温もりが心地よい。この男はスコット。自分はマギー。この家はふたりのクレートで、クレートは安全。

犬はなにひとつ見逃さない。スコットがスコットだとわかったのは、彼がほかの人間たちと話すときに、みんながその言葉を使うから。こんなふうにして、ピートはピートで、自分はマギーだと学んだ。その言葉を口にするとき、みんながこっちを見る。マギーは理解している。来い、待て、やめ、クレート、歩け、ボール、おしっこ、ベッド、さがせ、ねずみ、携行食、食べろ、いい子だ、飲め、すわれ、伏せ、ばか、ころがる、おやつ、起きろ、見張れ、食いつけ、見つけろ、押さえろ、ほかにもたくさんの言葉を。言葉は簡単に覚えられる。食べ物や楽しみや遊び、そして自分のボスを喜ばせることに結びつけば。これは大事なこと。自分のボスを喜ばせることで仲間意識は強まる。

スコットの手が動いたので、マギーは目をあけた。ふたりのクレートは静かで安全、だからマギーは起きあがらなかった。スコットがクレートのなかを動きまわる音に耳をすました。小便の音が何秒か聞こえ、次に小便のにおいがして、そのあとに耳慣れた水の流れる音が続く。それからスコットが口のなかで作る甘い緑色の泡のにおいがした。水の音がやみ、スコットが緑の泡と水と石けんのにおいをぷんぷんさせてもどってきた。

横にしゃがみ、身体をなでてくれて、マギーには理解できない言葉を口にした。それはかまわない。声の調子で愛情と思いやりはわかるから。

マギーは後脚をあげておなかをさらした。

ボスが幸せなら、仲間も幸せ。

わたしはあなたのもの。

スコットが暗闇のなかでカウチに横たわった。体温がだんだんさがっていくのがにおいでわかり、いつ眠ったかもわかる。スコットが眠ってしまうと、マギーは吐息をつき、眠りに身を任せた。

このクレートでは聞いたことのない音がして、マギーは目覚めた。

このクレートには特有のにおいと音がいくつかある——カーペット、ペンキ、スコット、壁のなかのハツカネズミのにおい、彼らが交尾するときの甲高い声、自分の声だけを仲間として暮らしている年取った女の人、オレンジ目当てに樹をのぼるクマネズミ、それを狩る二匹の猫のにおい。ここへ連れてこられたときから、マギーはこのクレートのことを学びはじめ、ひとつ呼吸するたびにどんどん学んだ。コンピューターが永遠に終わらないファイルをダウンロードするように。情報が記憶に蓄積されていくにつれ、においと音のパターンはどんどんなじみ深いものになった。

なじみのあるものはいい。なじみのないものはよくない。

なにかがこすれる小さな音が、年取った女の人のクレートの向こうから聞こえた。人間の足音は知っているので、ふたりの人間がドライブウェイをこちらに近づいてくるのがわかった。マギーは急いでフレンチドアまで行き、カーテンの下に鼻を押しつけた。小枝が折れ、かさついた葉っぱが踏みつぶされる音がして、足をこする音が次第に大きくなった。樹上のねずみたちがぴたりと動きをとめ、見つからないよう息をひそめる。

マギーは駆け足でカーテンの端まで行き、下から頭を突っこんで、大気のにおいを嗅いでみた。足音がやんだ。

首をかしげて耳をすました。くんくんにおいを嗅ぐ。ゲートの掛け金の金属同士がぶつかるかすかな音がして、人間のにおいをとらえ、いつかの侵入者だとわかった。以前このクレートにはいりこんだよそ者たちがまたやってきたのだ。

マギーは狂ったように吠えだした。ガラスに突進し、背中の毛が肩から尻尾まで逆立った。

クレートが危険だ。

仲間が脅かされている。

マギーの怒りは警告だ。なんだろうと仲間を脅かすものは撃退するか殺す。

走って逃げる音がした。

「マギー！　マギー！」

スコットがカウチから飛び起きて後ろに来ても、マギーは目もくれなかった。なおも侵入者を激しく追いたて、警告した。

「なにに吠えてるんだ」

足音が遠ざかった。車のドアが閉まった。エンジンの音が小さくなり、そして聞こえなくなった。

スコットがカーテンを少しあけて、隣に並んだ。

脅威は去った。

クレートは安全。

仲間は安全。

ボスは安全。

任務は終わった。

「外にだれかいたのか？」

マギーは愛情と歓喜をこめてスコットを見あげた。耳を折りたたんで尻尾を振った。スコットが暗闇のなかで危険をさがしている。でもなにも見つからないはずだ。

マギーは水のところへ走っていって、飲んだ。もどってきたとき、スコットはもうカウチにいた。うれしくて、マギーは膝の上にあごをのせた。スコットが耳をかいてなでてくれたので、マギーは喜びに身を震わせた。

床のにおいを嗅ぎ、いちばん落ち着ける姿勢が見つかるまで何度も向きを変えたあと、スコットのそばに横たわった。

ボスは安全。

クレートは安全。

仲間は安全。

目を閉じたけれど、マギーは横になったまま眠らず、そのあいだにスコットの鼓動がだんだん遅くなり、呼吸が単調になり、体温の低下とともに、スコット特有の無数のにおいが変化していった。甲高い声で鳴くクマネズミやフリーウェイを走る車の音、そんな耳になじんだ活気のある夜の音を聞き、ハツカネズミやオレンジや土や甲虫などのおなじみのにおいに満ちた大気を味わい、こうして床にいながら、魔法の目を持つ体重四十キロの霊魂になったように、マギーは周囲の世界をパトロールした。そして、吐息をついた。スコットがぐっすり眠ってしまうと、マギーもようやく眠りについた。

28

翌朝、マギーを散歩させてシャワーを浴びたあと、スコットは失われたディスクの件を自分で調べることにした。リチャード・レヴィンの連絡先は事情聴取の報告書の一ページめにあった。

〈クラブ・レッド〉はこの時間だれもいないだろうから、レヴィン個人の電話番号にかけた。留守番電話のメッセージの声は男だったが、身元がわかるような情報はいっさいなかった。スコットはパラシアンの殺害事件を担当している刑事だと名乗って、ディスクの件で質問があると言い、至急折り返しの電話をくれるよう頼んだ。

七時二十分、ブーツのひもを結んでいると、マギーがドアとリードのあいだを飛びはねた。サインを読み取るその能力にスコットは舌を巻いた。ブーツのひもを結ぶたびに、いっしょに出かけることがわかっている。

「おまえはほんとに賢いな」

七時二十一分に電話が鳴った。これはついている、レヴィンが折り返しの電話をくれたのだと思った。それから発信者の窓にロサンゼルス市警の表示があるのに気づいた。

「おはようございます。スコット・ジェイムズです」

電話をあごにはさみ、ひもを結び終えながら先方の言葉を待った。

「アンソン刑事だ、ランパート署の。いま相棒のシャンクマンといっしょにきみの自宅の前にいる。話があるんだ」

ランパート署の刑事ふたりが自宅を訪ねてくるとはどういうことだろうと思いながら、フレンチドアのところへ行った。

「おれはゲストハウスにいる。目の前に木のゲートが見えるだろう？　鍵はあいてる。そのゲートからはいってきてくれ」

「敷地内にＫ９の警察犬がいるのはわかってる。犬と面倒を起こしたくない。つないでくれないか」

「この子は面倒を起こしたりしない」

「犬をつないでくれないか」

クレートに閉じこめるのは気が進まないし、寝室に入れたら外に出ようとしてドアをぼろぼろにするだろう。

「ちょっと待っててくれ。こっちから出ていく」

マギーを脇へ押しのけて、ドアをあけた。

「出てくるのはだめだ。頼むから犬をつないでくれ」

「なあ、悪いけど、犬をつないでおく場所がないんだ。だからそっちが犬に会いにくるか、こっちから出ていくかだ。どっちかに決めてくれ」

「犬をつなげ」

スコットは電話をカウチに放り、マギーの横をすり抜けて、ふたりに会いに出ていった。

ドライブウェイの入口の向かい側の通りに、グレーのクラウン・ヴィクトリアがとまっていた。上着を着てネクタイを締めた男がふたりやってきて、ドライブウェイで立ちどまった。上背のあるほうは五十代前半、髪はくすんだブロンドでやけにしわが多い。背が低いほうの刑事は三十代後半、肩幅が広く、顔にはつやがあり、茶色の毛が禿げた頭のまわりを取り囲んでいる。どちらも無愛想で、それを隠しもしなかった。

年配のほうがバッジケースをかざし、IDカードと金色のバッジを見せた。

「ボブ・アンソンだ。こっちはカート・シャンクマン」

アンソンはバッジをしまった。

「犬をつないでくれと頼んだはずだ」

「つなぐ場所がないんだ。だから、ここで会うか、なかで犬といっしょに会うしかない。あの犬は無害だ。手のにおいを嗅がせれば、あんたたちもあの子が気に入るはずだ」

不安になったのか、シャンクマンがゲートを見やった。

「ゲートの鍵はかかってるな。犬は出てこられないんだな?」

「庭にはいない。家のなかにいる。だいじょうぶだ、シャンクマン。ほんとに」

シャンクマンが両手の親指をベルトにかけ、ホルスターがのぞく程度に上着の前をあけた。

「警告はした。犬が飛びだしてきたら撃つぞ」

スコットのうなじの毛が逆立った。

「なあ、どうしたっていうんだ。犬に銃を向けるなら、まずおれを撃ってからにしてくれ」

アンソンが落ち着いた声で割りこんだ。

「ダリル・イシを知ってるか」

やっぱりそうか。ダリルが苦情を申し立て、その調査のためにこのふたりはやってきたのだろう。

「だれかは知ってるよ、たしかに」

「イシもきみの犬が無害だと言うだろうか」

「本人に訊いてくれ」

シャンクマンがユーモアのかけらもない笑みを浮かべた。

「きみに訊いてる。最後に彼を見たのはいつだ」

スコットは返事をためらった。ダリルが苦情を申し立てたのなら、目撃者がいたかと訊いてくるはずだ。アンソンとシャンクマンは、エステル・ローリーと、公園にいたダリルの仲間たちから話を聞いたのかもしれない。スコットは慎重に答えた。話の流れがよくわからないが、嘘をついてばれるのはまずいだろう。

「きのう会った。どういうことかな、アンソン。あんたたちは内務部か？　おれは組合の代表に電話したほうがいいのか？」

「ランパート署の刑事だ。内務部じゃない」

シャンクマンはスコットの返事を待たなかった。

「どうしてそういう状況になったんだ、きのう会ったというのは」

「ダリルの兄が複数の窃盗《せっとう》容疑で最近逮捕されて、そのなかに――」

シャンクマンが口をはさんだ。

「兄がいるのか」

「マーシャル・イシ。マーシャルは四件の盗みを認めたけど、ダリルも兄を手伝っていた証拠がある。だから話を聞こうと思って自宅へ行った。そこで彼がマッカーサー・パークで友だちと会ってると聞いた」

シャンクマンがまた口をはさんだ。

「だれから」

「マーシャルのガールフレンドで、名前はエステル・ローリー。ヤクをやってて、マーシャルと同じく常用者だ。彼女も同じ家に住んでる」

アンソンがあいまいにうなずいたところを見ると、すでに詳細な報告書を入手しているのだろう。自分が聞いていた話と、いまここで聞かされている話の食いちがいをじっくり検討している。

「なるほど。それできみはマッカーサー・パークへ行った」

「おれが近づいていくとダリルは逃げだした。犬がそれをとめた。犬もおれも指一本触れてないし、ましてや逮捕したわけでもない。協力してほしいと頼んだ。そして向こうは断った。だからもう行っていいと伝えた」

シャンクマンがアンソンに眉を吊りあげてみせた。

「聞いたかい、ボビー、このお兄さんは市民を尋問しにいったそうだ。いつからK9の巡査が刑事のバッジを持つことになったんだろうな」

アンソンは相棒に目もくれず、表情も変えなかった。

「スコット、訊いてもいいか——その話の最中にダリルから脅されたか？」

妙な質問だった。真意はなんだろう。

「いいや。脅されなかった。普通に話をした」

「きのうはそのあともう一回ダリルに会ったか、公園のあとで」

ますます妙な質問だ。

「いや。向こうが会ったと言ってるのか？」

シャンクマンがまた割りこんできた。

「ダリルからクスリを買ってるんだろう」

唐突に薬の質問が飛びだして、背筋に悪寒が走った。

「オキシコンチンか？　バイコディンか？」

シャンクマンが両手をひらいて差しあげた。答えはわかってるぞと愚弄《ぐろう》するように。

「いいえ？　はい？　両方か？」

どちらの鎮痛薬も、担当の外科医から処方され、二ブロック先の薬局で合法的に購入したものだ。シャンクマンが口にしたのは薬の一般名ではなく、商標名だった。スコットが処方された二種類の鎮痛薬の名前を具体的にあげたのだ。

シャンクマンは両手をおろし、不気味なほどの真顔になった。

「答えは？　いまも薬物治療を受けてるのか、スコット。抗不安薬のせいでまともに考えられないのか？」

悪寒が両肩に広がって指先に達した。この前の夜、帰宅したときにマギーが侵入者発見の警告を発したことが頭をよぎった。

スコットは一歩さがった。

「上司からの命令ならともかく、そうでないなら、この質疑応答はこれで終わりだ。ふたりともとっとと消えてくれ」

アンソンは冷静で気楽な態度を崩さず、立ち去る気配はなかった。

「ステファニーが殺されたことでマーシャル・イシを恨んでいるのか？」

この質問が、シャッターを押したようにスコットを凍りつかせた。

アンソンは続けた。理性的かつ思いやりのこもった口調で。

「きみたちは撃たれ、きみの相棒は殺されて、この悪党ふたりはそれを見たかもしれないのに、名乗り出なかった。さぞかし腹が立ったことだろう。無理もない、銃撃犯たちがまだ野放しになってるんだから。マーシャルとダリルのおかげで連中は自由の身だ。人間ならだれだって腹が立つだろう、わかるよ」

シャンクマンがうんうんとうなずく。まばたきひとつしない曇った十セント硬貨みたいな目をして。

「おれだって、ボビー。やつらを罰してやりたい。ああ、そうさ。この手でやってやりたい」

ふたりの刑事はスコットをじっと見た。待っている。

頭がガンガンしてきた。やっとわかった。ふたりが捜査しているのは、ただの嫌がらせの苦情じゃない、もっと重大なことだ。

「あんたたち、なにしにきたんだ」

アンソンがはじめて心から打ち解けたように見えた。

「ダリルのことを訊きに。用はすんだ」

背を向けて、車のほうへ歩いていった。

「ご協力どうも」とシャンクマン。

相棒のあとを追った。

スコットはふたりの背中に呼びかけた。

「どういうことだ？　アンソン、ダリルが死んだのか？」

アンソンが助手席に乗りこんだ。

「また訊きたいことが出てきたら、電話する」

シャンクマンが駆け足で車の前をまわり、運転席についた。

クラウン・ヴィクトリアのエンジンがかかったので、スコットは声を張りあげた。

「おれは容疑者なのか？　なにがあったのか教えてくれ」

車が動きだし、アンソンが一瞬振り返った。

「いい一日を」

スコットはふたりが去っていくのを見ていた。両手が震えた。汗でシャツがじわりと湿ってきた。息をしろと自分に言いきかせたが、うまくいかなかった。

吠え声。

マギーが吠えている。スコットがここにいて、自分がゲストハウスに閉じこめられている、それが気に入らなくて、もどってきてほしいのだ。

〝スコッティ、置いていかないで〟

「いま行くよ」

ドアをあけると、マギーは飛びはねてうれしそうにぐるぐるまわった。

「ここにいるだろ。ちょっと待て、マギー。おれもうれしいよ」

スコットはうれしくなかった。困惑し、怯え、マギーが周囲をぐるぐるまわるなかで、戸口に力なく立ちつくしているうちに、電話のメッセージランプが点滅しているのに気づいた。外でアンソンとシャンクマンの相手をしていた数分のあいだに電話が二本かかってきていた。

再生ボタンを押した。

「もしもし、スコット、こちらはドクター・チャールズ・グッドマンだ。ちょっと厄介な問題が起こった。大至急、連絡をくれないか。非常に重要なことだ」

〝こちらはドクター・チャールズ・グッドマンだ〟

もう七カ月も通っているのに、声だけではわからないとでも思っているのだろうか。

メッセージを消去して、先へ進んだ。もう一件はポール・バドレスだった。

「ああ、ポールだ。来る前に電話をくれ。いや、いますぐ連絡をくれ。おれと話すまでは絶対にここへ来るんじゃないぞ」

バドレスの切迫した声にいやな予感がした。ポーリー・バドレスはスコットの知るなかでだれよりも冷静な男だった。

大きな深呼吸をひとつしてから、電話をかけた。

バドレスが言った。「どういうことだ、ええ？　どうなってるんだ」

どうか吐きませんようにと祈った。バドレスの口調からなにか知っているのだとわかった。

「なんの話かな」

「内務部の連中が来て、きみを待ってる。リーランドは爆発寸前だ」

深呼吸を何度か繰り返した。最初がアンソンとシャンクマン、今度は内務部。

「なんの用だろう」

「嘘だろ、おい、知らないのか？」

〝ふりをしていれば、そのうち本当になる〟

「ポール、頼むよ。連中はなんて言ってた」

「メイスがリーランドといっしょに話を聞いた。連中はきみをダウンタウンへ連れていくつもりで、そうなったらもうここへはもどれない」

バドレスが話しているのはだれか別の人間のことだ、そんな気がしてならなかった。

「停職処分になるのか？」

「完全に。バッジはない。給料もない。自宅謹慎だ。なんだか知らないが調査とやらの結果が出るまで」

「冗談じゃない」

「組合に電話しろ。代表と弁護士に連絡をとるんだ、ここへ来る前に。それから、くれぐれもおれが電話したなんて上に言わないでくれよ」

「マギーはどうしたらいい」

「ああ、そこには置いておけない。なにか手を考えるよ。また連絡する」

バドレスは通話を切った。

頭がくらくらして倒れそうだった。両目をぎゅっと閉じて、グッドマン医師に教わったとおり、ビーチにひとりでいるところを想像した。気持ちをそらすというのは、細部に焦点を合わせることだ。日を浴びた砂は熱く、ざらざらして、干からびた海藻と魚と潮のにおいがする。太陽が照りつけ、その容赦ない熱でやがて皮膚がしわになってくる。動悸がおさまるにつれて冷静になり、頭がはっきりした。落ち着いて、しっかりと考えなければ。冷静さがなにより大事。

内務部が調査をしているが、アンソンとシャンクマンは逮捕しなかった。逮捕状は出ていないということだ。まだ身動きはとれるが、もっと事実を集めなくてはならない。

ジョイス・カウリーの携帯電話にかけ、留守番電話につながらないことを祈った。

三回めの呼びだし音で応答があった。

「スコットだ。ジョイス、なにがあったんだ。どういうことだ？」

返事がない。

「ジョイス？」

「いまどこ？」

「自宅。ランパート署の刑事ふたりがたったいま帰った。ダリル・イシが死んでおれが容疑者みたいな言い方をしてた」

答えるべきかどうか悩んでいるらしく、またためらいがあり、電話を切られるのではないかとだんだん不安になった。カウリーは切らなかった。

「ゆうべふたりのパーカーがサンプルを採るためにダリルを迎えにいった。そこで撃たれて死んでるのを発見した。ダリルと、エステル・ローリーと、同居人のひとりが」

スコットはカウチにすわりこんだ。

「おれが三人を殺したと思われてるのか」

「スコット――」

「ドラッグがらみの殺しじゃないのか。あの三人はドラッグを売っていた。みんな常用者だ」

「その線はない。新しいのを隠し持ってて、それは盗まれてなかった」

カウリーはまた黙りこんだ。

「あなたが情緒不安定だという話があって――」

「ばかばかしい」

「――メロンとステングラーにすごい剣幕で食ってかかったとか、ストレスをかかえているとか、ずっと薬物治療を受けているとか」

「ランパート署の刑事たちはおれの処方薬のことを知っていた。どんな薬をのんでるか具体的に名前を知っていたんだ。どうやって知ったんだろう、ジョイス」

「わからない。そんなことだれも知らないはず」

「さっきの話はだれが言ってるんだ」

「みんながあなたのことを話してる。最上階で。お偉方専用のフロア。だれが言いだしてもふしぎはない」

「でも、どうしてわかったんだろう」

「それはどうでもいい。要するにあなたが事件に深入りするのが気に入らないの」

「おれが三人を殺したんじゃない」

「わたしはみんなが言ってることを伝えてるだけ。あなたは容疑者。弁護士を立てなさい。なんなら名前をいくつか教える」

スコットはまたビーチにもどった。ゆっくりと息を吸いこみ、ゆっくりと吐きだす。

マギーが膝にあごをのせてきた。アザラシのようになめらかな頭をなでてやった。この子はビーチを走るのが好きだろうか。

「どうしておれがダリルを殺すんだ。あいつがなにか見たかどうか知りたかった。ひょっとしたら見てなかったのかもしれない。もう永久にわからない」

「あなたはダリルに話をさせようとして、やりすぎたのかもしれない」

「お偉方がそう言ってるのか?」

「そんな話も出てる。もう切らないと」

「きみもおれがやったと思ってるのか?」

返事はなかった。

「おれがあの三人を殺したと思ってるのか?」

「いいえ」

ジョイス・カウリーは通話を切った。

スコットは電話をおろした。

マギーの穏やかな茶色の目がじっと見ていた。

頭をなでてやった。ダリルが死んだのは、なにか重要なことを知っていたからだろうか。

「これで永久にわからずじまいだ」

九カ月、秘密を守るには長い時間だ。なにかを見たのだとしたら、ダリルが黙っていられるとは思えない。しゃべったとしたら相手はだれだろう。マーシャルは知っているかもしれないが、いまは男子中央拘置所にいる。

一瞬考えて、スコットはコンピューターのところへ行った。保安官事務所のウェブサイトをひらいて、マーシャルの逮捕記録番号と男子中央拘置所の連絡窓口の電話番号を調べた。

「ロサンゼルス市警、強盗殺人課のバッド・オルソ刑事です。面会したい収監者がいて、名前はマーシャル——M・A・R・S・H・A・Lがふたつ——イシ、I・S・H・I」

マーシャルの逮捕記録番号を読みあげ、さらに要求した。

「彼の弟に関する情報を伝えにいくので、これは儀礼的な訪問です。弁護士の同席は必要ないでしょう」

面会の段取りが整うと、マギーにリードをつけて、すみやかにゲストハウスを離れた。行動を起こし、動き続けなければ、やり遂げることはできない。

スタジオシティでフリーウェイに乗り、ロサンゼルスのダウンタウンと中央拘置所をめざした。車の窓をあけた。マギーは指定席のコンソールボックスにすわり、景色を眺めながら風を楽しんでいた。足場が悪くて不安定なのに、満ち足りた幸せそうな顔をしている。マギーを押しのけようとしてよくやるように、身体を押しつけた。逆に押し返されて、スコットの気分はよくなった。

拘置所のなかに足を踏み入れたあと、無事にそこから出してもらえることを祈った。

第四部　仲間

29

　ハリウッド・スプリットでユニバーサルスタジオを通過していたとき、電話が鳴った。カウリーかバドレスからの続報かと期待したのに、グッドマン医師からだった。いまいちばん話したくない相手だったが、応答した。

「チャールズ・グッドマンだ、スコット。ずっと連絡をとろうとしていたんだが」

「電話しようと思ってました。あしたの予約はキャンセルしなくちゃならない」

　スコットの定期的な通院の予定はあしただった。

「こちらもキャンセルしてもらおうと思って電話していたんだ。うちの診療所で事件があった。なんとも面目ない話で、これを聞いたらきみはおそらく動揺するだろう」

　グッドマンのこれほどぴりぴりした声は聞いたことがなかった。

「だいじょうぶですか、ドク」

「患者のプライバシーと患者からの信頼は、わたしにとってなによりも優先すべきことで――」

「信頼してますよ。なにがあったんです？」

「おとといの晩、うちの診療所に泥棒がはいったんだ。スコット、盗られたものがいくつかあって、そのなかにきみのファイルも含まれる。なんとお詫びしてよいか――」

ふいにシャンクマンとアンソンの顔が浮かんだ。スコットに関する知るはずのない情報を知っていた最上階の幹部たちのことも。

「ドク、ちょっと待って。おれのファイルが盗まれたって？　お、おれのファイルが？」

「きみのだけじゃなくて、きみのも含めてということだ。適当にファイルの束をつかんだらしい――過去の患者も含めて、姓がGからKではじまる患者の。それでずっと連絡をとろうと――」

「警察に通報しましたか」

「刑事がふたり来た。指紋係もひとりよこしてくれた。ドアと窓とキャビネットに黒い粉がまだ残っている。これはそのままにしておくのかな、それともふき取っていいものだろうか」

「ふき取っていい。もう仕事は終わってます。刑事たちはなんて？」

「そのままにしておくかふき取るかの指示はなかった」

「指紋採取の粉のことじゃなくて。強盗については？」

「スコット、これだけは言っておきたいが、きみの名前は明かさなかった。ファイルを盗まれた患者のリストを求められたが、それをしたら守秘義務に反する。この点については、カリフォルニア州がきみを護ってくれる。きみの名前は出さなかったし、今後も出すつもりはないよ」

その秘密がすでに暴かれてしまったことにむかつきを覚えた。

「強盗についてはなんて?」

「ドアと窓は壊されていなかったから、侵入者がだれにしろ、鍵を持っていた。刑事たちの話だと、この手の窃盗事件には清掃員がからんでいることが多いそうだ。合鍵を作って、目についたものを盗む」

「清掃員がファイルをどうするんです?」

「ファイルには個人情報や請求関係の記録もはいっている。きみに——特にきみにということじゃなくて、きみたち全員に——クレジットカード会社と銀行に連絡するようわたしから警告したほうがいいと、そう刑事たちに言われた。まったく面目次第もないよ。きみの診療記録を持った連中が野放しになっていて、そのうえクレジットカードの面倒な手続きまでさせるなんて」

スコットの意識はアンソンとシャンクマンからカウリーへ、さらにグッドマンの侵入事件へとめまぐるしく移り、すべての点がつながりはじめた。

「事件が起こったのはいつ?」

「おとといの夜だ。きのうの朝、診療所に来てみたらそんなことに……なにがあったかわかってひどく落ちこんだよ」

その前日、マギーは侵入者の警告を発していた。ドアの錠に粉状の物質が残っていて、でもそのまま見過ごしてしまったことを思いだした。

次の出口ランプへハンドルを切り、カウエンガ・パスでフリーウェイを降りた。最初に見えた駐車場に車を入れた。

「ドク、担当の刑事たちの名前はわかりますか」

「えーと、たしか名刺が——ああ、あった。ウォーレン・ブロダー刑事と、デボラ・カーランド刑事だ」

ふたりの名前を急いで書きとめ、二、三日中に連絡するとグッドマンに伝えて、すぐさまノース・ハリウッド署に電話をかけた。刑事部につながると、名乗り、ブロダーかカーランドと話したいと告げた。

「カーランドがいる。ちょっと待ってくれ」

数秒後、カーランドが応答した。プロらしい歯切れのよい口調がカウリーを思いださせた。

「カーランド刑事です」

スコットはあらためて名乗り、所属とバッジの番号を告げた。

カーランドが言った。「はいはい、巡査。ご用件は?」

「きみとブロダー刑事はドクター・チャールズ・グッドマンの窃盗事件を担当しているね。スタジオシティの診療所の」

「ええ。その件でなにか?」

「ドクター・グッドマンは友人なんだ。これは非公式の電話」

「わかった。なんでも訊いて。答えるかどうかは別として」

「犯人はどこから侵入した?」

「ドア」

「変だな。犯人は合鍵を使ったと、きみたちはグッドマンに言ったそうだね」

「いいえ。言ったのはわたしで、こう言ったの。こうしてあっさり侵入された場合、よくあるのは、犯人がそのビルで働く者から合鍵を買ったというケースだって。わたしの相棒は特殊なバンプ・キーであけられたと考えてる。わたし個人はピック・ガンを使ったと思ってるの。あの二階の廊下は外から丸見えだから、普通はさっさと鍵をあけたい。ピック・ガンのほうが簡単でしょ」

脇腹の痛みが背中に這いあがってきた。

「どちらも合鍵じゃないと判断した、それはどうして？」

「錠前を調べようと思って、ドクターの持ってる鍵を借りたの。どの鍵もなめらかにまわった。きれいにふいて鍵穴に入れても、やっぱりなめらかにまわった。二カ所の錠前のどちらにも黒鉛がたっぷり振りかけてあった」

トランザムのドアと天井の丸みが迫ってきた。外からの圧力で車が押しつぶされているみたいに。

「ほかには？」とカーランド。

ないと言いかけて、思いだした。

「指紋は？」

「なし。手袋ね」

礼を言って電話をおろした。行き交う車に目をこらし、一台通るたびに不安をつのらせた。スコットの暮らしを侵害し、その暮らしぶりを利用してダリル・イシ殺しの濡れ衣を着せようとしているやつがいる。ステファニーを殺した犯人たちについて、スコットがなにを知っているのか、どう考え、なにを疑っているのか、それを知りたがっているやつがいる。ステファニーを殺した犯人たちが見つかっては困るやつがいる。

方向転換し、ゲストハウスに引き返した。寝室にはいり、クローゼットのなかのダイビング用バッグをさがした。ナイロン製の大きなダッフルバッグで、フィンや浮力調整具、そのほかのダイビング用品がはいっている。中身を床にあけていると、マギーが部屋の入口からくんくんにおいを嗅いだ。このバッグをあけるのはほぼ三年ぶりだった。マギーには海と魚のにおいがするのだろうか、それとも時間がたってにおいは消えてしまっただろうか。

バッグに荷物を詰めていった。予備の拳銃と銃弾、父親の古い時計、時計つきラジオの下にあった現金、クレジットカードの控えと請求明細書、着替え二組、身のまわり品。バスルームから薬を一掃した。ラベルにはグッドマンの名前が書かれており、いまや関連があることは疑いようがなかった。三日前、だれかがこの家に侵入し、処方薬を調べ、グッドマンの名前を知った。そして二日前の夜、だれかがグッドマンの診療所に侵入し、スコットの治療記録を持ち去った。

バッグを持って居間へ行った。銃撃事件に関する資料をかき集めて積みあげ、それもバッグに入れた。がらんとした床は広くなったように見えた。

マギーがバッグに顔を突っこみ、退屈そうにスコットを見あげて、キッチンへ水を飲みにいった。

ほかに持っていくべきものはないか、部屋を見まわした。ノートパソコンを加え、略図と写真を壁からはずした。ステファニーの写真は残していこうかと思ったが、最初からずっといっしょだったし、最後までそばにいてほしかった。ステファニーの写真が、バッグに入れた最後の品だった。

マギーにリードをつけ、気合いを入れてダッフルバッグを肩にかけた。脇腹が悲鳴をあげるかと思いきや、ほとんどなにも感じなかった。

「行くぞ、大きいお嬢さん。こいつを片づけてしまおう」

二、三日留守にする旨をアール夫人に伝え、バッグをトランクに積んで、ふたたびフリーウエイに乗った。

めざすは拘置所。

急がねば。

30

ジョイス・カウリー

カウリーが屋上にあがると、エルトン・ジョシュア・マーリーはあたりのようすに顔をしかめた。

「なんだこれ、ぐちゃぐちゃ。あんたのきれいな服台無しだ」

「わたしのことはご心配なく、マーリーさん。ありがとう」

屋上にはワインのボトルやガラスのパイプ、コンドームなどが散らばっていた。スコット・ジェイムズの写真で見たとおりだ。現在地を把握しようと、カウリーは階段室から屋上に足を踏みだした。銃撃現場を見おろせる場所をさがしにきたのだ。

マーリー氏はドアのそばにとどまった。

「あんたのきれいな服汚れる、こうしよう。階段降りて、ビーチパンツとおしゃれな〈マーリーワールド〉のシャツあげるよ。レーヨンとてもやわらかくて肌にとてもなめらか」

「ありがとう、でもこのままでだいじょうぶ」

カウリーは交差点の方向を見きわめて、屋上を歩きだした。

「釘に気をつけて。ここ危ないものいろいろある」

気遣いはありがたいが、うるさくてかなわない。ドアのそばにいてくれて助かった。

低い壁を乗り越えて、隣のビルの屋上の端に向かった。スコットが描写していたとおり、壁の上部に錬鉄製の低い防護フェンスがあった。汚れ、錆びついて、腐食している。フェンスに触れないよう気をつけながら、身を乗りだして棒の隙間からのぞいた。見えたのは、四階下のいつもと変わらぬ活動でにぎわういつもと変わらぬ通りだったが、九カ月前、ここで三人が殺され、スコット・ジェイムズは出血多量で死にかけ、通りは薬莢《やっきょう》に反射する光できらめいた。

カウリーはフェンス沿いに歩いた。かろうじて残っている黒いペンキは色あせて薄い灰色になっていた。鉄の大部分はかさぶた状の細かい赤茶色の錆に覆われている。フェンスに触れ、指についた錆をじっくり観察した。赤というより茶色に近いが、乾いた血のように見えなくもない。

爪先立ちになって歩道を見ようとしたが、身長が足りなかった。いま立っている場所のちょうど真下で、科学捜査課は時計バンドを回収した。付着した赤いしみを血痕ではないかと考えて。

カウリーはバッグから証拠品袋を取りだした。開封し、指で直接触れないよう気をつけながら、革のバンドを移動させて袋からのぞかせた。ビニール袋を手袋のように使って、バンドを手に持った。

空いている親指をフェンスに押しつけ、指についた錆と革バンドについた筋を見比べた。そっくりだ。親指をもう一度フェンスに押しつけてこすり、少し多めに錆を採取した。バンドと親指についた筋が、今度はまったく同じに見えた。意を強くしたが、だからといって、彼らがここにいたことでなにかが証明されるわけではない、それはわかっていた。

証拠品袋に封をし直してバッグにしまい、白い封筒とペンを取りだした。ペンで錆をたっぷりこすりとって封筒に入れた。これで充分だろうと思えたところで封筒に封をして、マーリー氏の協力に感謝し、サンプルを科学捜査課へ持っていった。

31

男子中央拘置所はチャイナタウンとロサンゼルス川とのあいだに押しこまれるようにして建つ、近代的な低いコンクリートのビルだった。どことなくよそよそしいその造りは、たっぷり予算のある大学の科学センターといっても通用するだろう。敷地の周囲に張りめぐらされた金網フェンスと、壁に囲まれた五千人の収容者さえいなければ。

スコットは通りの向かいの公共駐車場に車をとめてしばらく車内にとどまり、片手をマギーの背中にあてて互いを落ち着かせた。二十五分後、マギーが鼻をひくつかせ、警戒して両耳をぴんと立てた。リードをつけて、スコットは待った。ポール・バドレスが現われると、いっしょに車から降りた。

「マギーはあんたの姿が見える四十秒前から察知してた」

バドレスは見るからに居心地が悪そうだった。口元は不機嫌に引き結ばれ、目は細い線になっている。

「ねずみどもは帰ったよ。きみは来ないと判断したらしい」

「行かなかったんだ」

「あのな、そんなことはわかってる。じゃなきゃ、おれはここへ来たりしない」

自分が拘置所のなかにいるあいだマギーをどうしたらいいのか、考えあぐねて、フリーウェイからバドレスに電話をかけたのだ。バドレスには頭がいかれていると思われたが、ともかくもこうして来てくれた。

スコットはリードを差しだした。バドレスは一瞬顔をしかめて、受け取った。マギーに手のにおいを嗅がせてから頭をなでた。

「散歩でもしてこよう。終わったらメールをくれ」

「マギーを取りあげられることになったら、いい家を見つけてやってほしい、頼むよ」

「家ならあるだろ。もう行け」

スコットは足早に立ち去り、後ろは振り返らなかった。マギーがあとを追おうとすることはどちらもわかっていて、そのとおりになった。マギーの世界では、ふたりは仲間で、仲間は常にいっしょにいるものだった。

マギーが鼻を鳴らして大きな声で吠え、爪が舗装した地面をやすりのようにひっかく音がした。バドレスからは、振り返るな、バイバイと手を振るな、人間がよくやる愚かなまねをするなと注意されていた。犬は人間とはちがう。目が合えば、マギーはますます必死になってそばへ行こうとする。犬はきみの目からきみの気持ちを読み取る、とバドレスは言った。そうやって犬はおれたちの愛情に引き寄せられてくるんだ、と。

スコットは車をよけながら通りを渡り、正面玄関からなかにはいった。パトロール警官時代の七年間で、この男子中央拘置所へ来たのはせいぜい二十数回。たいていは自分の管区内の署から容疑者や収監者を移送する仕事で、搬入は裏口から行なわれた。

ひと呼吸おいて自分の役柄をあらためて意識し、それから副保安官に収監者と面会の予定があることを伝え、マーシャル・イシの名前を告げた。胸にバッジをつけた紺色の制服姿でそこに立つスコットは、強盗殺人課の刑事にはおよそ見えなかった。深呼吸をして、バッド・オルソだと名乗った。

副保安官はなにも言わずに電話をかけ、まもなく女性副保安官がやってきた。

「オルソ？」

「ええ、そうです」

「これから彼を連れてきます。どうぞこちらへ」

少しだけ気が抜けた。副保安官のあとについて警備室の先にある部屋へ行くと、手錠と拳銃を出すように言われた。預かり証を渡されて、ふたつの品は銃保管庫に入れて鍵をかけられ、スコットは面会室へと案内された。部屋のようすに気をよくした。一般の来訪者と弁護士はブースへ案内され、収監者と分厚いガラスの壁越しに電話で話をする。法執行官が面会を求める場合の環境はそれよりはるかに融通がきいていた。面会室には年季のはいった合板のテーブルとプラスティックの椅子が三脚あった。壁から突きでたテーブルには収監者をつなぐ鉄の棒が取りつけられている。スコットはドアと向き合う椅子にすわった。

副保安官が言った。「いま来ます。なにか必要なものは？」

「いや、ありがとう。だいじょうぶだ」

「終わったら、わたしは廊下の突きあたりにいますから。ドアを出たら右へ進んで。預かった品を返します」

警察学校を出たてのようなたくましい新人副保安官がマーシャルを連れて部屋にはいってきた。マーシャルは派手な青いジャンプスーツにスニーカーをはき、か細い腕に手錠をはめられている。記憶にあるよりも弱々しく見えるのは、おそらく禁断症状のせいだろう。スコットを一瞥して、床に目を落とした。自宅から連行されたときと同じ反応だ。

若い副保安官がスコットの向かいの席にマーシャルをすわらせ、手錠を鉄の棒につないだ。

スコットは言った。「その必要はない。ここはだいじょうぶだ」

「了解。マーシャル、それでいいか」

「ああ」

副保安官はドアを閉めて出ていった。

マーシャルを観察しながら、なんのプランも用意していないことに思い至った。マーシャル・イシのことはなにも知らず、わかっているのは、この男が痩せ細ったヤク中で、弟とガールフレンドがきのう殺されたことだけだ。けさそのニュースを聞かされたのだろう。目が赤いのは泣いていたからかもしれない。

「弟を愛してるのか?」

マーシャルはちらりと見あげて、目をそらした。赤い目に怒りがよぎったのがわかった。

「なんなんだよ、その質問は」

「悪かった。どういう関係だったのか知らないから。兄弟といっても、ほら、なんというか、いがみ合ってる場合もある。でもなかにはそうじゃなくて……」

スコットは語尾を濁《にご》した。マーシャルの目にあふれてきた涙が答えを物語っていた。

「あいつが九つのときから、おれが育てた」

「気の毒だった。ダリルのこと、それにエステルのことも。つらい気持ちはよくわかる」

マーシャルの目にふたたび怒りがよぎった。

「ああ、そうだろうとも。適当なこと言うなよ、相棒、なんでおまえにわかるんだ。いいからさっさと本題にはいろうぜ。弟を殺したのはだれだ」

スコットは椅子を後ろに押して立ちあがり、シャツのボタンをはずした。

マーシャルはぎょっとした顔で身を引いた。状況がのみこめず、首を振った。

「おい、ちょっと待てよ。やめろって、保安官を呼ぶぞ」

シャツを椅子に置き、下着のシャツも脱ぐと、左肩を横切る灰色の線と、右の脇に巻きつくでこぼこのY字形の傷を見て、マーシャルの表情が変わるのがわかった。

じっくり観察させた。

「これがあるからわかるんだよ」

スコットの顔をちらと見て、マーシャルはまた傷痕に目をもどした。見ずにいられないのだ。

「なにがあった」

スコットは下着のシャツを着て、制服のシャツのボタンをとめた。

「取り調べを受けたとき、きみは九カ月前に中国の輸入雑貨屋に押し入ったことを刑事たちに話した。銃撃を見たかと訊かれたはずだ。人が三人殺された。ひとりは死んだと思われて放置された」

マーシャルはうなずきながら答えた。

「ああ、そうだよ、訊かれた。たしかに盗みにははいったけど、銃撃なんか見なかった。たぶんおれが引きあげたあとで事件が起こったんだ」

視線がスコットの肩に向けられたが、傷痕はもう隠れている。

「あんたなのか、その放置されたってのは」

マーシャルの態度はきわめて率直で自然で、真実を話しているのがスコットにはわかった。嘘発見器にかけるまでもなく。

「あの夜、おれは近しい人を亡くした。ゆうべ、きみは弟を亡くした。おれをこんな目にあわせたやつらが、ダリルを殺したんだ」

マーシャルはこちらをにらんだまま動かず、いまの話をなんとか理解しようともがくうちに、顔がくしゃくしゃになった。目がきらりと光るのを見て、スコットは思った。バドレスの言うとおりだとしたら、犬が人間の目からその心を読み取るとしたら、マーシャルの心の傷がマギーには見えることだろう。

「こっから出してくれよ、だって――」

「あの晩、ダリルもいっしょだったのか」

マーシャルはまた身を引き、いらだちを見せた。

「んなわけないだろ。盗みにダリルを連れてったりしない。なんでそんなことすんだよ」

「屋上。見張り役に」

「冗談じゃねえ」

本心からの言葉だった。マーシャルは真実を語っている。

「ダリルは現場にいたんだ」

「まさか。断言してもいい、あいつはいなかった」

「証明できると言ったら？」

「あんたは嘘つきってことだよ」

この件にマギーを巻きこむのはやめて、マーシャルにはDNAが一致したと言おう。だが、時計バンドの写真を見せようと携帯電話を取りだしたとき、ふとひらめいた。マーシャルは弟の腕時計を覚えているかもしれない。

マーシャルに見せるために電話を差しだした。

「ダリルはこういうバンドの腕時計をしてなかったか？」

マーシャルはゆっくりと身体を起こした。電話のほうへ手を伸ばしたが、手錠がそれをじゃました。

「あいつのために手に入れた時計だ。おれが弟にやったんだ」

スコットは思案をめぐらせた。マーシャルはいまここにいる。そしてマーシャルは役に立つ。

幸運はＤＮＡよりいい。

「おれが撃たれた翌朝、これが歩道で見つかった。この小さい汚れは屋上のフェンスにこすれてついたものだ。あの夜、何時にあそこにいたのか、なんのためにいたのか、なにを見たのか、それはわからない。でもダリルはあの現場にいたんだ」

ゆっくりと首を振りながら、マーシャルは懸命に思いだそうとして頭のなかで自問していた。

「あいつは殺しの現場を見たってことか？」

「わからない。ダリルからなにか聞いてないか」

「いいや、まさか。ありえない。聞いてたら覚えてるはずだろ」

「ダリルが犯人を見たかどうかはわからない。だけど連中のほうは見られたんじゃないかと恐れていると思うんだ」

マーシャルの視線が、答えをさがし求めて小部屋のなかをさまよった。

「あんたらはおれが銃撃を見たんじゃないかと思った、けどおれは見てない。おれといっしょで、ダリルもとっくにいなくなっててなにも見てないかもしれないだろ」

「だとしたら、ダリルは無駄に殺されたことになる。それがわかっても生き返るわけじゃない」

マーシャルが肩で目をぬぐい、青い布地に濃いしみができた。

「ちくしょう、そんなのでたらめだ。でたらめに決まってる」

「連中をつかまえたいんだ、マーシャル。おれと、おれの友だちと、それにダリルのために。

これをやり遂げるにはきみの助けがいる」

「どうすりゃいいんだよ、もしあいつがなにか見たんなら、おれには言わなかったってことだ。けど、なにも見なかったとしてもやっぱりおれには言わない。どっちにしてもぶん殴られるから怖かったんだろうな」

「いかれてるし過激だけど、こう考えたらどうだろう。ダリルが銃撃を見てたとする。その仮定で話を進めるんだ」

そうでもしないと、ダリルがなにも見ずに屋上を離れていたとしたら、ここで行きどまりになってしまう。

「そんな重大な秘密は、ひとりではかかえきれない。話すとしたらだれに？　親友だ。怖くてほかのだれにも言えないことでも話せそうな相手」

マーシャルがうんうんとうなずく。

「アメリアだ。あいつの赤ん坊のママ」

「ダリルには子供がいるのか？」

記憶を整理するように、視線が部屋のなかをさまよった。

「たしか二歳ぐらいだ、女の子。ほんとにダリルの子だかどうだか、でもアメリアはそう言ってる。ダリルは彼女を愛してる」

そこで自分の言葉にはっと気づいた。

「愛してた」

彼女の名前はアメリア・ゴイタ。赤ん坊はジーナ。マーシャルは住所を知らなかったが、アメリアが住んでいる建物の場所を教えてくれた。赤ん坊には一年近く会っていなくて、ダリルに似ているかどうか知りたいという。

たしかめて報告すると約束し、副保安官をさがすために部屋を出ようとしたとき、マーシャルが椅子のなかで身体をひねって、スコットが自問し続けてきた疑問を口にした。

「そいつら、なんでいまごろになって急にダリルに見られたかもしれないって怯えるようになったんだ？　ダリルが屋上にいたことがなんでわかった？」

答えは知っているつもりだが、教えはしなかった。

「マーシャル、たぶん刑事たちがきみに会いにくる。このことは話すな。だれにも言うんじゃない、おれが死んだと聞かされないかぎり」

マーシャルの赤い目がますます怯えた。

「言わないよ」

「たとえ相手が刑事でも。特に刑事には話さないように」

ドアを出て右へ進み、手錠と拳銃を返してもらうと、できるかぎりすみやかに拘置所をあとにした。

駐車場の横の歩道で待つこと十分、バドレスとマギーが角を曲がってきた。マギーが飛びはねてうれしそうに吠え、リードをめいっぱい伸ばしたので、バドレスは犬を放した。耳を後ろに寝かせて舌を垂らしたマギーは、世界一幸せな犬のように見えた。スコットは両腕を広げ、胸に飛びこんできたマギーをがっちりと受けとめた。黒と茶色の四十キロの愛情のかたまりを。

バドレスはマギーほどうれしそうには見えなかった。

「なかでなにがあった」

「まだ試合は終わってない」

バドレスはうめいた。

「そうか、ならいい。じゃあな。また会おう」

立ち去ろうとした。

「ポール。マーシャルはあの時計バンドを知ってたよ。ダリルのだった。マギーの鼻はたしかだった、ほんとに」

バドレスの視線が犬に移り、また人間にもどった。

「疑ったことはないよ」

「おれもだ」

スコットとマギーは車に乗りこんだ。

32

スコットがさがしあてたアメリア・ゴイタの住まいは、荒れ放題のさびれた通りに立つ戦前のアパートメントで、フリーウェイの北のエコー・パークにあった。三階建ての古ぼけたビルで、各階に部屋が三つ、中央に内階段があり、エアコンはなく、外観は同じブロックにあるほかの建物とそっくりで、唯一のちがいは巨大な〝涙を流す聖母マリア〟だった。血の涙を流す聖母マリアの大きな絵が、アメリアの住む建物の正面壁に描かれている。マーシャルには、がりがりに痩せた漫画のスマーフみたいな絵と聞かされてきたが、見落とすことはなかった。マーシャルの形容は正しかった。〝聖母スマーフ〟の背丈は三階分あった。

アメリアの部屋が何号室かマーシャルは覚えていなかったので、スコットは管理人に確認した。制服姿が役に立った。最上階の奥、三〇四号室。

ダリルが死んだニュースはもうアメリアの耳にはいっているだろうか。マギーを連れて三階まであがったとき、泣き声が聞こえ、もう知っていることがわかった。玄関ドアの前に立って耳をすますと、マギーがドアの下部にくんくんと鼻を押しつけた。しゃくりあげる声のあいまに子供の泣き叫ぶ声も聞こえてくる。なかの女性は、すすり泣きと、だいじょうぶだからもう泣かないでという懇願を交互に繰り返していた。

スコットはドアをノックした。

子供はまだ泣き叫んでいたが、すすり泣きはやんだ。まもなく叫び声もやんだが、だれも玄関には出てこなかった。

もう一度ノックし、パトロール警官の声で告げた。

「警察です。ドアをあけてください」

二十秒待っても返事がないので、またノックした。

「警察です。ドアをあけないなら、管理人に入れてもらいますよ」

子供がまた泣き叫び、今度は女性のすすり泣きがドアのすぐ内側で聞こえた。

「帰って。帰ってよ！　あんた警官じゃないでしょ」

怯えているようなので、スコットは語調をやわらげた。

「アメリア？　わたしは警官だ。ダリル・イシのことで来たんだ」

「あんたの名前は？　名前はなんていうの？」

「スコット・ジェイムズ」

興奮してほとんど叫び声になった。

「名前を言って！」

「スコット。ジェイムズ。名前はスコットだ。警察官。ドアをあけてほしい、アメリア。ジーナは無事かい？　子供の無事を確認するまではここを動かないよ」

ようやくドアの掛け金が動く音がしたので、これ以上怖がらせないように後ろへさがった。

マギーは訓練されたとおり自然に左脚の横につき、ドアのほうを向いた。

ドアがひらいて、どう見ても二十歳未満の娘が顔をのぞかせた。麦わら色の長い髪に、そばかすの散った青白い顔。目と鼻が赤く、しゃくりあげるあいまに唇を震わせているが、その表情から傷心や哀悼といったものは伝わってこなかった。

こういう表情はこれまでにもさんざん見てきた。夫から日常的に暴力を受けている女性、足を洗いたくてヒモから逃げてきた売春婦、レイプの被害にあって神経を病んだ女性たちの顔に。わが子が行方不明になった母親たちの顔にも――これから悪いニュースがもたらされることを予感している顔。怯えた表情は、見ればわかる。アメリア・ゴイタの怯えきった顔を見て、スコットは瞬時に理解した。ダリルは銃撃事件を目撃し、そのことがばれたら自分は犯人に殺されると彼女に話していたのだ。

アメリアは鼻水をぬぐい、もう一度訊いた。

「あんたの名前は?」

「スコットだ。こっちはマギー。きみもジーナもだいじょうぶかい」

マギーをちらりと見た。

「荷造りしなきゃ。ここを離れるの」

「赤ちゃんを見せてくれないかな。無事かどうかたしかめたい」

階段にだれかが隠れているかもしれないとばかりにそちらへ目をやり、それからドアを大きくあけて急いで子供のところへ行った。ジーナはベビーサークルのなかで顔をくしゃくしゃにして鼻水をたらしていた。髪は黒っぽいが、ダリルにはまったく似ていない。アメリアは娘を抱きあげて、揺すり、またサークルにもどした。

「ほら、これでいい？　この子は無事。じゃああたしは荷造りしないと、友だちが来るの。レイチェルが」

キャスターつきの色あせた青いスーツケースがドアのそばで待機していた。スコットの生まれる前からありそうなサムソナイトが床で巨大な二枚貝のように口をあけ、おもちゃやベビー用品で半分がた埋まっている。アメリアが寝室へ走っていき、服がみっしり詰めこまれた茶色のゴミ袋を引きずってもどってきた。

スコットは訊いた。「あいつらがきみを殺しにくるとダリルに言われたんだね？」

ゴミ袋をドアの脇に置いて、アメリアは寝室に駆けもどった。

「そうよ！　あのくそったれの役立たず。あいつらがあたしたちを殺しにくるって言ってた。だからこうしちゃいられないの」

「ダリルを殺したのはだれだ？」

「殺し屋ども。あんた警官でしょ。知らないの？」

くずかごに櫛《くし》やらブラシやら洗面道具やらを詰めこんで駆けもどってきた。中身をサムソナイトにぶちこむと、かごを放り投げ、ベルベットの小さいポーチをスコットの手に押しつけてきた。

「ほら。持ってって。だからあの役立たずに言ったのに、なんてバカなことしたのって」

寝室へもどろうとするアメリアの腕をつかんだ。

「ちょっと落ち着いて。話を聞いてくれないか、アメリア。九カ月前、ダリルはきみになんて言ったんだ？」

アメリアは鼻をすすり、目をこすった。

「あいつ、マスクをつけた連中が車を撃つとこを見たの」

「正確にはなんて言ったのか、教えてくれないか」

「おれに見られたってわかったら、あいつらはおれたちと赤ん坊まで殺しにくるだろうって。あたし荷造りしなきゃ」

腕をねじって逃れようとしたが、スコットは放さなかった。マギーがじりじりと近づいてきてうなり声をあげた。

「おれはそいつらをとめにきたんだ、わかるね？　そのためにここへ来た。だから協力してほしい。ダリルがなんて言ったか教えてくれ」

アメリアは抵抗をやめて、マギーを見おろした。

「それ、番犬？」

「ああ。番犬だ。ダリルはなんて言ったんだ？」

番犬とわかってアメリアが緊張を解いたので、つかんでいた腕を放した。

「あいつがどっかのビルの屋上にいたら、車が衝突する音が聞こえた。ダリルのバカはわざわざ見にいって、そしたらトラックと警官とマスクの連中がロールスロイスを取り囲んで、ドンパチ撃ち合ってた」

スコットはまちがいをあえて訂正しなかった。

「完全にいかれてるよ、ってそう言ってた。タランティーノ映画かなんかみたいに、マスクの連中が警官たちとロールスを撃ちまくってた。ダリルはパニクってあわてて屋上から駆け降りたけど、下まで行ったらもう銃撃は終わってて、連中がお互いにどなり合ってた。で、バカで役立たずのダリルはようすを見にいった」

「そいつらがなんて言ってたか、ダリルは話してくれた？」

「くだらないこと、早くしろとか、ブツをさがせとか、そんなの。そいつらサイレンの音にびびってたの。サイレンが近づいてきてたから」

スコットは自分が息をとめていたことに気づいた。心臓の音が耳の奥でどんどん大きくなっていた。

「連中がなにをさがしていたか、ダリルは言ってたかい？」

「なかのひとりがロールスに乗りこんで、ブリーフケースを持って飛びだした。それからみんながいっせいにその車に乗りこんで、急いで出てきた。ダリルのバカは、ロールスなら金持ちが乗ってるから指輪や腕時計ぐらい落ちてるかもしれないと思って、車まで走っていった」

ダリルは話をかなり脚色していたようだ。

「サイレンの音が近づいてきてるのに？」

「それがなに？　なかのふたりは撃たれて死んじゃってるし、そこらじゅう血まみれだし、あたしのマヌケなボーイフレンドなら命だって投げだすね、八百ドルとこれのためなら――」

ベルベットのポーチをぴしゃりとたたいた。

「あたし言ったの、このバカったれ、なに考えてんのって。お金には血がついてた。ダリルのバカも全身血まみれで、もうパニック状態だった。あたしは約束させられた、だれにも言わない、口が裂けても絶対言わないって。言ったらあの凶暴な連中があたしたちを殺しにくるから」

「ダリルはそいつらの顔を見たのか?」

「いまあたしが言ったこと聞いてなかった? マスクをつけてたんだよ」

「マスクをはずしたやつがいたかもしれないんだ」

「なにも言ってなかった」

「タトゥーとか髪の色はどうだろう。指輪か腕時計は? なんでもいい、外見のことでなにか言わなかった?」

「あたしが覚えてるのはマスクのことだけ、スキーマスクみたいなやつ」

スコットは懸命に考えた。

「さっきおれの名前をしつこく訊いたね。なんで名前を訊いたんだ?」

「あいつらかと思って」

「どういうことかな。ダリルは連中の名前を聞いたのか?」

「スネル。だれかが〝スネル、行くぞ〟って言うのを聞いたって。あんたの名前がスネルだったら、部屋には入れないつもりだった。だからさ、あたし荷造りしないと。お願い。レイチェルが来ちゃうよ」

スコットはポーチを見た。口をひもで絞った巾着袋《きんちゃく》で、ラベンダー色のベルベットに黒っぽいしみがついている。ひもを緩めて中身を空けると、てのひらに灰色の石が七つこぼれ落ちた。マギーが鼻をあげてポーチに興味を示したのは、スコットが興味を示したからだ。これはスコットがマギーに関して学習したことだった。自分がなにかに意識を集中させると、マギーもそれに興味を持つ。石をポーチにもどして、ポーチをポケットにしまった。

「レイチェルはいつ来る？」

「すぐ。いまにも」

「荷造りしろ。荷物を運ぶのを手伝うよ」

すっかり準備ができたとき、レイチェルが到着した。スコットはスーツケースと服の詰まったゴミ袋を運んだ。アメリアは幼い娘と枕を、レイチェルは残った荷物を運んだ。スコットはマギーのリードをはずし、自由にさせた。スコットの要請でアメリアは自宅の鍵をかけずにおいた。

すべてを車に積みこんでしまうと、スコットはアメリアとレイチェルの携帯電話の番号を教えてもらい、アメリアを脇へ呼んだ。

「レイチェルのところにいることはだれにも言わないように。ダリルの身になにが起こったと思っているかも、ダリルがあの夜なにを見たのかも、だれにも話しちゃだめだ」

「警官をつけてもらえないの？　証人保護とかいうやつ」

　スコットは聞き流した。

「マーシャルのことは聞いてるかい？　いま中央拘置所にいる」

「ううん。知らなかった」

　スコットは繰り返した。

「中央拘置所だ。二日以内にこっちから連絡するよ、いいね？　でも、もし三日めになってもおれから連絡がなかったら、マーシャルに会いにいってほしい。ここで話したことをマーシャルにも話すんだ」

「マーシャルはあたしのこと好きじゃない」

「ジーナを連れていくといい。ダリルが見たことをマーシャルに話すんだ。おれに話してくれたことをそっくりそのまま話してくれ」

　アメリアは怯えて困惑し、そのまま車に乗りこんでレイチェルに二度と車をとめるなと言いそうな気配だったが、その視線がマギーに向けられた。

「おっきい家に住めるようになったら、あたしも犬を飼いたいんだ」

　そう言ってレイチェルの車に乗りこみ、走り去った。

　スコットはマギーに用を足させ、ダッフルバッグをアメリアのアパートメントへ運びこんだ。キッチンで大きな鍋を見つけて水を入れ、床に置いた。

「おまえの水だ。二、三日ここにいることになるかもしれない」

マギーは水のにおいを嗅いで、部屋のなかを探検しはじめた。

スコットはダッフルバッグをかかえて、アメリアのアパートメントのアメリアの居間にあるアメリアのカウチにすわり、壁を見つめた。疲れを覚えた。いま自分が地球の裏側にいて仮の名前で暮らしているのならどんなにいいだろう。怒りと不安でいっぱいの頭をかかえているのではなく。

ベルベットのポーチをあけて、小石を取りだした。この七つの小石はまちがいなく未加工のダイヤモンドだ。ひとつひとつの大きさがスコットの爪ほどもあり、半透明の灰色をしている。見た目は結晶メタンフェタミンにそっくりで、その皮肉に思わず苦笑した。

石をポーチにもどすと、笑みも石といっしょに消えた。

インターポールはベロアがフランスのダイヤモンド故買屋とつながっていたと見ており、それをもとにメロンとステングラーは、ベロアが販売目的でダイヤモンドを違法にこの国へ持ちこんでいたか、あるいは故買屋が購入したダイヤモンドを受け取りにアメリカへ来ていたのではないかと推測した。いずれにしろ、強盗団がその計画を知ってベロアの動きを追い、強奪する過程でベロアとパラシアンを殺害したのだと。メロンとステングラーがこの仮定に基づいて捜査を進めるうちに、ベロアとダイヤモンド密輸組織とのつながりを彼らにこっそり知らせたのと同じ人物が、のちにベロアは犯罪には関与していないと言ってきた。

Ｉマン。イアン・ミルズ。

スコットはその点をじっくり考えた。メロンとステングラーはベロアとダイヤモンド密輸組織のつながりなど知らなかった。ミルズがふたりの関心をそちらに向けるまでは。その情報を持ちだし、あとになって信頼性なしと判断したのはなぜなのか。ベロアを標的から除外する過程でまちがった情報を入手して勘ちがいをしたのか、それとも捜査を攪乱《かくらん》するために嘘をついたのか。ミルズは密輸組織の情報をどうやって入手したのだろう、そしてのちに判断を翻したのはなぜだろう。

バッグのなかから、捜査の初期の数週間に集めた切り抜きをさがしだした。当時はまだメロンが捜査を担当していて、そのときに自宅の電話番号と裏に携帯電話の番号を書いたカードをもらい、いつでも連絡していいと言われた。何度かけても折り返しの電話をくれなくなる前の話だ。

メロンの番号をにらみながら、どう言えばいいか思案した。簡単にはかけられない電話というのもある。

マギーが寝室から出てきた。しばらくスコットを見て、それからあいた窓のほうへ行った。新しい世界のにおいを分析しているのだろう。

スコットは番号を押した。留守番電話につながったら切ろうと思っていたが、四回めの呼びだし音でメロンが応答した。

「メロン刑事、スコット・ジェイムズです。電話して迷惑じゃなければいいんですが」

長い沈黙のあと、ようやく返事があった。

「場合によるな。どうしてる」

「会いにいきたいんです、もしよければ」

「ほほう。なんでまた」

「あやまりたい。直接会って」

メロンが小さく笑い、スコットは安堵感がこみあげるのを感じた。

「こっちは隠居の身だ、相棒。遠路はるばる来たいというなら、来るがいい」

メロンの住所を書きとめ、マギーにリードをつけて、シミ・ヴァレーへと車を走らせた。

33

　メロンが庭用の椅子を後ろに傾けて、生い茂る葉を見あげた。

「この木を見てくれ。おれと女房がこの家を買ったときは二メートルちょっとしかなかったよ」

　スコットとメロンは、大きく枝を広げたアボカドの木の下で、くし形に切ったレモンを浮かべたダイエットコークを飲んでいた。腐りかけたアボカドが糞のように地面に点々と散らばり、そこにもやもやと渦巻くブヨの群れが集まっている。何匹かマギーの周囲を飛びまわったが、マギーは気にしていないようだった。

　スコットはその木を褒めた。

「アボカド・ディップが好きなだけ食べられますね、永久に。大好物だ」

「まあたしかにな、たまに最高級のアボカドが採れる年がある。かと思うと、筋だらけの小さい実ばっかりの年もあるんだ。それを見きわめなきゃならん」

　メロンは肉付きのよい大柄な男で、日に焼けた顔はしわだらけ、白髪まじりの髪は薄くなりつつあった。夫婦で所有するこぢんまりとした質素な家は、サンタ・スザーナの山麓《さんろく》地帯の一エーカーの土地にあり、ロサンゼルスから遠く離れたサン・ファーナンド・ヴァレーの西に位置する。ダウンタウンまでの通勤は遠いが、手ごろな家の価格と田舎暮らしは長いドライブを補って余りある。このあたりに住む警察官は多い。

玄関に出てきたメロンは、ショートパンツにビーチサンダル、〈ハーレー・ダヴィッドソン〉の色あせたTシャツという恰好だった。快く迎えてくれて、マギーを連れて家の横手から裏庭にまわってくれ、そこで落ち合おうと言ってくれた。数分後に家から出てきたときには、ダイエットコークとテニスボールを手にしていた。スコットを椅子へ案内すると、マギーの顔の前でボールを振り、サイドスローで庭の反対側へ投げた。

マギーは反応しなかった。

スコットは言った。「この子はボールを追いかけない」

メロンはがっかりした顔になった。

「そいつは残念だ。昔ラブラドールを飼っててな、その子は一日じゅうボールを追っかけてたもんだ。K9の居心地はいいか？」

「すごくいい」

「そうか。SWATにあこがれてたのは知ってるよ。別の道が見つかってよかった」

ふたりで木の下に腰を落ち着けながら、スコットはリーランドが好んで口にするジョークを思いだした。

「SWATとK9のちがいはただひとつ。犬は交渉しない」

メロンはげらげら笑った。笑いがおさまるのを待って、スコットは顔を向けた。

「あの、メロン刑事――」

メロンがさえぎった。

「もう引退したんだ。クリスか、おやじさんとでも呼んでくれ」

「おれがばかでした。礼儀知らずで、乱暴者で、まちがってた。あんな態度をとるべきじゃなかった。あやまりたい」

メロンはしばらく見返したあと、グラスを傾けた。

「そんな必要はないが、礼を言うよ」

スコットがグラスを合わせると、メロンは椅子にもたれた。

「これだけは言っとくよ、たしかにおまえの態度はひどいなんてもんじゃなかった。だがまあ、しかたあるまい、気持ちはわかるよ。ちくしょう、おれだってあの事件を解決したかった。おまえはどう思ってるか知らんが、おれだって必死にやったんだ、おれも、ステングラーも、あぁ、関係者全員がな」

「わかってます。いまファイルを読んでるので」

「バッドは仲間に入れてくれたか？」

スコットがうなずくと、メロンはまたグラスを傾けた。

「バッドはいいやつだよ」

「あの山のような捜査資料を見たときは感動した」

「来る日も来る日も夜中まで残業した。女房に愛想をつかされなかったのがふしぎだよ」

「質問してもいいですか」

「なんなりと」

「じつはイアン・ミルズに会って――」

メロンの笑い声がかぶさった。

「Iマンか！　バッドはIマンの由来を教えてくれたか？」

気がつくと、メロンといっしょに過ごすのが楽しくなっていた。職場ではユーモアを解さない他人行儀な男だった。

「名前が〝Ian〟だから？」

「大はずれ、本人の前ではみんなそう言ってるけどな。なあ、誤解しないでくれよ、あいつは優秀な刑事だ。それはまちがいないし、情報集めの専門家だったこともある。だがインタビューを受けるたびにいつもこんな調子だ――わたしが発見した、わたしが突きとめた、わたしが逮捕した、すべてはわたしの功績だ。いやはや、Iマンだと？　エゴ・マンだろう」

またしても声をあげて笑い、スコットは元気づけられる思いだった。メロンはIマンのことを楽しそうに話しており、これなら事件のことも快く話してくれそうな気配だが、くれぐれも慎重に足を踏みだすようスコットは自分を戒めた。

「イアンに腹が立たなかった？」

メロンは意外そうな顔になった。

「なんでだ？」

「ベロアの件で。ダイヤモンドの密輸組織を追ったこと」

「ベロアが故買屋のアルノー・クルーゾと手を組んでるって話か？　いいや、まちがいを正してくれたのがイアンだ。インターポールがクルーゾの仲間のリストを持ってて、そこにベロアの名前が載ってた。それがガセネタだった。クルーゾのところの営業部長がベロアのプロジェクトのいくつかに投資してたらしい、ほかに百五十人の人間といっしょにな。それはつながりとは言えんだろう」

「そういう意味で訊いたんです。イアンはまずその情報を確認すべきだったんじゃないかと。そうすればみんなに余計な仕事をさせずにすんだ」

「いや、その情報は必要だった。ダンツァーの件があったからな」

しばらく考えたが、その名前に聞き覚えはなかった。

「知らないな。ダンツァーというのは？」

「知ってるだろう。ダンツァーの現金輸送車。パラシアン事件の三、四週間前に、ロサンゼルス空港からビバリーヒルズに向かっていたダンツァーの車が襲われた。運転手と警備員ふたりが死んだ。悪党どもは輸送中の二千八百万ドル相当の未加工のダイヤモンドを盗んだ、ニュースでは報道されなかったけどな。思いだしたか？」

スコットは長いあいだ黙りこんだ。ポケットにはいっているベルベットのポーチのことを考えると、こめかみが締めつけられた。

「ええ、なんとなく」

「ああいうでかい強奪事件は、決まって最後は特捜班に行くんだ。イアンはその石がフランスに運ばれると聞いて、だからインターポールに有力な買い手の情報を求めた。これは全部、ベロアが殺される前の話で、やつの名前はなんの意味もなかった。ところがそのベロアが殺《や》られて、ダンツァー事件の起こった世界でベロアとクルーゾにつながりがあるとなれば、その線を追うしかないだろう。ふたりにつながりがないとわかれば、ベロアはあの夜飛行機から降りてきたただのフランス人ってことだ」

スコットはアボカドの周囲を飛びまわるブヨをじっと見ていた。Iマンはベロアの周囲を飛びまわるブヨのようだ。ズボンの上からポーチに触れ、石の上に指を走らせた。

メロンが一匹のブヨを空中ではたいた。仕留めたかどうか手を確認した。

「まったく、いまいましいやつらだ」

消えたディスクのことを尋ねたかったが、ここは慎重を期さねばならない。ただの世間話なら問題はなさそうだが、こっちが捜査に関して捜査していると感じたら、メロンは電話に手を伸ばすかもしれない。

「なるほどね、いや、じつはちょっと気になってることがあって」

「だろうな。おれだってそうだ」

スコットはにっこり笑った。

「あんたたちは、パラシアンとベロアが空港から殺しの現場に至るまでの足取りをほぼ完全につかんでいた。ベロアはどこでダイヤモンドを受け取ったんだろう」

「あいつは受け取ってない」

「ベロアは無関係だとして除外する前は、という意味です。どこで受け取ったと思った？」

「質問の意味はわかってるさ。あいつは受け取ってない。人がダイヤモンドを盗むときはなにをするか知ってるか？」

メロンはスコットの返事を待たなかった。

「買い手を見つけるんだ。保険会社のときもあれば、クルーゾみたいな故買屋のときもある。故買屋が買うとなったら、連中がなにをしなきゃならんかわかるか？　そいつもまた買い手を見つけなきゃならない。おれたちは、クルーゾが事前にダイヤモンドを買っていて、それをフランスに持っていた、そしてこっちのＬＡにいる買い手に転売したと、そう考えたんだ」

「つまり、ベロアはクルーゾの配達係だったと」

「おれたちは防犯ビデオを手に入れた。空港の手荷物受取所、立体駐車場、レストラン、バー。だれかが赤信号でベロアに向かって石を放り投げたんじゃないかぎり——その線も考えたがね——あいつが持ちこんだと考えるのが妥当だった。まあそんなことはどうだっていい。ベロアはクルーゾと取引なんかしてなかった、だからダイヤモンド云々という話はすべて妄想だったわけだ。まあ見てろ。バッドがそのうち突きとめるさ、ベロアかパラシアンのどっちか、もしくは両方が、よからぬ相手から借金して、会社更生法の陰に隠れていられなくなったってことをな」

そろそろ潮時のような気がした。ダンツァー事件のことを調べたかったので、メロンとのおしゃべりを切りあげることにした。

「じゃあ、クリス、ここに来られてよかった、ありがとう。あのファイルを読んでると学ぶことがたくさんある。あんたは立派な仕事をした」

メロンはうなずき、かすかな笑みを浮かべた。

「ありがたい言葉だが、おれとしちゃこう言うしかないな。あのファイルを読んでるのなら、おまえはさぞかしたっぷり眠ってるにちがいない」

メロンは笑い、スコットもいっしょに笑った。が、そのあとメロンは真顔にもどって身を乗りだしてきた。

「ここへなにしにきた」

マギーが顔をあげた。

細かい血管が見えるものの、メロンの目は澄んでいて思慮深かった。退職までの勤続年数は三十四年、そのうち二十年近くを強盗殺人課で過ごした。尋問した容疑者はおそらく二千人は下らず、その大半を刑務所送りにしてきた。

スコットは自分が一線を越えてしまったことを知った。だが、メロンがなにを考えているのかわからない。

「もしもベロアがダイヤモンドを持っていたとしたら？」

「そいつは興味深い話だな」

「ダンツァー事件は迷宮入りですか」

メロンの澄んだ目はまじろぎもしない。

「解決した。一件落着だ」

意外な返事だが、メロンの目はあくまでも思慮深く超然としていて、なにも読み取れない。

「犯人たちを尋問したんですか」

「手遅れだった」

まじろぎもしない目のなかになにかが見えた。

「どうして」

「全員銃殺されて、遺体がフォーンスキンで見つかった、おまえが撃たれた三十二日後に。死後十日はたっていた」

フォーンスキンはサン・バーナディーノ山地にある小さなリゾートタウンで、ＬＡから西へ二時間の距離にある。

「ダンツァーを襲った一味？　犯人だという確証はあるんですか」

「確証はある。プロの強盗団だ。前科が山ほどあった」

「それじゃ確証とは言えない」

「ダンツァーの運転手を殺した銃に合致する拳銃が見つかった。未加工の石も一個。保険会社がその石はダンツァーの積み荷の一部だと確認した。確証は充分だろう」

スコットはゆっくりとうなずいた。

「そういうことになるんでしょうね」

「ともあれ、もし賭けろと言われたら、おれはそいつらが犯人だってほうに賭けるね」

「ダイヤモンドはもどってきた？」

「いいや、おれの知るかぎりでは」

気になる言い方だった。

「そいつらを殺した犯人は？」

「発見されたのは山腹のぼろい小屋で、近くにほかの山小屋は一軒もない。理屈で考えれば、連中は強奪事件のあとそこに潜伏して、買い手を見つけ、そして始末された」

「強奪してから二カ月もたって？」

「強奪してから二カ月もたって」

「その話を信じますか」

「どうかな。まだ決めかねてる」

スコットはメロンの目をさぐった。これはもっと突っこんでもいいという許可だろうか。

「三十二日後。ベロアが射殺されたあとに、そいつらは発見された」

「そのとおりだ。だがダンツァー事件の幕引きは、結末としては悪くなかった。すっきりしなかった疑念を全部断ち切ってくれた」

「幕を引いたのは？」

「サン・バーナディーノの保安官」

「ダンツァー事件はうちの管轄だった。こっちの幕を引いたのは？」

「イアンだ」

メロンは老人のようにうめきながら、椅子を押してゆっくり立ちあがった。

「すわりっぱなしだと身体がこわばる。さてと、そろそろ見送らせてもらおう。帰り道は思ってるより遠いぞ」

車に向かって歩きながら、ポケットのダイヤモンドをメロンに見せるべきかどうかふたたび葛藤した。メロンも一連の事件のことをずっと考えていたのはたしかだが、口にしたのは、スコットに行間を読ませるような謎めいた答えばかりだった。なにかを恐れて判断を保留しているか、自分の知っていることをスコットが見つけだすのを楽しんでいるということだろう。ダイヤモンドはポケットに入れたままにしておくことに決めた。ダイヤモンドのこともアメリアのことも、信用できない相手に明かすわけにはいかない。

マギーを先に車に乗せ、メロンを振り返ったとき、最後の質問がふと頭に浮かんだ。

「ビデオは自分で観たんですか」

「はは。イアンならなにからなにまで自分ひとりでやるかもしれんが、おれはIマンじゃない。あれだけの規模の事件だ、人に頼むさ」

「つまり別の人がビデオを観た」

「部下の報告は信じる」

「だれが観たんですか」

「いろんなやつが。ファイルか証拠品の記録を見ればなにか出てくるかもしれんぞ」

予想された答えだったが、なんらかの方向を示唆されているような気もした。さらにメロンはこう言い添えた。

「Ｉマンはワンマンショーのように見せているがな、だまされるなよ。仲間がいる。あいつが信用してる連中だ、それはまちがいない」

相手の思慮深い澄んだ目をさぐるうちに、スコットは悟った。メロンが許容する範囲内のことしか自分は見つけられないだろうと。

「来てよかった、ありがとう。これでやっと肩の荷がおりた」

運転席に乗りこみ、エンジンをかけて窓をあけた。メロンの視線がスコットを通り過ぎて、すでにコンソールボックスにすわっているマギーに注がれた。

「じゃまだろう、そんなとこにすわられたら」

「もう慣れました」

メロンの目がスコットに移った。

「隠居の身とはいえ、この事件の幕引きを見届けたい気持ちはいまもある。気をつけてゆっくり帰るんだぞ。安全運転でな」

長いドライブウェイをバックでもどり、フリーウェイに車を向けた。メロンのいまの言葉は単なる注意だろうか、それとも脅しだろうかと考えながら。

バックミラーを調節してメロンの姿をとらえると、まだドライブウェイに立ったまま見送っていた。

34

スコットはロナルド・レーガン・フリーウェイに乗った。胃が締めつけられてむかむかする。通報されるとは思わないが、メロンが最低限の情報しか明かさないことに翻弄された。だが思っていたほど悪い男ではなかったし、ダンツァー事件という新たな情報も得られた。

ダンツァーの現金輸送車強奪事件は、当時のスコットにとってはありふれたニュースだったし、特別重要とも思えなかったのですぐに忘れてしまった。入院していた数週間は、ダンツァー事件の情報を耳にすることもなく、現金輸送車強奪事件と銃撃事件の捜査が重なり合うことが自分に多大な影響をおよぼすなどとは知るよしもなかった。エリック・パラシアンに関する高さ十数センチにおよぶ資料と事情聴取の報告書を読んだが、パラシアンとダイヤモンドのつながりは皆無で、だからこそいままでダンツァー事件のことは口にされなかったのだ。ダンツァー事件はファイルのなかに隠れている秘密のようなものだ。事件の関連ファイルをすべて積みあげると一・五メートル近くになることを思えば、いったいどれほどの秘密が隠されていることか。

サンタ・スザーナ峠はまっすぐ前方へと伸び、その先にはサン・ファーナンド・ヴァレーがある。しばらくするとマギーがコンソールボックスを離れ、後部座席に横たわって目を閉じた。

どうにかして後部座席にすわらせようと奮闘したのに、いざそうなると物足りなかった。

スコットは窓を閉め、携帯電話を確認した。K9の警部補と、〝メトロ〟の隊長、内務部のニゲラ・リヴァーズ刑事なる女性がメッセージを残していた。内容を聞かずに全部消去した。バドレスから連絡はなく、〈クラブ・レッド〉のリチャード・レヴィンからもなかった。ジョイス・カウリーからも。

カウリーに電話したかった。声が聞きたい、味方になってほしい、でも信用できるかどうかわからない。彼女に一部始終を話し、ダイヤモンドを見せたいが、アメリアと赤ん坊を危険にさらすわけにはいかない。ダリルのときのように。自分がダリルの背中に標的の印をつけたばかりに、だれかが引き金を引いたのだ。

膝に電話を置いたまま、無言で車を走らせた。バックミラーに目をやる。マギーはまだ眠っていた。ズボンの上からポーチに触れ、それが現実であることをたしかめた。これからどうしたらいいのか、どこへ行ったらいいのかわからず、ひとり孤独にヴァレーの頂上を走りながら、思案した。取りかかりはやはりインターネットだろう。ダンツァー事件と山腹で遺体となって見つかった男たちに関する過去のニュースを調べるのだ。Iマンの名前が出てくるかどうか。記事を検索して〝スネル〟という名前をさがす。

いずれにしろ、カウリーには連絡するつもりだし、そのためにはアメリアの証言を裏づけるものが必要だ。アメリアの身の安全を確保しつつ、こちらに協力してくれるようカウリーを説得する材料が必要だった。

五号線のインターチェンジの手前で、電話が鳴った。知らない番号だったので留守番電話に応答させた。メッセージが一件あります、と電話が告げたので、再生すると、聞き覚えのない陽気な男の声がした。

〝ああ、どうも、ジェイムズ刑事、リッチ・レヴィンです、電話をもらったので。はい、なんなりとどうぞ。喜んで質問に答えさせてもらうし、わたしでお役に立てることならなんでも。番号はご存じでしょうけど、念のためもう一度言います〟

番号は最後まで聞かなかった。コールバックボタンを押した。最初の呼びだし音でリッチ・レヴィンが応答した。

「どうも、リッチです」

「スコット・ジェイムズです。失礼、電話中だったもので」

「ああ、いやいや、気になさらず。お会いしたことはないですよね。お名前に覚えがないので」

「ええ、ありません。捜査に加わってまだ二週間ほどなので」

「ああ、はいはい、なるほど」

「メロン刑事とステングラー刑事から事情聴取を受けたことは覚えてますか」

「ああ、もちろん。覚えてますよ」

「パラシアンとベロアというお客については？」

「殺された人たちですね。はっきり覚えてますよ。ほんとにお気の毒なことで。だって、ここであんなに楽しんでて――おっと、ここじゃなくてクラブで――その五分後にあんな恐ろしいことが起こるなんてね」

幸いにもレヴィンは話好きだった。なにより重要なのは、特に警官と話すのが大好きという人種だったことで、それはさらにありがたかった。そういう人はこれまでにも大勢見てきた。レヴィンもこのやりとりを楽しんでいるようなので、協力は惜しまないだろう。

「捜査ファイルによれば、パラシアンとベロアがクラブに来た夜の防犯ビデオのディスクを二枚提供してくださってますね」

「ええ。そのとおりです」

「ディスクはメロン刑事に直接手渡したんですか」

「いえ、たしかお留守でした。だからロビーにいた警察官に預けたんですよ。受付で。それでかまわないというお話だったので」

「ああ、なるほど。で、ディスクは二枚ですね、一枚ではなく」

「そうです。二枚」

「二枚はちがう映像ですか、それとも同じ映像を二枚コピーした?」

「いやいや、ちがう映像です。メロン刑事にちゃんと説明しましたよ」

「メロンはもう引退したんですよ。それでいま事件ファイルと記録の内容を把握しようと、こうしてあなたとお話ししてるわけです、わたしはまだ状況がのみこめてないので」

リチャード・レヴィンは笑った。

「ああ、はい、わかりますわかります。つまりこういうことだったんですよ。ディスクのうち一枚は店内のカメラ、もう一枚は店の外のカメラの映像から焼いた。別々のハードドライブに入れれば簡単にできますからね」

〈クラブ・レッド〉の外の駐車場が頭に浮かび、アドレナリンがわいてきた。

「外のカメラには駐車場も映ってますか」

「ええ。映ってますよ。ふたりが店に到着したところから出ていくところまでを切り取ったんです。それがメロン刑事のご希望だったので」

秘密のピースが表に出てきた。ひとつずつ、ピースが徐々にはまっていく。スコットのなかの重圧が、関節をぽきんと鳴らすように少し軽くなった。

マギーがなにかを感知して、背後でもぞもぞ動いた。バックミラーをちらりと見ると、起きあがっていた。

スコットは言った。「お恥ずかしい話ですが、じつは外のほうのディスクを紛失してしまったようなんです」

「ご心配なく。まったく問題ありませんよ」

あまりにも自信たっぷりに言うので、レヴィンがふたりを車のところまで送っていったので あの晩のことは逐一説明できるのだろうかと思った。

「パラシアンかベロアの駐車場での行動を覚えているということですか」

「それよりこうしましょう。うちにコピーがある。もう一枚焼いて、差しあげますよ。そうすればだれも面倒なことにならずにすみますからね」

レヴィンが笑いながら言うので、アドレナリンが一気に奔流となった。

「助かります、レヴィンさん。こちらとしてもだれかが面倒なことになるのは避けたい」

「送りますか、それとも預けましょうか。前と同じところですよね」

「取りにいきます。今夜か、あしたの朝にでも。大事なものなので」

運転しながら段取りを決めた。マギーがコンソールボックスに乗ってきてスコットの隣に並び、そのまま車はフリーウェイを降りた。

35

ジョイス・カウリー

翌朝の十時四分、カウリーは自分のブースにいた。立ちあがってパンツのしわを伸ばし、ついでに刑事部屋のようすをうかがった。オルソはタッピング警部のオフィスで警部とダリル・イシ殺しの件を話し合っており、イアン・ミルズとランパート署の殺人課刑事二名、内務部の嫌味男もひとり同席していた。嫌味男は、スコットに事件ファイルを読ませたとしてオルソを厳しく責めたてている。内務部は業務上の違反行為をさがしだそうと躍起になっており、オルソは頭にきていた。すでに事情聴取を受けたカウリーも、再度しつこく質問されることになるだろう。

刑事部屋のブースの三分の二は空っぽで、足で捜査をする刑事たちの場合、これはよくあることだ。それ以外のブースには人がいる。隣のブースもそう。隣人はハーラン・ミークスという三級刑事だが、いまは四人いるガールフレンドのひとりと電話中で、まがい物の完璧な歯をきらめかせながら軽薄なおしゃべりに興じている。

カウリーは椅子にすわって電話を手に取り、会話を再開した。

「じゃあ、話を続けて。一致したか、しなかったか」

科学捜査課のジョン・チェン鑑識官がきざな声で言った。

「ぼくが天才だと言ってくれ。きみの色っぽいふっくらした唇からこぼれるその言葉が聞きたいんだ」

「あなたが聞くのはセクハラで訴えてやるという声よ。寝言はいいから」

とたんに不機嫌な声になった。

「昔はいちゃつくのに忙しくて科学の授業なんかろくに聞いてもいなかったくせに。鉄と鉄を混ぜ合わせないと錆はできない、そして、定義上、錆は鉄の酸化物。よって、すべての錆は同じものである」

「判別できないということ？」

「もちろん、ぼくならできる。そこが天才である所以《ゆえん》だ。ぼくが調べたのは錆じゃない。錆のなかにあるものを調べた。この場合は、ペンキ。どちらのサンプルにもペンキの残留物があって、二酸化チタンと炭素と鉛がまったく同じ比率を示している」

「つまり、時計バンドの錆の出所はあのフェンスということね」

「正解」

カウリーは電話をおろして、姪と甥の写真を眺めた。家族でアラスカへ船旅をしようと兄からしつこく誘われている。よくある十日間余りのツアーで、バンクーバーから出港し、カナダの沿岸を各港に寄りながら北上して、最後はアラスカに到着する。氷河を見ようと兄は言う。

キラー・ホエール（シャチ）も。殺し屋《キラー》なんて仕事だけでたくさん。

オルソはまだほかの人たちと話しこんでいる。カウリーは席を立ち、まわり道をしてタッピングのオフィスの前を通り、コーヒーポットのところへ行った。わざと時間をかけて、聞き耳を立てた。この手のミーティングは、顔ぶれが変わっても内容は同じで、厄介なものであることはわかっていた。本来ならそんな情報を知るはずのない人たちが、スコット・ジェイムズの精神状態や病歴に関して高圧的態度で事細かに議論しながら、彼の逮捕令状について協議している。すでに確定事項のようだ。

コーヒーマシンの前でぐずぐずしていると、Ｉマンに気づかれてドアを閉められた。カウリーはコーヒーを捨てて自分のブースにもどった。

椅子にすわったとたんに電話が鳴った。

「カウリー刑事です」

スコット・ジェイムズがいきなり質問してきた。

「きみを信用していいか？」

隣のブースのドアが見える程度に背中をそらした。まだガールフレンドと電話中のミークスが、相手の言ったことに過剰な笑い声をあげていた。カウリーは声をひそめた。

「なんなの？」

「きみは悪い警官なのか、ジョイス。きみもこの件に一枚嚙んでいるのか？」

あまりにも切迫したその口調に、タッピングのオフィスにいる人たちが正しいのではないかという不安が増した。

「いまどこ？」

「だれかがうちに侵入した。次の日の夜にはおれのかかりつけの精神科医の診療所に侵入して おれのファイルを盗んだ。ドクター・チャールズ・グッドマン。ノース・ハリウッド署のブロ ダーとカーランドが担当してる。電話してくれ。そうすれば嘘じゃないとわかる」

「どういうこと？」

「電話してくれ。グッドマンの診療所からファイルを盗んだやつが警察内部のだれかに情報を 流して、そのだれかがおれをはめようとしてる」

カウリーは室内を見まわした。だれも聞き耳を立てたり注意を向けたりはしていない。

「あなたにはこんなやり方をしてほしくない」

「おれだってこんなことはしたくない」

「どうして逃げたりしたの。そんなことしたら状況が悪くなるのはわかってるでしょ」

「逃げたんじゃない。片をつけようとしてる」

「なにに」

「見せたいものがある。いま近くにいるんだ」

「見せたいものって？」

「電話じゃ言えない」

「もったいつけないで。わたしは味方よ。ダリルの時計バンドの錆を鑑識に調べさせた。あの屋上の錆と一致した。聞いてる？　ダリルはあそこにいた」

「それよりすごいものがある。行方不明のディスクを手に入れた」

カウリーはタッピングのオフィスをうかがった。ドアはまだ閉まっている。ミークスはまだガールフレンドと電話中。

「〈クラブ・レッド〉のディスク？　行方不明のディスクをどこで手に入れたの」

「支配人がコピーを持ってた。きみにも観てほしい、ジョイス。どうしてだと思う？」

スコットの考えていることがわかり、彼が用意している答えをカウリーは口にした。

「わたしにそれを観せたくない人間がいるから」

「そう。そこにいるきみの仲間だ」

「だれ？」

「イアン・ミルズ」

「どうかしてる」

「みんなに言われてるよ。ノース・ハリウッド署に電話してくれ」

「電話するまでもない。いまどこ？」

「建物を出たら左に向かって、スプリング通りを歩いてくれ。安全だとわかったら、きみを拾う」

「ちょっと待って、スコット、なにをするつもり？」

「わからない。だれが信用できるかわからないんだ」

「五分待ってて」

「ひとりで来てくれ」

「わかった」

受話器を置いたとき、両手が震えているのに気づいた。手をこすり合わせていると、タッピングのオフィスのドアがひらき、突然のことに動揺して手の震えがますますひどくなった。イアン・ミルズが出てきて、そのあとに内務部の嫌味男、ランパート署の刑事の片方が続いた。ミルズがこちらを見たので、カウリーはあわてて電話をつかみ、話しているふりをした。通りすがりにミルズはまたこちらを見たが、足はとめずにそのまま刑事部屋から出ていった。

カウリーは会話を装いながら、オルソが出てくるかどうかようすを見た。しばらく待ってから、受話器をおろしてバッグを肩にひっかけ、急ぎ足で建物をあとにした。

36

　スコットはトランザムをのろのろと前に進めた。向かいのシティホール・パークから〈ボート〉の正面玄関を見張った。マギーはコンソールボックスにすわり、エアコンの風を顔に受けている。冷風が被毛をそよがせた。それが気に入ったようだ。

　カウリーはきっと来ると思ったが、確信はなかった。十分が過ぎた。不安がつのる。スコットから連絡があったとオルソかほかの刑事たちに話しているのではないか、時間がかかっているのはみんなで対応策を検討しているからではないか。

　カウリーが〈ボート〉のガラスの船首の下から現われ、足早にスプリング通りへと向かった。角で信号が変わるのを待って渡りはじめた。スコットは船首部分を見張ったが、尾行はついていないようだ。次の交差点でカウリーの横に車をつけ、窓をあけた。

「だれかに話した？」

「いいえ、だれにも。犬をどけてくれない？」

　カウリーがドアをあけると、前の座席は全員がすわるには狭すぎるとわかっているのか、マギーは後部座席へ移動した。

　カウリーは車に乗りこみ、ドアを閉めた。怒っているのがわかったが、どうしようもない。

彼女の助けが必要なのだ。

「なに、この毛。スーツが毛だらけになる」

尾行がついていないかバックミラーでたしかめながら、スコットはアクセルを踏みこんだ。

「来てくれるかどうか不安だった。ありがとう」

「だれにも言わなかった。尾行はついてない」

最初の交差点を曲がっても、スコットはバックミラーから目を離さなかった。

「勝手になさい。どこへ行くの？」

「近く」

「こんな芝居がかったことをして、甲斐があるといいけど。芝居は嫌い」

スコットは返事をしなかった。そのブロックを一周したあと、バッジを見せてスタンレー・モスク裁判所の駐車場に車を入れた。陪審員用の駐車場。〈ボート〉から三ブロックのところにいる。

日陰になった区画を見つけて、エンジンを切った。

「足元の床にノートパソコンがある。いっしょに観よう。そうすればおれが芝居がかってるかどうかわかる」

カウリーがパソコンをよこした。スコットはそれをひらいて画面を復活させてから返した。ディスクは挿入済みだ。画面には録画の出だしの映像が一時停止状態にしてある。赤外線電球に照らされた〈クラブ・レッド〉の駐車場が広角度で明るく鮮明に映っていた。かろうじてカラーの映像だとわかるが、色はほとんど漂白されて灰色に近い。この位置からだと、クラブの赤い入口と、入口の向こう側にある駐車係の小屋と、駐車場のほぼ全域が見える。スコットはこのディスクを七回じっくりと観た。

カウリーが訊いた。「〈クラブ・レッド〉の駐車場？」

「店の外のカメラ。これを観る前にいくつか知っておいてほしい。手に入れたのはこのディスク一枚だけじゃない。ダリルは銃撃を見ていた。それを友人に話した。その友人も確保した」

疑わしげな顔になった。

「信頼できる人物？」

「まあ観てみよう。その友人がダリルから聞いた話では、銃撃犯のひとりはベントレーからブリーフケースを持ちだした。おれがいたせいで、やつらはあわてて立ち去るはめになった」

スコットは身を乗りだし、再生ボタンに触れた。静止画像がたちまち息を吹き返した。パラシアンとベロアがクラブのドアから現われ、何歩か歩いて立ちどまった。駐車係が小走りで出迎えにいく。パラシアンが預かり証を渡した。係員は車のキーを保管している小屋にひょいともぐり、それから駆け足で駐車場を横切って、カメラの視界から消えた。パラシアンとベロアはまだドアの前で立ち話をしている。

「早送りしようか」

「だいじょうぶ」

一分後、ベントレーが画面の右下から飛びこんできて、カメラから遠ざかった。ブレーキランプが赤くともり、パラシアンがそちらへ歩み寄る。係員が車から降り、チップと引き換えにキーを渡す。パラシアンは車に乗ったが、ベロアはその横を通過して、画面奥の道路に向かった。歩道に立っている姿がかろうじて見えるが、照明から遠すぎてはっきりとはわからない。パラシアンは車のドアを閉めて待っていた。

「この状態が二十五分続くんだ」

「かまわない」

がりがりに痩せた若い女性のふたり連れがフェラーリに乗ってやってきた。男のひとり客がポルシェで帰り、そのあと中年のカップルがジャガーで帰っていった。車が出入りするたびに、ヘッドライトが歩道を行ったり来たりしているベロアを照らしだす。パラシアンは車に乗ったままだ。

「そろそろだ。よく観て」

一台の車がゆっくりとベロアの横を通過して、停止した。ブレーキランプに照らされて、ベロアがその車のほうへ近づいていくのがわかる。ブレーキランプの横を通り過ぎると、姿は見えなくなった。

カウリーが訊いた。「この車種はわかる?」

「いや。暗すぎる」

一分後、暗闇から駐車場にもどってきたベロアは、左手にブリーフケースを持っている。ベントレーに乗りこみ、パラシアンが車を出した。

スコットは再生をとめ、カウリーを見た。

「捜査の過程でだれかがこれを観たはずなんだ。そしてメロンとステングラーに、見るべきものはなかったと報告して、ディスクを始末した」

カウリーはゆっくりとうなずいた。当惑しきった目をしている。

「ベントレーの車内にはブリーフケースなんかなかったわ」

「なかった」

「最低」

「まだ早い、最低なのはここからだ。ダンツァーの現金輸送車強奪事件を覚えてるかい」

眉間に深いしわが刻まれた。

「もちろん。ベロアがこっちに来たのはダイヤモンドのためだとメロンは考えてた」

「二千八百万ドル相当の未加工の石、商用グレードの」

話の先がほとんど読めたかのように、カウリーはまたゆっくりとうなずいた。

スコットはポケットからおぞましいしみのついたベルベットのポーチを取りだし、ふたりのあいだにぶらさげた。カウリーの視線がポーチに移り、またスコットにもどった。

「ダリルは自分の見たことを友人に話しただけじゃなかった。銃撃犯たちが去ったあとで遺体から失敬してきたものをその友人に渡していたんだ。これ、なにに見える？」

なかの石をてのひらに出してみせた。

「くそっ」

「ほんとに？　おれには未加工の商用グレードのダイヤモンドに見えるけど」

カウリーが見返した。おもしろくもなさそうに。

「ダンツァー事件のダイヤモンドがそのブリーフケースにはいってたっていうの？」

「それがおれの推理だ。きみの推理は？」

「このポーチのしみのＤＮＡはベロアの血痕と一致する」

「これで意見が合ったな」

石をポーチにもどすと、カウリーがまだこちらを凝視していた。

「それ、だれにもらったの？」

「言えないんだ、ジョイス。すまない」

「ダリルが打ち明けた相手はだれ？」

「言えない。まだ」

「これは証拠品よ、スコット。その友人には直接の知識がある。こうやって警察は事件を立件するの」

「こうやって人は殺されるんだ。警察のだれかがダリルを殺した。だれかがおれをはめて、三人を殺した犯人に仕立てようとしてる」

「それが事実なら、証明しなくてはならない。そうやって事件は解決するの」

「どうやって話を切りだす？　オルソのところへ行ってこう言うのか。なあ、これってどうしたらいいかな、って？　あそこでひとりが知ってるなら、全員が知ってるだろう。おれはその友人の背中に標的の印をつけることになる、ダリルにつけたように」

「どうかしてる。あなたがダリルを殺したわけじゃない」

「そう思ってくれる人がいてうれしいよ」

「だれかを信用するしかないでしょ」

スコットはマギーに目を向けた。

「信用してるよ。犬を」

カウリーの顔がガラスのように硬くなった。

「ばかばかしい」

「きみを信用してるよ、ジョイス。きみだけは。だからこそ、電話をかけたんだ。でも、ほかにだれが関与してるかわからない」

「関与してるって、なにに？」

「ダンツァー。そもそもの発端はダンツァー事件だ」

「ダンツァー事件は解決済み。犯人たちは殺された、サン・バーナディーノのどこかで」

「フォーンスキンだ。きみがこのビデオのなかで見たブリーフケースがジョルジュ・ベロアの手から盗まれた一カ月後に。ダンツァーのダイヤモンドは結局見つかっていない。これと同じダイヤモンドだ」

スコットはポーチをぶらさげ、それからポケットにしまった。

「ダンツァー事件の犯人一味——死亡。ベロアとパラシアン——死亡。ダリル・イシ——死亡。

そしてIマンが繰り返し登場する。最初はウェストLA署がダンツァー事件を担当し、Iマンがそれを本部に引っぱってきて、ウェストLAの刑事たちを自分の特捜班として使った」

口を真一文字に結んで、カウリーは首を振った。

「それはごく普通の手続き」

「どこが普通なんだ。この件で普通のことなんかひとつもない。Iマンはメロンの前にベロアを突きだしてわざわざメロンを納得させた、ベロアはダイヤモンドとはなんのつながりもないと——つながりがないはずのそのダイヤモンドを、ダリル・イシはベロアの遺体から盗んだ」

「どうしてIマンがそんなことを?」

「このディスクの内容についてだれかが嘘をついた、それと同じ理由だ。放っておいたらメロンかステングラーか、あるいはきみが、ベロアとクルーゾのつながりを嗅ぎつけるだろうから。Iマンはメロンがどこまで知るかをコントロールできる体制を整えた。メロンは疑念を口にできない。メロンはIマンを信じるしかなかった。だから信じた。どういうやり方だったかメロンから聞いたよ」

「会いにいったの?」

「メロンはダンツァー事件と事件の幕引きに疑念を抱いている、そんな印象を受けた」

カウリーがピースをはめこんでいくのがわかった。

「ダンツァー事件の最初の担当刑事を調べて、彼らがIマンとどうつながっているのかたしかめる必要がある。メロンがヒントをくれたよ。Iマンは単独でなにかすることはまずないし、自分が信用できる人間としか組まない。その連中は正直者とは言えない、そんな口ぶりだった」

「あなたの望みは？」

「致命傷を負わせること。連中を追い詰めて、気づかれないうちに排除すること。これ以上だれも殺されないように」

「いずれにしろダリルの友人は必要になる。宣誓供述が必要になる。その友人がなにを言おうと、裏をとらなくてはならない。嘘発見器にかける必要もあるかもしれない」

「手錠をかける準備が整ったら、ダリルの友人をきみに引き渡そう」

「そのポーチの血痕からＤＮＡを採取して、鑑識に検査を依頼をする必要がある。保険会社かどこかの専門機関に、そのダイヤモンドはダンツァー事件で盗まれたものだと証明してもらう必要もある」

「きみなら全部できる」

「そうね。全部。せめてそのディスクはこっちに渡して」

「どうしてわざわざ波風を立てる？」

カウリーはため息をつき、ドアをあけた。

「歩いて帰るわ。とにかくできるだけ調べて、また連絡する」

スコットは最後の情報を繰りだした。

「ダリルが、ある名前を聞いた」

ドアから片脚を出したまま動きをとめ、振り返った。

「銃撃犯のひとりが仲間の名前を呼んだ。スネルと」

「ほかに隠してることは？」

「ない。これで全部。スネルだ」

「スネル」

外に出てドアを閉め、カウリーは歩きだした。

「Ｉマンには近づかないでくれ、ジョイス。頼む。だれも信用するな」

カウリーは立ちどまり、窓越しに見返した。

「もう遅い。あなたを信用してる」

駐車場を歩いていくカウリーを見守り、スコットは胸の痛みを覚えた。

「信用しちゃだめだ」

これでカウリーの背中に標的の印をつけてしまった。彼女を護るすべはないとわかっているのに。

37

ジョイス・カウリー

カウリーはパンツについた犬の毛の最後の一本を払いのけて、エレベーターから降りた。目の前に伸びているのは三年以上にわたって歩いてきた廊下だ。その廊下が、いつもより高く広くなってこちらに迫り、どこまでも果てしなく続き、そこにいる全員が自分を見張っている。右目の奥に鋭い痛みが走った。母親の声が聞こえる。だからテレビの観すぎはよくないって言ったでしょ、きっと脳腫瘍だわ。もっと気をつけてさえいれば。ひょっとしたら母親の言うとおりで、腫瘍のせいでスコットに劣らず頭がいかれてしまったのかもしれない。いや、スコットはいかれてなんかいない。ディスクとダイヤモンドを持っていた。

カウリーは足を一歩また一歩と踏みだして、ようやく刑事部屋にはいった。オルソは自分のブースにいる。タッピングのドアはあいているが、なかは空っぽだ。ミークスが早く帰りたいとばかりに時計を確認した。知り合って三年以上になる男たちや女たちが、仕事をしたり、しゃべったり、コーヒーを飲んだりしている。

〝きみも一枚嚙んでいるのか?〟

〝きみを信用していいか?〟

カウリーは会議室へ行き、捜査ファイルを手にして席についた。ドアに向かってすわったのは、近づいてくる人間を見逃さないためだ。

スタンレー・モスク裁判所から歩いてもどってくる道中の大半は、ウェストLA署の強盗課で最初にダンツァー事件を担当したのがだれか調べる方法を模索するのに費やされた。イアンやイアンの同僚に尋ねるわけにはいかないし、ウェストLA署に電話をかけるのもだめ。スコットの言うとおり、彼らが悪い警官だとしたら、ダンツァー事件に関するどんな質問も警告を与えることになる。

カウリーは捜査ファイルを二度読み、すでに完結したファイルにも一度目を通した。ベロアと、アルノー・クルーゾと、ダンツァーに言及している部分だけをざっと読んだ。クルーゾとのつながりを知ることにあまり意味はないと、何カ月も前に強盗特捜班が判断していたので、そのときは袋小路にはいって時間を無駄にするまでもないと思ったのだ。いまあらためてその資料をめくり、ダンツァーの事件番号をさがした。

早々に番号を見つけて、自分のブースにもどった。

市警のファイル保管庫のページをひらいて、事件番号を打ちこんでいたとき、いきなりオルソの声がした。

「スコットから連絡はあったか」

椅子をくるりとまわして向き合い、視線をコンピューターからそらそうとした。オルソは画面にちらりと目をやってからカウリーを見た。

「いいえ。まだ音沙汰なし?」

オルソの顔がゆがんだ。

「あいつに電話してくれないか」

「どうしてわたしが?」

「おれが頼んでるから。メッセージを残したが、なにも言ってこない。きみにならかけ直すかもしれない」

「番号がわからない」

「教えよう。電話がつながったら、よく言いきかせてやってくれ。この件は手に負えなくなってきてる」

「わかった。やってみる」

また画面をちらりと見て、オルソは背を向けた。

「バッド。三人を殺したのはスコットだと思う?」

オルソは顔をしかめた。

「まさか。電話番号を取ってくる」

画面を消してそわそわしていると、オルソがもどってきた。立ち去るのを待って、カウリーはすぐさまコンピューターでファイルを要請した。閲覧を要請できるのは、自分が現在捜査中の事件に関連する書類にかぎられるので、ここ二年ほどかかえている未解決の殺人事件の事件番号を提供した。

〝#WL166491事件〟がPDFファイルで現われた。最初の書類は記入済みの捜査終了の書式で、イアン・ミルズの署名があり、添付された三枚の調書には、ディーン・トレント、マクスウェル・ギボンズ、キム・レオン・ジョーンズの三名が全員遺体で発見され、ダンツァー現金輸送車強奪事件の犯人と特定された経緯が詳しく記されていた。イアンは参考資料として、発見された銃器がダンツァー強奪事件で使用された銃器と一致したという科学捜査課とサン・バーナディーノ保安官事務所の報告に加え、発見された二個のダイヤモンドは強奪事件で盗まれた品の一部であると証言するトランスナショナル保険会社の書類を引用していた。そしてこう結論づけている。強奪事件の実行犯三名が死亡したことにより、これを以て本件の捜査を終了とするのが妥当である。

お粗末な決まり文句。

イアンが添付した書類にざっと目を通していくうちに、ウェストLA署が最初に作成したファイルが出てきた。記入済みの二枚の定型書類には、事件の通報を受けた刑事たちの署名があり、そのあとの状況報告書には、刑事たちが出動要請を受けた経緯と、犯行現場で発見したものについての詳しい記載があった。内容はわざわざ読まなかった。そこは飛ばして最後の部分を見た。報告書に書かれた署名は、ジョージ・エヴァーズ刑事と、デイヴィッド・スネル刑事。

カウリーは画面を消した。

オルソは自分のブースで電話中だ。タッピングのドアは閉まっている。立ちあがり、部屋のなかを見まわして、またすわり、画面をじっとにらんだ。

「あのくそったれ」とつぶやいた。

はじかれたように立ちあがり、廊下の先にある強盗課の刑事部屋へ行った。同じブースの列、同じカーペット、なにもかも同じだ。強盗課のエイミー・リン刑事がいちばん手前のブースにいた。

「イアンはいる？」

「いると思う。ちょっと前に見かけたから」

カウリーはイアンのオフィスに向かった。部屋にはいっていくと、Ｉマンは報告書になにか記入していた。カウリーを見て驚いた顔になった。どことなく警戒しているようにも見えた。

「イアン、例の白いもみあげに該当する名前をほかにもっと知りませんか。こういう性根の腐ったクズどもは絶対につかまえないと。全員ぶちこんでやる」

イアンの顔を見たかった。これを言ってやりたかった。

「そうだな。なるべく早く調べて名前を知らせよう」

カウリーは足音も荒く自分の机にもどった。

ジョージ・エヴァーズ。

デイヴィッド・スネル。

このふたりを徹底的に洗おう。やり方はわかっている。

38

イアン・ミルズ

強盗課特別捜査班では、逮捕状が出されて現在指名手配中であるかどうかにかかわらず、盗みを生業とする者の広範囲におよぶデータファイルを保管している。十代の車泥棒や、行きあたりばったりにガソリンスタンドを襲うような雑魚《ざこ》ではなく、本格的なプロの窃盗《せっとう》犯どもだ。カウリーがオフィスから立ち去った五十分後、このデータベースでそれらしい白髪の運転手役を検索していると、メールの着信音が鳴り、イアンは文面に目をやった。

書類保管部からの自動通知メールだとわかって、肩に力がはいった。指揮権を持つ部署や管理部門、捜査の終了責任者は、こうした通知を受け取ることができ、イアンも自分が終了させた事件に閲覧要請が出されたときは通知が届くように設定していた。自分が終了させたすべての事件に設定してあるが、気がかりなのは四件だけだ。それ以外は目くらましにすぎない。

イアンは立ちあがり、ドアを閉めて、机にもどった。市警がこの新システムを導入してから受け取った通知は三件しかない。その都度おそるおそるメールをひらいたが、いずれも閲覧されたのはどうでもよい事件だった。たっぷり三十秒かけて腹をくくり、メールをひらいた。とたんに胃のなかに苦いものがこみあげた。

　ダンツァー事件。

　通知メールで提供される情報は少ない。閲覧を要請した警察官や部局の名前は含まれず、要請のあった日時と、要請者が現在捜査中の事件番号しかわからない。

　事件番号からわかることは多く、そこでわかったことは気に入らなかった。

　それは〝HSS〟が所有する番号で、殺人課特別捜査班の事件を意味する。殺人課所属の刑事がダンツァー事件について知りたいなら、十数メートル歩いてくればいくらでも直接訊くことができる。なのにその人物はあえてイアンには知られないようにする道を選んだ。よくない兆候だ。現在捜査中の事件を調べるには検索処理が必要で、つまり彼らの事件ファイルはロックされているということだが、イアンには抜け道がある。

　廊下の先にいるナン・ライリーに電話をかけた。ナンは民間人の職員で、キャロル・タッピング付きの秘書だった。

「やあ、ナニー、イアンだ。いまも十分前と変わらずきれいかな」

　ナンはいつものように声をあげて笑った。もう何年もこうしてふざけあう仲だった。

「あなたのためならね、イアン。うちのボスに用？」

「ちょっと教えてほしい。そっちで捜査中の事件なんだが――」

　イアンは番号を読みあげた。

「担当はだれかな」

「待って。いま見てみる――」

ナンが番号を打ちこむのを待った。

「カウリー刑事ね。ジョイス・カウリー」

「助かったよ、ベイビー。きみは最高だ」

イアンは受話器をおろした。ますます気に入らない。ダンツァー事件に興味があるなら、どうしてここへ来たときにひとことも口にしなかったのか。それどころか、パラシアン事件の銃撃犯をつかまえてやるとかなんとか、やけに息巻いていた。その意味するところをじっくり考えたあと、イアンは書類をまとめて、廊下の先にある殺人課の特捜班へと向かった。

カウリーは自分のブースにいた。コンピューターに向かって背を丸め、電話で話をしているようだ。

イアンは後ろから近づいた。なにを読んでいるのか見ようとしたが、頭がじゃまで画面が見えなかった。小さな声で話しているので、話の内容も聞き取れない。

「カウリー刑事」

イアンの声にぎくりとして、振り返った顔はあきらかに青ざめていた。カウリーは電話を胸に押しつけ、身体を横にずらして画面を隠そうとした。よくない兆候だった。

イアンは名前のリストを差しだした。

「お望みのリストだ」

カウリーは受け取った。

「どうも。思ったより早かったですね」

カウリーの目のなかを影がよぎった。怯えている。それを見て疑念がわいた。ダリル・イシはスコット・ジェイムズにどこまで話していたのか、そしてジェイムズはカウリーにどこまで話したのか。

「役に立ててなによりだ。まだしばらくここにいるか？」

「えーと、はい。どうして？」

「ほかにも候補がいないか、もう少しあたってみよう」

自分のオフィスへもどったイアンは、ドアを閉めて、携帯電話からジョージ・エヴァーズにかけた。

「問題発生だ」

イアンはエヴァーズにしてほしいことを伝えた。

39

　最前のミーティングから三時間後、ダンツァー事件の情報を入手したとのメールがカウリーから届いた。ふたりは前回と同じスタンレー・モスク裁判所の駐車場で会うことにした。車に乗りこんできたカウリーは、緊張で萎縮しているように見えた。

「人事部の友人にエヴァーズとスネルのことを聞いてみた、極秘扱いで。ある特別捜査チームにこのふたりを入れることを検討中で、トップクラスの人材が必要だと言って。彼女はだいじょうぶ。わたしの最初の指導官だった女性よ」

「なにがわかった？」

「どっちも最低」

　だからといってどうすればよいのか、スコットにはわからなかった。

「スネルは切れ者で仕事ができるという評判だけど、実際はどうだか。やることが大胆で面倒を省く傾向がある。過去にイアンとの接点はないけど、エヴァーズのほうはイアンとべったりだった。やだ、もう毛だらけ。見てよ、これ」

　マギーは後部座席にゆったりと横たわっている。

「ブラシをかける暇がなかったんだ。エヴァーズのほうは？」

カウリーはパンツをむなしく手で払い、報告を続けた。

「エヴァーズとイアンはホレンベック署で四年間パートナーだった。エヴァーズがリーダーだったけど、イアンのほうが支えていたのは周知の事実。エヴァーズは高い草の陰に隠れて身を持ち崩した。酒を飲み、奥さんに逃げられ、警官がよく陥る堕落の道をたどった。イアンが尻ぬぐいをしてどうにか持ちこたえさせたけど、苦情の申し立てがあとを絶たなかった。イアンが特捜班に昇進したとき、エヴァーズはウェストLAへ送られた」

「苦情の内容は？」

「最低の行為。見つけた者勝ち、ってわかる？」

警察用語でよくジョークのネタにされるが、悪徳警官にとってはジョークにならない。手入れで現金のかばんを見つけたら、重罪に相当する分だけ残して、あとは着服する。見つけた者勝ちだ。

「わかる。Ｉマンがその汚い仕事のとばっちりを受けることはなかったのかな」

「イアンは華々しく出世した。エヴァーズがどうにか身を立て直すまで陰で支えた」

スコットはマギーのほうを向いて、手を触れた。マギーが目をあけた。

「持ちつ持たれつか」

「どういうこと？」

「イアンがエヴァーズの尻ぬぐいをすれば、エヴァーズがイアンの尻ぬぐいをすることもあったはずだ」

「そんなところね。とにかく、エヴァーズはいまウェストLA署にいて、そのパートナーがスネル。ふたりがダンツァー事件を担当したのは正味四日間で、その後はイアンが事件を吸いあげて、ふたりを自分の看板役にした。そしてなんとその翌日、強奪事件から六日め、エヴァーズはディーン・トレントとウィリアム・F・ウーの盗聴許可を手に入れた」

そのふたりがどういう人間なのか見当もつかなかったが、カウリーは急行列車のように話し続けた。

「二カ月後、ディーン・トレントとマクスウェル・ギボンズとキム・レオン・ジョーンズが殺され、遺体がサン・バーナディーノ山地で発見された」

この部分はメロンから聞いて覚えている。

「ダンツァーを襲った一味か」

「そういうことになってるし、それが事実の可能性もある」

メロンもそう言っていた。

「ウーというのは？」

「サン・マリノの故買屋。中国の金持ち相手に宝石と美術品を売買してるけど、一方でヨーロッパ内ともつながっている。なぜこの話をするかというと、ディーン・トレントとウーは長いつきあいで知られてるから。ディーン・トレントが宝石か美術品を盗めば、まちがいなくウーのところへ流れる」

カウリーの言わんとすることが読めてきた。

「エヴァーズとスネルは、トレントがダイヤモンドを持ってることを知っていたんだ」

「当然。イアンの情報屋が垂れこんだのかもしれない。事件からわずか六日で、彼らはディーン・トレント一味が強奪に成功したことを知った、もしくは疑った。そこでトレントとウーに盗聴器をしかけ、三週間ふたりの会話を聞いた。事件ファイルのなかに会話の記録はない。ひとことも。ゼロ」

感覚が麻痺したような感じだった。

「彼らはウーがクルーゾと取引することを聞きつけた。ベロアがアメリカに来ることも、いつどこでダイヤモンドを受け取るかもわかった。そのダイヤモンドを盗もうと考えた」

スコットはマギーに目をやった。鼻先に触れると、マギーが指を甘噛みした。

「立件するにはこれで充分だろうか」

カウリーは首を横に振った。

「いいえ。そう願いたいけど、無理」

「充分なように見えるけど。事実をつなげて線で結べば結論が出る」

「イアンはたぶんこう言う。われわれは信頼できる三件の情報筋から、トレント氏がウー氏を通じてダイヤモンドを動かそうとしているとの情報を入手した。ふたりのあいだにすでに確立された関係があることは承知していた。この信頼できる情報に基づく判断で、われわれは盗聴装置を設置するために必要不可欠な裁判所の許可を取ったが、有罪を示す確実な情報を入手するには至らなかった。従って、トレント氏とウー氏が直接会って相談をしたか、使い捨ての電話を使用したものと考えざるをえなかった。どう？　これでイアンにはなんの害もおよばない」

腹の底から怒りがわいてくるのがわかった。

「エヴァーズ、スネル、イアン・ミルズ、これで三人。ベロアを襲ったのは五人だ」

「これまで調べたなかに気になる人物はひとりもいなかった。わかってる人に集中しましょう。この連中を逮捕できれば、残るふたりを教えてくれる」

カウリーの言うとおりだ。

「よし。エヴァーズとスネルはまだ現役か？」

「スネルは現役だけど、エヴァーズは銃撃事件の六日後に引退してる」

「ばかだな」

「そうとも言えない。勤続年数は長かった。イアンより年上だから、それほど不自然でもない」

「白髪でもおかしくない歳か？」

「なるほどね。どうかな。ふたりとも直接会ったことはないから」

引退してもおかしくない歳だとしたら、白髪で青い目の運転手役はエヴァーズで、彼のＤＮＡは逃走車から回収された毛髪と一致するかもしれない、そうスコットは考えた。

「鍵を握っているのはエヴァーズだ。住所はわかる？」

「なにを見つけるつもり、ダイヤモンド？　ダイヤモンドは消えた。拳銃も消えた。あの晩のものはもう全部消えた」

「この三人と銃撃事件を直接つなぐもの、エヴァーズかスネルかIマンをあの現場に結びつけるものが必要、そういうことだな」

「そういうこと。この〝勝ち目のない勝負〟をものにしたいなら、それこそわたしたちに必要なものよ」

「わかった、ちょっとさぐりを入れてみる。幸運に恵まれないともかぎらない」

「時計バンドのことでお説教されたのをちゃんと聞いてた？　あなたがなにを見つけても証拠にはならない。あなたが自分で見つけたことを宣誓証言しても証拠にはならない。わたしたちの足を引っぱるだけ」

「わかった。手は出さない。おれが使えるものを見つけたら、きみが対応策を考えてくれ」

うんざりした顔で、カウリーは書類をひっかきまわし、ジョージ・エヴァーズの住所を見つけだした。

「わたしの頭も検査したほうがよさそう」

「自分を信じるんだ」

カウリーはくるりと目をまわし、ドアを押しあけて、ためらった。心配そうな顔。

「安全な居場所はあるの？」

「ある。ありがとう」

「そう」

車から降りるのを見守りながら、スコットはもうひとこと言いたくなった。

「車で送ろうか」

「歩いていく。そのあいだに犬の毛をつまみとれるから」

笑顔でカウリーを見送って、スコットは駐車場から走りだした。ジョージ・エヴァーズをさがしに。

40

ジョイス・カウリー

カウリーはスタンレー・モスク裁判所の駐車場を〈ボート〉に向かって歩いていった。犬の毛をつまんでは落とし、パンツを手で払う。あのジャーマン・シェパードはたしかに美しいが、抜け毛製造機とも言える。

駐車場のはずれまで来ると、チェーンの張られた低いフェンスをまたいで歩道に出た。自分たちが適切なやり方をしているとは思えないし、いまはスコットがこの事件をぶち壊しにするのではないかという懸念もある。ダンツァー事件からベロアとパラシアン殺し、ひいてはステファニー・アンダース殺しにまでつながる陰謀が存在する、そのことに疑問の余地はないけれど、自分もスコットも適切なやり方で事件に向き合ってはいない。スコットはともかく、自分はもっと分別を働かせるべきではないか。同調している自分にいらだちを覚えた。

不届きな警察官による陰謀は昔から存在するし、これからも存在するだろう。世界に名だたる優秀な警察署のなかにおいてさえも。そのような事件の捜査に取り組む際の手順があり、たいていの場合、容疑が固まるまでは完全に極秘で行なうべきとされている。以前特務課に勤務していた友人がいるので、彼女に相談してみようと思った。

「カウリー刑事！　ジョイス・カウリー！」

声のしたほうを振り返ると、しゃれた身なりの男が手を振りながら駆け寄ってくる。水色のシャツに紺色のネクタイ、黄褐色のカジュアルなジャケット、ジーンズ――〈ラルフ・ローレン〉のカタログページから抜けだしてきたのかと思うほどだ。走っているあいだにジャケットの裾がめくれ、ベルトにとめられた金色の刑事のバッジがのぞいた。

　スピードを落としてとまり、にっこり笑った。

「気を悪くしないでほしい。モスクできみを見かけたもので」

「どこかで会ってる？」

　男はカウリーの腕に手を添え、急ぎ足で裁判所に向かう女性のふたり連れに道を空けた。

「強盗殺人課のことでちょっと話があるんだ。これからもどるんだろう？　いっしょに行こう」

　またカウリーの腕に触れ、歩くよううながしながら隣に来て並んだ。愛想がよくて、さわやかで、どこから見ても好青年だが、やけになれなれしい。カウリーが〈ボート〉から来て、これからもどることをなぜ知っているのだろう。

　紺色のセダンがふたりの横を通り過ぎ、スピードを落とした。

　カウリーは訊いた。「あなた殺人課か強盗課の刑事？」

「強盗課。しかも優秀な刑事」

また気安く腕に触れてきたので、カウリーはむっとした。

「いま都合が悪いの。名刺をもらっておく。話はまた今度にして」

さわやかな笑顔を見せて、男が身を寄せてきたので、カウリーは歩道の縁石でよろめいた。

「ぼくのこと覚えてない？」

「まったく。名前は？」

ふたりの前でセダンの後部ドアがひらいた。

「デイヴィッド・スネル」

腕をぎゅっとつかまれて、カウリーは車に押しこまれた。

41

サンランドはグレンデールの北の丘陵地帯にある労働者階級の住む地区だった。山のふもとの平地は地名にふさわしく乾燥した荒れ地になっている。フリーウェイと山地にはさまれたその界隈にはこぢんまりとした漆喰《しっくい》壁の平屋が並んでいるが、標高の高いタジャンガ峡谷にはいると、ユーカリや黒胡桃《くろぐるみ》の木々のおかげであたりにはのどかな田舎の雰囲気が漂う。ジョージ・エヴァーズの自宅は納屋を改築したような下見板張りの家だった。石だらけの広々とした庭とパラボラ・アンテナ、家の横手にはメタリックブルーのモーターボートがある。ボートにはカバーがかけてあり、もう何年も水には浸かっていないという風情だ。車庫ではなくカーポートがあり、そこはいま空っぽだった。

いったん前を通り過ぎてから向きを変え、二軒隣に車をとめた。警察官が電話帳に名前を載せることはめったにないが、ためしに番号案内にかけて、サンランド在住のジョージ・エヴァーズの番号を問い合わせた。成果なし。しばらくエヴァーズの自宅を観察し、だれか在宅しているのだろうかと考えた。空っぽのカーポートからはなにもわからないが、おかげで自宅を好きなだけ観察できる。

私服で来たのは幸いだった。拳銃をシャツの下に押しこんで、マギーを車から降ろし、リードはつけないでおいた。

玄関ドアまで行って、マギーを脇の見えない場所にすわらせ、呼び鈴を二回鳴らした。応答がないので、家の横手から裏庭へまわった。警報装置がないとわかり、キッチンの窓を一枚割ってなかにはいった。マギーが伸びあがって窓に前脚をかけ、いっしょに行きたいと鼻を鳴らした。

「すわれ。待て」

勝手口のドアをあけて呼ぶと、マギーが駆け足でなかにはいってきた。表情から警戒態勢にはいっているのがわかった。頭を高くあげ、耳を前に向けて、顔には集中したときのしわが寄っている。マギーは高速探索にはいり、波形のパターンを描いて駆け足で家じゅうをまわった。気になるにおいがあって、その源をさがしているかのように。

思いあたるふしはひとつしかなかった。

「やつを見つけたんだな？　うちに侵入したやつを」

キッチンとダイニングルームと居間には、不審なものはなにもなかった。年季のはいったふぞろいの家具、食べかすの残る紙皿。写真立てにはいった、三十代と四十代の市警の警官の写真が二枚、ジャック・ウェッブとハリー・モーガンがリボルバーを構えている、古いテレビドラマ『ドラグネット』のポスター。ダイヤモンドを山分けした五百万ドルの預金を持つ男の住まいには見えないが、そこは重要な点だった。

居間にいるスコットと合流したマギーは、いくらか落ち着きを取りもどしていた。

居間から伸びる短い廊下は寝室に通じており、最初にはいった部屋は、一部が物置、一部がエヴァーズの〝追想部屋〟になっていた。エヴァーズと市警の仲間たちの写真が壁に点々と飾ってある。警察学校の卒業写真におさまった制服姿の若きエヴァーズ。パトカーの横で仲間の警官と並んでポーズをとるエヴァーズ。哀しげな目をした女性といっしょに、受け取ったばかりの刑事の金色のバッジを掲げているエヴァーズ。ホレンベック署の犯罪現場にいるエヴァーズと若き日のイアン・ミルズ。エヴァーズだとわかるのは、どの写真にもかならず写っているからで、歳月とともにその外見が変化したとき、スコットは足元の床が抜けたように感じた。

ジョージ・エヴァーズはいっしょに写っているほかのだれよりも大柄だった。がっちりとした大男で、ベルトの上にせりだした腹は、たるんだ太鼓腹ではなく、締まっている。

スコットは確信した。本能的にわかった。

ジョージ・エヴァーズはAK47を持っていた大男だ。そう悟った瞬間、目の前にライフルの閃光《せんこう》が、ピカッ、ピカッ、ピカッ。

「やめろ」

呼吸しろと自分に言いきかせた。マギーが横にいて、鼻を鳴らしている。犬の頭に触れると、閃光は消えた。

壁にはエヴァーズを犯行現場やダイヤモンドに結びつけるものなどなかったが、目を離せなかった。写真から写真へと目を移していくうちに、一枚の写真を見つけた。エヴァーズともうひとりの男が遠洋漁船に乗っているカラー写真。ふたりで笑いながら肩を組んでいる。もうひとりの男のほうが少し年上で小柄だった。王冠のような白髪、あざやかな青い目。
この男の顔がスコットの記憶の引き金となった。フィルムのように記憶がよみがえる――逃走車の運転手が銃撃者たちをどなりつけながら、マスクをめくり、白いもみあげがあらわになる。銃撃者たちが折り重なるようにして車に乗りこむと、運転手がふたたび前を向いてマスクをはずし、その顔が――この男の顔が――見えた瞬間、グラントリノが猛然と走り去る。
記憶にとらわれていたスコットの呪縛を解いたのは、ポケットのなかの振動だった。電話を確認すると、カウリーからのメール。
《見つけた》
続けて二通めが届いた。
《ここへ来て》
返信した。
《なにを見つけた？》
数秒後に返信があった。
《ダイヤモンド。来て》
返信した。
《場所は？》
車に向かって走ると、マギーもぴたりとついてきた。

42

マギー

コンソールボックスにすわって、マギーはスコットを観察していた。スコットのにおいを精確に嗅ぎ分けるように、動きや姿勢や表情の微妙なちがいもマギーは精確に見分ける。目を見れば、どこを見ているか、どれくらい長く見ているか、どれくらいの速度で見ているかがわかる。自分が話しかけられていないときも、スコットのたてる音に耳をすました。仕草、視線、口調のすべてがメッセージで、スコットを読み取るのがマギーの仕事だった。

変化するスコットのにおいをひと嗅ぎすると、おなじみのごたまぜの味がした――不安の酸味、喜びのはじけるような甘み、わき起こる怒りの苦み、葉の燃えるような緊張の味。

自分の期待も高まっているのがわかる。ピートといっしょに長い道のりを歩きはじめる直前に、これと同じ兆候があったのを思いだす。気合いを入れ、みずからを奮い立たせるピート、それにならうほかの海兵隊員たち。彼らの言葉を覚えている。気合いを入れろ。気合いを入れろ。気合いを入れろ。

気持ちがたかぶって鼻声がもれた。

スコットがなでてくれて、マギーは満ち足りた気持ちになった。

これからいっしょに長い道のりを歩くのだ。

スコットには気合いがはいっている。

はやる心を抑えきれず、マギーはしきりに足を踏み替えた。肩から尾にかけて背筋に毛のさざ波が立ち、口のなかに血の味が広がる。

群れでさがす。

群れで狩る。

マギーとスコット。

戦場の犬たち。

43

スコットは〈ボート〉からわずか数ブロックのところでハリウッド・フリーウェイを離れ、ファースト・ストリート・ブリッジを渡ってロサンゼルス川の東側へ行った。東岸には倉庫や小規模工場、加工場などが並んでいる。大型のトレーラー・トラックの列にはさまれて南へ向かいながら、カウリーに教えられた場所をさがした。

「落ち着け、マギー。すわれ。すわれ」

マギーは立ちあがってコンソールボックスと後部座席のあいだをせわしなく行き来した。コンソールボックスにいるときはフロントガラスの向こうをじっと見ている。なにかをさがすように。なんだろう、とスコットは気になった。

騒がしい二軒の工場のあいだに車を入れ、裏手にある無人の建物を見つけた。破産した運送会社の倉庫で、通りからはかなり奥まった場所にある。セミトレーラー用に造られた荷物の搬出入口が並んでおり、建物の入口には《売却／賃貸物件》と書かれた大きな看板がついている。

「ここだ」

搬出入口のそばに薄茶色のDライドがとまっていた。荷物用の大型の扉は閉まっているが、隣にある人間用のドアがあいている。

マギーが頭を低くして、鼻孔をひくつかせた。

Dライドの隣に車をつけ、短いメールを送った。

《着いた》

車から降りかけたとき、返信があった。

《なかにいる》

マギーを車から降ろしてドアに向かった。カウリーはどうやってこの場所を知ったのか、どうしてダイヤモンドがここにあるのか。ふと疑問がわいたが、考えている場合ではなかった。とにかくこれをエヴァーズの血管に突き刺す針にしたい。エヴァーズと、Iマンと、残りの連中の。

倉庫は薄暗かったが、なかのようすは充分に見えた。だだっ広いがらんとした部屋で、幅はトラック四台分、天井の高さは十メートル近くあり、その空間をさえぎるものは巨木の幹ほどもありそうな太い支柱だけ。奥の壁に並んでいるドアの向こうがオフィスだろう。一枚だけあいたドアがあり、明かりがもれていた。

マギーが頭を低くしてにおいを嗅いだ。

「おーい、カウリー！　そこにいるのか？」

なかに足を踏み入れると、マギーもいっしょに動いた。カウリーはどうして車のなかで待っていなかったのだろう、自分がここへ着いたときにどうして出てこなかったのだろう。

倉庫の奥のあいたドアに向かって声を張りあげた。

「カウリー！　どこだ？」

返事がなかった。メールもない。

奥へと進んでいくと、マギーが警戒態勢にはいった。その場にぴたりととまり、頭を低くして、耳を前に向け、目をこらす。

視線の先を見たが、空っぽの倉庫と、奥のあいたドアしか見えない。

「マギー？」

マギーがはっとして振り返り、駐車場に通じる戸口に顔を向けた。首をかしげてうなる。警告のうなり声。

戸口まで駆けもどると、拳銃を手にした男がふたり、建物の端から近づいてきた。ひとりは三十代で黄褐色のジャケット、もうひとりはジョージ・エヴァーズの白髪の釣り仲間だ。吐き気がした。鼓動が速くなる。白髪の運転手を認めた瞬間、イアンとエヴァーズに気づかれたことを悟った。カウリーは拉致されたか、すでに殺された。そして自分はここへおびき寄せられた。

白髪男がこちらに気づいて発砲してきた。

スコットも撃ち返し、急いでそこを離れた。弾丸は年寄りのほうにあたったと思うが、すぐに動いたのでよくわからない。

「マギー！」

倉庫のなかを奥のドアに向かって走った。若いほうが追ってきて二発撃った。スコットは左右によけてまた撃ち返し、いちばん近い支柱の陰に身を隠した。マギーをそばに引き寄せる。

黄褐色のジャケットの男がさらに二発撃ってきて、一発が支柱にめりこんだ。

できるだけ身を縮めてマギーをしっかり引き寄せた。オフィスのほうを一瞥し、どうかカウリーが生きていますようにと祈った。必死に声を張りあげる。

「カウリー！　そこにいるのか？」

ステファニー・アンダース、ダリル・イシ、そして今度はジョイス・カウリー。

かかわりのある遺体の数は増え続け、次は自分かもしれない。

入口のドアを、次に背後のオフィスのドアを確認した。恐怖と怒りで身体が震えた。エヴァーズとIマンともうひとりの男もここにいるなら、もう袋のねずみだ。遅かれ早かれ、銃を手にした男がオフィスのドアから現われて、九カ月前にはじめたことを終わらせるだろう。スコットを殺し、おそらくマギーも殺す。

マギーをぎゅっと抱き寄せた。

「だれも置き去りにはしない、いいな？　おれたちは仲間だ。カウリーも、もしここにいるなら」

マギーが顔をなめた。

「ああ、マギー。おれもおまえが大好きだ」

スコットはオフィスのドアに向かって走った。マギーもいっしょに走りだし、追い越して先に行った。

「マギー、だめだ！　もどってこい」

ドアに向かって突進していく。

「つけ！」

ドアのなかへはいっていく。

「マギー！　やめ！　やめ！」

行ってしまった。

マギー

建物に足を踏み入れたとき、マギーはスコットの怯えと興奮を感じ取った。自分にも覚えがあった。この場所は脅威と危険のにおいに満ちている。あの長い道のりで聞いたのと同じ恐ろしい大きい音、侵入者の生々しいにおい、そしてそのほかのにおい。スコット自身のつのる恐怖のにおい。

スコットのいるところが自分の居場所。

スコットを喜ばせ、護る。

スコットがこの危険な場所で遊ぶつもりなら、マギーも喜んでいっしょに遊ぶ。恐ろしい大きい音にいちいち身をすくめながらも。

スコットが大きい部屋の奥へ走っていったので、マギーも横に並んで走った。またあの大きい音が何回か響いて、スコットに抱き寄せられた。認められた！　褒められた！

ボスはうれしい。

仲間はうれしい。

マギーの心に喜びと愛があふれる。

あの侵入者が行く手にいることはわかっていた。壁を透かして見るようにはっきりと。その男のにおいが、源へ近づくにつれてどんどん生々しく濃くなる。

スコットが走り、マギーも走った。スコットを護らなければ。侵入者を追い払うか、倒さなければ。

マギーは歩幅を広げ、脅威に立ち向かった。

やめろと命じられたけれど、やめなかった。気合いがはいっていた。

ボスの安全。

仲間の安全。

マギーにわかるのはそれだけだ。侵入者とほかの男たちのにおいがぷんぷんして、覚えのあるものも、ないものもあった。彼らの恐怖と不安のにおいがする。ガン・オイルと革と汗のにおいも。

彼らも気合いがはいっている。

スコットより先にドアまで行くと、その先にまたドアがあった。侵入者ともうひとりの男はそのドアの向こう側で待っている。
一万世代分の血がマギーを守護者の怒りで満たした。
スコットはマギーのもの、マギーが預かり世話をすべきもの。
絶対に危害は加えさせない。
この命に代えても。
スコットを救うために、マギーはにおいの源へと突進した。

ジョイス・カウリー

カウリーはスネルとエヴァーズに手錠をかけられてさるぐつわをかまされ、Ｉマンの車のトランクに放置された。まるで古いテレビ番組に出てくるおつむの弱い被害者の女の子だ。みずからの死刑執行をここまで猶予させるために、カウリーははったりをかました。オルソも知っている、と言ったのだ。人事部にいる友人の警部の名をあげ、彼女からエヴァーズとスネルの経歴を教えてもらったのだと。ある程度は真実味のある話で、イアンを躊躇《ちゅうちょ》させるには充分だった。早まって殺すより、いまの話の裏をとるほうが得策だろう。ここで踏みとどまるかどうかが、罰を逃れるか死刑になるかの分かれ目かもしれないのだ。

けれど、イアンも永久に踏みとどまりはしない。カウリーは、パラシアンとベロアとステフアニー・アンダースを殺した五人のうち四人を特定することができる。白髪の運転手はジョージ・エヴァーズの兄、スタンだった。五人めの男は登場していないが、名前がバーソンであることは調べがついていた。

生かしておくには知りすぎている。話の裏がとれ次第、イアンはカウリーを殺し、その死を説明するための対策を考えだすだろう。

そんなわけで、カウリーはいまトランクのなかで怒りに燃え、痛みと闘っていた。自分はおつむの弱い女の子ではないし、被害者になるのはまっぴらごめんだ。きょうだろうと、いつだろうと。

プラスティックの手錠が骨まで食いこんでいた。片手は肉がえぐれているが、自由にひねることはできる。トランクをあけるボタンを見つけて外に出た。蛇口からもれる水のように手から血がぽたぽた流れた。

イアンとスタンの車が倉庫の裏にとめてあった。拳銃と電話を取りあげられてしまったので、ふたりの車のなかを調べようとしたが、どちらもロックされていた。イアンのトランクにラグレンチがあった。

カリフォルニアのまばゆい陽光にまだ目をしばたたいていたとき、倉庫のなかで銃声がした。道路まで走って助けを求める手もあるが、イアンがカウリーの携帯電話からスコットにメールを送ったのはわかっていた。イアンはきょうのうちにふたりとも始末するつもりだから、スコットはすぐに殺されるかもしれない。

砂まじりの地面に血の跡を残しながら、カウリーは建物に向かって走った。

マギー

マギーは薄暗い部屋に飛びこみ、においの源にたどりついた。ぼんやりと見えてきた侵入者は恐ろしいほど大きく、そのにおいは火がついているのかと思うほど激しく燃えたっていた。もうひとりも知っているにおいだったが、その男が口をひらいても無視した。

「気をつけろ！　犬だ！」

侵入者が振り向いたが、動きはのろくて重かった。

マギーがひと声吠えて飛びかかると、男は両手を振りあげた。

マギーは肘の下をくわえた。がぶりと咬みつき、うなったりうめいたりしながら頭を激しく左右に揺さぶった。男の血の味が褒美だった。

男は悲鳴をあげて後ろによろめいた。

「こいつを撃て！　早く！」

もうひとりの男が動いたが、そっちはただの人影にすぎない。

マギーは身体をひねって侵入者を倒そうとした。男はよろけて後ろの壁にぶつかり、叫びながら手足をばたつかせたが、脚はまだ踏ん張っていた。

もうひとりがどなった。

「これじゃ撃てない！　だめだ、自分で撃て！　殺せ！」

男たちの発する意味のない騒音のなかで、マギーは相手を引き倒そうと必死に闘った。

「殺せ！」

スコット・ジェイムズ

スコットは犬の身を案じて全力で走った。単独で家のなかにはいって危険と向き合う訓練は受けているが、自分がなにと向き合っているのか、マギーにはわからない。スコットにはわかってる。そのどちらも怖かった。

「マギー、やめ！　おれが行くまで待て、くそっ！」

マギーの吠え声が聞こえるのと同時にドアにたどりつき、思わず足をとめた。男の悲鳴があがった。

背後で銃声がして弾丸が壁にめりこんだ。一瞬だけ振り返った。ジャケットの男が追ってくる。

拳銃をドアに押しつけて固定し、引き金を引いた瞬間、わめき声と悲鳴が大きくなった。

ジャケットの男が倒れ、スコットはわめき声のほうを振り返った。

イアン・ミルズがどなった。

「これじゃ撃てない！　だめだ、自分で撃て！　殺せ！」

いま行くぞ、と胸のうちでつぶやいた。声のほうへ駆けだした。

通路の先にあるのは、汚れた窓のあるだだっ広い殺風景な作業部屋だった。イアン・ミルズが奥の壁ぎわで拳銃を振りまわしている。ジョージ・エヴァーズがマギーを片腕にぶらさげたまま壁沿いにのたうちまわっている。エヴァーズはたくましい腹をした強靭な大男で、スコットの記憶にあるよりも巨漢かもしれないが、それでもマギーから逃れることはできなかった。エヴァーズの拳銃が目にはいり、それが勢いよく動いてマギーに向けられた。

銃口が犬の肩に押しつけられる。

頭のなかで叫ぶ声がした。あるいは自分の声だったかもしれない。それともステファニーの声か。

〝見捨てるもんか〟

〝きみを護る〟

もう自分の相棒を死なせたりしない。

エヴァーズの拳銃に体当たりし、それが発砲されたのはわかった。銃弾が身体を貫通したとき、弾丸は感じなかったし、肋骨が折れたのも感じなかった。ただ熱い気体が皮膚の内側に吹きこむ圧力だけを感じた。

倒れながらジョージ・エヴァーズを撃った。エヴァーズが顔をしかめて脇腹をつかむのが見えた。スコットがコンクリートの床にどさりと倒れたとき、エヴァーズが横によろめいた。Iマンは影のなかにいたが、表のドアがあいたとき、明かりがその身体の上をよぎった。ジョイス・カウリーがはいってきたのかもしれないが、よくわからなかった。マギーが上からのぞきこみ、死なないでと哀願した。

スコットは言った。「いい子だ、マギー。こんないい子はほかにいないよ」

薄明かりが次第に闇へと変わるなかで、最後に見えたのはマギーの顔だった。

ジョイス・カウリー

銃声は大きかった。あまりに大きいのでドアのすぐ向こうで発砲があったのだとわかった。倉庫の奥の部屋に飛びこむと、目の前にイアン・ミルズがいた。スコットは床に倒れ、エヴァーズは片膝をつき、犬は半狂乱になっている。

ドアの音に振り返ったイアンが、カウリーを見て泡を食った。拳銃を握っているが、銃口はあらぬ方を向いている。

カウリーは大きく振りかぶり、ラグレンチでイアンの額をたたき割った。イアンは横によろめいて銃を取り落とした。さらに右耳の上を殴ると、今度は倒れた。イアンの銃を拾い、ほかに武器を持っていないか調べて、携帯電話を取りあげた。

犬がスコットをのぞきこんで狂ったように吠えまくる横を、エヴァーズがもぞもぞと動いて部屋の反対側のドアに向かおうとしていた。

カウリーは拳銃を向けたが、まずいことに犬があいだにいた。

「エヴァーズ！　銃をおろして。いいからおろしなさい。もう逃げられない」

「うるさい」

犬はエヴァーズのはらわたをえぐりだしたそうなそぶりだが、そのためにスコットのそばを離れることはしないだろう。

「あなたは撃たれてる。救急車を呼ぶから」

「うるさい」

エヴァーズはやみくもに一発撃ち、ころげるようにして倉庫へ出ていった。

カウリーはセントラル署の緊急番号にかけて氏名と身分証の番号を告げ、警官一名が負傷と伝えて応援を要請した。

あらためてイアンの具合をたしかめてから、スコットを助けにいったが、犬が吠えかかってくるのでそれ以上は近づけなかった。

マギーの目は凶暴で獰猛《どうもう》だった。牙をむきだしてうなったり吠えたりする。倒れたスコットの下には血だまりができて、それがどんどん広がっていく。

「マギー？　わたしのこと知ってるよね。いい子だから、マギー。スコットが出血多量で死んでしまう。助けさせて」

そろそろと近づくと、また飛びかかってきた。カウリーの袖を引き裂いて、すぐにスコットのそばへもどる。前脚が血で濡れていた。

カウリーは銃を握った。目がうるんでくるのがわかる。

「どきなさい、マギー。どかないとスコットが死んでしまうの」

それでも犬は吠え、うなり、威嚇《いかく》し続けた。逆上して獰猛になっている。

カウリーは拳銃をたしかめた。安全装置が解除されているのを確認すると、涙があふれだした。

「こんなことさせないで、マギー、わかって。お願いだから」

犬は動かなかった。スコットから離れる気はないようだ。なにがあっても。

「マギー、お願い。スコットが死んでしまう」

また飛びかかってきた。

カウリーが大声で泣きながら狙いを定めたそのとき、スコットの片手があがった。

スコット・ジェイムズ

スコットが闇のなかをさまよっていると、彼女の呼ぶ声がした。

〝スコッティ、もどってきて〟

〝置いていかないで、スコッティ〟

スコットは声のするほうへ漂っていった。

置いていったりしないよ。

置き去りにしたんじゃない。

いまだって置いていったりしない。

もっと近くへ行くと、暗闇にうっすら明かりがさした。

声はわんわんという鳴き声になった。

スコットは目をあけ、手を伸ばした。

マギー

マギーは本能的な怒りに駆られて侵入者を攻撃し、引き倒そうと必死に戦った。牙はこのために作られている。長く、鋭く、内側に向かってカーブしている。深く食いこんだ牙は、引き離そうとしてもがけばもがくほどいっそう深く食いこみ、それだけ逃れられる可能性が低くなる。骨をも砕くあごと同様、牙は犬がまだ飼い慣らされる前の野生の祖先からの贈り物だった。

スコットの安全。

仲間の安全。

スコットを護るために先に突進したけれど、あとから部屋に来てくれたときはうれしくて舞いあがった。

ふたりは仲間。

ふたりのチーム、ふたりでひとつ。

スコットが攻撃し、マギーの隣でマギーのために、仲間として戦っている。舞いあがった心が幸せでいっぱいになった。

大きい鋭い音が、それを断ち切った。

スコットが倒れ、においの変化にマギーはとまどった。スコットの痛みと恐怖が自分のもののように全身に流れこんできた。血のにおいで身体が燃えるように熱くなった。

ボスが傷ついた。

ボスが死んでしまう。

マギーの世界が縮んで、スコットだけになった。

保護する。保護し、防御する。

マギーは侵入者を放し、スコットに向かった。必死に顔をなめ、鼻を鳴らし、叫び、侵入者が這うようにして横を通ったときには怒りをこめて吠えかかった。スコットにおおいかぶさるようにして立ち、警告のために歯を鳴らした。

保護する。

防御する。

侵入者は走り去ったが、女の人は近づいてきた。知っている人だけど、仲間じゃない。

マギーはうなって警告した。吠えて、咬むまねをした。歯で腕をかすめ、近寄らせなかった。

そのときスコットのなだめるような手を感じた。

うれしくて心臓が飛びはねた。心でスコットを癒やしながら顔をなめているうちに、スコットの心がマギーを癒やしてくれた。

スコットの目があいた。

「マギー」

マギーはすぐに集中した。

スコットの目を一心に見つめ、コマンドを待ちわびた。

スコットがドアの向こうの大きい部屋のほうを見た。

「つかまえろ」

マギーはためらいもなくスコットを飛び越え、侵入者のあとを追った。新しい血のにおいを追うのは簡単だ。

嗅覚をめいっぱい働かせ、四肢を存分に使い、たちまち距離を縮めた。倉庫のなかを光のように駆け抜け、表の太陽の下に出ると、スコットを傷つけた男がよろよろと車に向かうのが見えた。

スコットの望みをかなえるために、マギーは嬉々としてスピードをあげた。

あいつをつかまえる。

マギーが向かってくるのに気づいて、男が銃を構えた。これが攻撃行動だということは知っていたが、すべては了解済みだ。相手の攻撃がマギーの怒りを煽《あお》り、目的を邪悪なものにした。

マギーは男の喉を見つめた。

あいつをつかまえる。

スコットは安全。

仲間は安全。

牙をむきだし、口を大きくあけ、恐ろしいほどの幸福感に包まれて、マギーは宙に身を躍らせた。

そして閃光を見た。

44

十一時間後
南カリフォルニア大学／ケック医科大学病院
集中治療室、エマ・ウィルソン／回復室付看護師

三人の女性看護師とふたりの女性外科医が、待合室はたくましい若い警官でいっぱいだと教えてくれた。エマは見たくてうずうずした。しかめ面でどなる偏屈な年寄りの巡査部長もいると警告されてはいても。獰猛《どうもう》な犬みたいに突っかかってくるわよ、と言われたのだった。

エマはなによりその人に興味があったし、恐れてはいなかった。このフロアの看護師長を務めて約二十年、エマに楯つく度胸のある医者などほとんどいなかった。

ジェイムズ巡査のカルテをしまうと、すぐにもどるからと部下のスタッフに伝え、エマは両開きのドアを押しあけて廊下に出た。

警察官が運びこまれたときのこういう光景を、エマ・ウィルソンはこれまで何度も目にしているが、そのたびに胸が熱くなる。紺色の制服が待合室からあふれだして廊下まで埋めつくしていた。男性警官たち、女性警官たち、ベルトにバッジをとめた私服警官たち。

「いったいどうなってるんだ？」

男の声が廊下を切り裂くように響き、警官たちがひとり残らず振り返った。

エマはゆっくりと向きを変えた。なるほど、これがうわさの彼か。

制服を着た背の高い痩せた警察官が人ごみをかき分けるようにして歩いてくる。禿げた頭頂部、両脇に短い白髪まじりの毛、世にも恐ろしげなしかめ面。

エマはとまれという合図に片手をあげたが、相手はおかまいなしにずんずん歩いて、胸がエマの手に触れるところまでやってきた。鼻の上からしかめ面で見おろしてくる。

「わたしはドミニク・リーランド巡査部長、ジェイムズ巡査はうちのだ。部下の容体はどうなんだ？」

エマは相手を見あげ、声を低くした。

「もう一歩さがって」

「なんだと、帰れということなら――」

「もう。一歩。さがって」

あまりに大きく目をむいたので、目玉が顔から飛びだすのではないかと思った。

「どうか」

リーランドは一歩さがった。

「執刀医から詳しい説明をすることになっていますが、手術を乗り越えたのはたしかです。少し前に目が覚めて、でもいまはまた眠っています。よくあることです」

廊下にあふれた警官たちのあいだに低いざわめきが起こった。

リーランドが言った。「やつは無事なのか?」

「執刀医が質問に答えるはずですが、ええ、見たところ無事ですよ」

険しいしかめ面がやわらぎ、安堵で肩の力が抜けた。急に老けて疲れたように見え、ちっとも恐ろしげじゃない、とエマは思った。

「ならいい。ありがとう――」

名札にちらりと目をやる。

「ウィルソン看護師。あいつをよろしく頼む」

「マギーはここにいますか?」

また背筋が伸びて、目に鋭さがもどった。

「ジェイムズ巡査はうちの警察犬隊に所属している。マギーはやつの相棒の警察犬だ」

まさか犬だとは思いもしなかったが、それを聞いてエマは胸を打たれ、うなずいた。

「目が覚めたとたん、マギーは無事かと訊きましたよ」

巡査部長は目をみはり、言葉を失ったようだった。目をうるませ、涙をこぼすまいとしきりにまばたきをした。

「犬の安否を尋ねたのか」

「そうです。わたしが付き添ってました。〝マギーは無事か?〟って。口にしたのはそれだけ。今度目が覚めたとき、なんとお返事しましょうか」

答える前にリーランドは目をぬぐい、指が二本ないことにエマは気づいた。

「マギーは無事だと伝えてくれ。復帰するまで、リーランド巡査部長が世話をして、きちんと安全を確保すると」

「お伝えします。さてと、先ほど申しあげたとおり、執刀医がまもなく来ます。みなさんを安心させに」

両開きのドアのほうへ行きかけたエマを、リーランドが呼びとめた。

「ウィルソン看護師、あとひとつ」

振り向くと、リーランドの目がまたうるんでいた。

「はい、なんでしょう」

「やつに言ってくれ、あの犬の脚のことはこれからも見なかったふりをする、と。そう伝えてほしい。それでわかる」

たぶん内輪のジョークだろうと思い、エマは説明を求めなかった。

「お伝えしますよ。それを聞いたらきっと喜ぶでしょう」

両開きのドアを通り抜けながら、エマ・ウィルソンは思った。あのしかめ面の巡査部長についてみんなが言っていたことはまったくあてにならない。あの怖いしかめ面をひと皮むいて、ちゃんと向き合えば、根は優しい人なのだ。

やたらに吠えるだけで、絶対に咬まない。

45

四カ月後

　スコット・ジェイムズはＫ９の訓練所の運動場をゆっくりと走った。脇腹の痛みは最初のときより二度めに撃たれたあとのほうがひどい。自宅には鎮痛薬の大瓶が置いてある。意地を張るのはやめて薬をのめと自分に言いきかせるものの、やはりのまなかった。意地を張るのも悪くない。意地になって意地を張り続けていた。

　スコットがよろけて足をとめると、ドミニク・リーランドが顔をしかめた。

「ここにいるわたしの犬には注射の効果があるようだ。もう二カ月近く脚を引きずるのを見ていない」

「おれの犬です。主任のじゃなくて」

　リーランドは胸を張り、しかめ面から、にらみつける顔になった。

「なにを言うか！　ここにいるずば抜けて優秀な犬たちは、ひとり残らずわたしの犬だ、心して覚えておけ」

　マギーが威嚇《いかく》するように低くうなった。

スコットはマギーの耳に触れ、尻尾が揺れたので笑みを浮かべた。

「おっしゃるとおりです、主任」

「おまえほど強気で意地っ張りなやつには会ったことがないぞ」

「ありがとうございます、主任」

リーランドはマギーに目を向けた。

「獣医が言うには、聴力も回復しつつあるそうだ」

倉庫の一件のあと、リーランドとバドレスはマギーの左耳がよく聴こえていないことに気づいた。獣医が検査をし、耳を診て、聴覚が一部失われているという診断を下した。神経の外傷らしいが、聴覚が失われたのは一時的なものだった。点耳薬が処方された。朝晩一滴ずつ。

リーランドとバドレスは、マギーが駐車場でジョージ・エヴァーズを追い詰めたときの後遺症だろうと判断した。エヴァーズは至近距離でマギーを撃とうとした。狙いははずれたが、銃はマギーの顔のすぐそばで発砲された。エヴァーズは生き延びて、目下終身刑三回という刑期を務めており、イアン・ミルズ、デイヴィッド・スネル、一味の五人めのメンバー、マイケル・バーソンも同様だ。死刑を逃れるために彼らが受け入れに合意した量刑がこれだった。スコットは落胆した。できれば裁判で証言したかった。スタン・エヴァーズは倉庫で死んだ。

スコットはマギーの頭に触れた。危機一髪だった。

「聴こえてますよ、主任。呼んだらちゃんと来る」

「点耳薬はやってるか」

「朝晩一滴ずつ。欠かさずやってます」

リーランドは満足げにうなった。

「当然だ。ところで、おまえはまだ傷病休職を拒んでいるそうだな」

「はい。そうです」

「よろしい。そうやって強気で意地を張り続けるがいい、ジェイムズ巡査、わたしもとことんつきあうとしよう。全面的に後押しする」

「ガミガミ言うことで？」

「おまえがそう解釈するなら。ガミガミ言う必要がなくなって、おまえがこの年寄りより早く動けるようになっても、おまえとこのべっぴんの犬はまだここにいる。おまえはドッグ・マンだ。ここがおまえの居場所だ」

「ありがとうございます、主任。マギーも感謝してます」

「礼など必要ない、ぼうず」

スコットは手を差しだし、リーランドは握手に応じた。

マギーがまたうなり、リーランドの顔を大きくほころばせた。

「なんだその態度は、そんなふうにうなって。たっぷり二カ月近くうちに住んで愛玩犬になってたのはだれだ。ここにいる仲間のところにもどったら、あとはうなるばっかりか！」

マギーがまたうなった。

豪快な笑い声をあげて、リーランドは自分のオフィスに向かった。

「やれやれ、まったくかわいい犬どもだ。ここのすばらしい動物たちがかわいくてたまらんよ」

「主任――」

リーランドは歩き続けた。

「見ないふりをしてくれて感謝してます。それに、ほかのことも全部」

リーランドは片手をあげ、肩越しに言った。

「礼など必要ない」

スコットは上司の後ろ姿を見送り、かがんでマギーの頭をなでた。かがむと痛かったが、気にしなかった。この痛みは治癒の一部だ。

「もう少し走るか?」

マギーは尻尾を振った。

スコットはゆっくり身体を起こして走りだした。のろのろペースなので、マギーは歩くだけでついてこられる。

「ジョイスは好きか?」

マギーは尻尾を振った。

「おれもだ。でもこれだけは忘れるなよ、おまえがおれのいちばんだ。これから先もずっと」

スコットが笑いかけると、マギーは手に鼻を押しつけてきた。

ふたりは仲間、それはどちらもちゃんとわかっていた。

解説

北上次郎

これは、心に傷を負った人間と犬の物語だ。ミステリー・ファンはもちろんだが、犬好き読者にもぜひおすすめしたい。もう、たまらんぞ。まず、ロス市警のスコット・ジェイムズ巡査は、パトロール中に銃撃場面に遭遇した後遺症に悩んでいる。「置いていかないで！」という相棒ステファニーの声でいまでも目が覚めるのだ。血で喉をごぼごぼ鳴らしながら、彼女は叫んだ。その相棒の死に、スコットはまだ順応することができない。夜は、闇のなかに彼女の声を聞いて起きてしまうし、昼間でも近くで突然音がすると、瞬間的に横に飛びのき、こんなふうになる。

「心臓が飛びださんばかりに激しく鼓動を打ち、血圧が急激にあがって顔がひりつき、呼吸が胸の途中でとまった。両耳の奥で脈拍がどくどく鳴るなか、凍りついたように立ちつくしたまま、ただ凝視していた」

一方、スコットの新しい相棒となるマギーは三歳のジャーマン・シェパード。四十キロ近い大型の牝で有能な爆発物探知犬だったが、アフガニスタンで任務中に、ハンドラー（指導手）

のピートが死に、マギーも重傷を負って帰国。で、このように言われている。「ひとつは、騒音に弱い。ああして奥に引っ込んでいる、いかにも臆病な感じだろ？　ストレス障害だとリーランドは考えてる。犬にもトラウマがあるんだな、人間と同じで」

こういうことを言われるとスコット、思わずかっとなり、この犬と組みたいと言ってしまう。あの犬は使えないと言われるが、二週間くださいと懇願して引き取るところから、本書が始まっていく。つまりこれは、心に傷を負ったこのスコットとマギーが新たなコンビを組んで捜査に乗り出していく物語である。

この手の小説の場合、人間と犬の間に新たな友情が芽生え、そして立ち直っていくのが常套《じょうとう》で、本書の場合も例外ではないが、その過程のディテールが心穏やかに読めないのだ。たとえばスコットの家に引き取られた最初の夜、マギーが悪夢を見るくだりを引く。スコットが相棒の声で目を覚ますシーンだ。心臓がどくどく鳴っていて、首と胸が汗でべとつき、身体がぶるぶると震えている。午前二時。何度か深呼吸して落ち着きを取り戻すとマギーのもとにいく。マギーは四肢をぴくぴく痙攣《けいれん》させ、クーンと鳴く。

「マギーは眠りながら低くうなり、吠えるようにひと声鳴いたあと、大きく身もだえした。そこではっと目を覚まして頭を起こし、うなりながら咬みつこうとしたが、相手はスコットではなかった。スコットはとりあえず後ろに飛びのいたが、次の瞬間、マギーは自分のいる場所を理解し、どんな夢を見ていたにしろ、それは完全に消え去った。視線がスコットに向けられた。両耳を後ろに寝かせて、さっきのスコットと同じようにマギーも息を吐きだした。それから床に頭をもどした」

なんだか胸が痛くなってきそうだ。

ここから二人の、いや一人と一匹の捜査が始まっていく。パトロール中に相棒が巻き添えにされたあの銃撃戦は何だったのか。殺された男たちは何者だったのか。銃撃戦を目撃した人間は他にいなかったのか——その捜査については本書を読まれたい。


いい機会なのでここでは、犬の出てくる翻訳小説のベスト十を掲げておきたい。日本の小説なら、西村寿行『老人と狩りをしない猟犬物語』(埋もれた傑作だ)、乃南アサ『凍える牙』(オートバイに乗ったヒロインがラスト近く、オオカミ犬と都内を駆け回るシーンを見られたい)、第二回の日本SF新人賞を受賞した谷口裕貴『ドッグファイト』などが忘れがたいが、今回は翻訳小説だけにしておく。

①『さらば甘き口づけ』ジェイムズ・クラムリー(小泉喜美子訳/ハヤカワ文庫)
②『ウォッチャーズ』ディーン・R・クーンツ(松本剛史訳/文春文庫)
③『コロラドの血戦』クリントン・マッキンジー(熊谷千寿訳/新潮文庫)
④『バセンジーは哀しみの犬』キャロル・リーア・ベンジャミン(阿部里美訳/創元推理文庫)
⑤『追跡犬ブラッドハウンド』ヴァージニア・ラニア(坂口玲子訳/ハヤカワ文庫)
⑥『デイナのひそかな生活』エリカ・リッター(豊田菜穂子訳/WAVE出版)

⑦『バベルの犬』キャロリン・パークハースト（小川高義訳／角川書店）
⑧『レイチェル・ヘイズの火影』ダグ・アリン（木下晋也訳／光文社文庫）
⑨『悪徳警官はくたばらない』デイヴィッド・ローゼンフェルト（白石朗訳／文春文庫）
⑩『チャームシティ』ローラ・リップマン（岩瀬孝雄訳／ハヤカワ文庫）

思いついた順に並べてみたが、まだ忘れているものがあるかもしれない。まず①は、アル中のブルドッグ、ファイヤーボール・ロバーツが登場する名作だ。アル中の作家トラハーンをおいかけるシーンがいい。②はアインシュタインと名付けられたゴールデンリトリーヴァーと「会話」するシーンが白眉。③は熊のように巨大な犬オソがひたすら可愛い。④は、私立探偵レイチェルと、アメリカン・スタッフォードシャー・テリアのダシールが活躍するシリーズの第一作。第二作『知りすぎた犬』よりもこちらのほうがいい。⑤は高所恐怖症の愛犬スージーが勇気をふるって橋を渡るシーンがいい。足腰はがたがた震えているが、置いていかれては大変と頑張るのである。⑥は、四十代のシングル女性が昔の恋人からマーフィーという犬を押しつけられて始まる共同生活を描くもの。⑦は愛犬の言語レッスンを始める話。⑧〜⑩は犬小説というわけではなく、犬が出てくる小説という意味に受けとっていただきたい。まず⑧には、大型の狩猟犬グレイハウンドが八頭も登場する。⑨は弁護士アンディ・シリーズの第二作で、ゴールデンリトリーヴァーのタラがひたすら可愛い。⑩はテス・モナハン・シリーズの第二作で、グレイハウンド犬のエスケイがここから登場する。しかし自分で選んでおいてこんなことを言うのも何だけど、この程度の登場でいいのなら作品は無限にありそうだ。ジョー・R・ランズデール『ダークライン』にはスタンリー少年と一緒に森に遊びに行っていたナブという犬が登場するし、マーティン・ウォーカー『緋色の十字章』はブルーノ署長シリーズの第一作で、可愛い犬が登場していた。あの犬の名前は何だっけ？

もし本書を読んで面白かったら、そういう犬の出てくる翻訳小説にまでぜひ手を伸ばしていただきたい。犬の好きな読者なら絶対に気にいるはずだと思う。ところで、話を本書に戻せば、寝ているスコットのそばにいって彼のにおいを嗅ぐシーンにこうある。

「口吻《マズル》の長いジャーマン・シェパードの鼻には二億二千五百万個以上の嗅細胞がある。これはビーグルに匹敵する数で、嗅上皮の面積は人間の四十五倍以上あり、これよりすぐれた嗅覚を持つのは同じ猟犬仲間のわずかな犬種しかない。脳の八割は鼻のために使われている。おかげで嗅覚はこの眠っている男の一万倍も鋭く、どんな科学装置よりも敏感ににおいを感知する。特定の人間の尿のにおいを嗅げば、それを標準サイズのプールにわずか一滴たらしただけでも、嗅ぎ分けて特定することができる」

だから、マギーの鼻にいろいろな匂いが飛び込んでくる。こんなふうに。

「家に向かう途中でマギーは新しいにおいを嗅ぎあて、三頭の犬とその飼い主が同じ道を何度も通っていることを知った。オス猫がおばあさんの家の前庭を横切っていったことや、そのおばあさんが家のなかにいること。メス猫が裏庭の茂みでしばらく眠っていて、でもいまはもういないこと。そのメス猫が妊娠していて、出産が近いこともわかった」

本書のラスト。マギーが死地に飛び込んでいくのも、においに導かれるからだ。それでどんなシーンが待っているかは本書を読まれたい。

最後になるが、作者のロバート・クレイスについても書いておきたい。本書は二〇一三年の刊行だが、彼はべつに犬小説を書き続けている作家ではない。デビュー作は一九八七年の『モンキーズ・レインコート』（我が国には一九八九年に新潮文庫から翻訳書が刊行）。MWAのエドガー賞、PWAのシェーマス賞、マカビティ賞にそれぞれノミネートされ、アンソニー賞、マカビティ賞の新人賞を受賞。新時代のハードボイルド作家として華々しくデビューした。そうか、翻訳書が出てからもう二十五年もたってしまったのか。主人公はエルヴィス・コール。身長は五フィート十一インチ半、体重は百七十六ポンド。私立探偵である。相棒は無口な巨漢ジョー・パイク。エルヴィス・コールを主人公にしたこのハードボイルド小説はシリーズとしてその後何作も翻訳されたが、『モンキーズ・レインコート』『追いつめられた天使』に続く第三作『ララバイ・タウン』のときに、私は次のように評した。

「実はこれ、ロバート・B・パーカーである。話はどうということもない。マフィアの手から逃れたいと思っている女性を主人公の探偵が助けるというだけの話だ。ただ、それだけ。複雑なプロットも何もない。しかも主人公の探偵を助けるのが寡黙なマッチョ。つまり、スペンサーとホークだ。世界は破滅しても身近な人間だけを助ければいいという自警団ヒーローである」

「ところがこれが実にいいのである。体がごんごんと脈打ってくる。自分が現在のスペンサーではなく、若きスペンサーを好きだったことを改めて思い知らされるのである」

「このスペンサーは本家と違って議論しないこと。そしてなんと、議論しないスペンサーのほうがいいのだ！」

誤解されないように書いておくと、これ、もちろん、褒めているんですよ。スペンサーとホークの物語なら、それではスペンサーの恋人スーザンもいるのかと言われそうだが、ご安心（何がご安心なんだかわからないが）。それがシリーズ第五作『死者の河を渉る』から登場する弁護士ルーシー。どんどん横道に逸れていきそうなので、エルヴィス・コール・シリーズについてはこのくらいにしておくが、ノン・シリーズものも『破壊天使』や『ホステージ』などの作品を書いていて、こちらも読ませる。『破壊天使』について私が書いた新刊評も引用したいところだが、もうやめておこう。しかしこれだけは書いておく。エルヴィス・コール・シリーズの名わき役ジョー・パイクを主人公にした新シリーズを『天使の護衛』（原著は二〇〇七年、翻訳は二〇一一年）から始めたことだ。ずいぶん昔、スペンサー物語について論じたとき、このシリーズはスペンサーの死で終幕を迎えるだろう、と予言したことを思い出す。続編はただ一作、ホークを主人公にした物語が書かれると断言し、その書き出しまで私は予想したのである。それはホークがスーザンを訪ねてくるシーンだ。ホークはぽつんと言うのだ。「何か用はないか」。本人ではすごく気にいっていた予言だったが、ご存じのようにスペンサーは死なず、ホークを主人公にした続編も書かれなかった。そうか、主人公になったのはこっちのホークだったのか。

というようなことを書いていると、いつまでたっても終わらないので、もうこのくらいにしておく。ようするに本書は、ロバート・クレイスにとってきわめて特異な作品であるということだ。犬好き読者には強い印象を与える作品であるということだ。たっぷりと堪能していただきたい。

検　印
廃　止

訳者紹介　関西外国語大学外国学部卒。英米文学翻訳家。訳書に，フェイ・ケラーマン「水の戒律」「聖と俗と」「豊饒の地」「死者に祈りを」，キング「ビッグ・ドライバー」，クリスティ「蒼ざめた馬」，ケイン「原罪」，ウェイウェイオール「人狩りは終わらない」など。

容疑者

2014年9月19日　初版
2019年9月13日　5版

著　者　ロバート・クレイス

訳　者　高《たか》橋《はし》恭《く》美《み》子《こ》

発行所　(株)　東京創元社
代表者　長谷川晋一

162-0814/東京都新宿区新小川町1-5
電　話　03・3268・8231-営業部
03・3268・8204-編集部
URL　http://www.tsogen.co.jp
振　替　00160—9—1565
フォレスト・本間製本

乱丁・落丁本は，ご面倒ですが小社までご送付ください。送料小社負担にてお取替えいたします。

ISBN978-4-488-11505-0　C0197

オーストリア・ミステリの名手登場

RACHESOMMER◆Andreas Gruber

夏を殺す少女

アンドレアス・グルーバー

酒寄進一 訳 創元推理文庫

◆

酔った元小児科医が立入禁止のテープを乗り越え、工事中のマンホールにはまって死亡。市議会議員が山道を運転中になぜかエアバッグが作動し、運転をあやまり死亡……。どちらもつまらない案件のはずだった。事件の現場に、ひとりの娘の姿がなければ。片方の案件を担当していた先輩弁護士が、謎の死をとげていなければ。一見無関係な事件の奥に潜むただならぬ気配に、弁護士エヴェリーンは次第に深入りしていく。

一方、ライプツィヒ警察の刑事ヴァルターは、病院に入院中の少女の不審死を調べていた。

オーストリアの弁護士とドイツの刑事、ふたりの軌跡が出会うとき、事件がその恐るべき真の姿をあらわし始める。

ドイツでセンセーションを巻き起こした、衝撃のミステリ。

巧緻を極めたプロット、衝撃と感動の結末

JUDAS CHILD◆Carol O'Connell

クリスマスに少女は還る

キャロル・オコンネル
務台夏子 訳 創元推理文庫

◆

クリスマスも近いある日、二人の少女が町から姿を消した。州副知事の娘と、その親友でホラーマニアの問題児だ。

誘拐か?

刑事ルージュにとって、これは悪夢の再開だった。

十五年前のこの季節に誘拐されたもう一人の少女——双子の妹。だが、あのときの犯人はいまも刑務所の中だ。

まさか……。

そんなとき、顔に傷痕のある女が彼の前に現れて言った。

「わたしはあなたの過去を知っている」。

一方、何者かに監禁された少女たちは、奇妙な地下室に潜み、力を合わせて脱出のチャンスをうかがっていた……。

一読するや衝撃と感動が走り、再読しては巧緻を極めたプロットに唸る。超絶の問題作。